外国文学研究丛书

J. P. 唐利维的"狂欢化"小说创作
The Carnivalization in J. P. Donleavy's Fiction

苏 凤 著

苏州大学出版社

图书在版编目(CIP)数据

J. P. 唐利维的"狂欢化"小说创作/苏凤著. —苏州：苏州大学出版社，2016.8
（外国文学研究丛书）
ISBN 978-7-5672-1884-0

Ⅰ.①J… Ⅱ.①苏… Ⅲ.①唐利维-小说研究 Ⅳ.①I712.074

中国版本图书馆 CIP 数据核字（2016）第 238089 号

书　　名：	J. P. 唐利维的"狂欢化"小说创作 The Carnivalization in J. P. Donleavy's Fiction
作　　者：	苏　凤 著
责任编辑：	汤定军
策　　划：	汤定军
装帧设计：	刘　俊
出版发行：	苏州大学出版社（Soochow University Press）
社　　址：	苏州市十梓街 1 号　邮编：215006
印　　装：	宜兴市盛世文化印刷有限公司
网　　址：	www.sudapress.com
E - mail：	tangdingjun@suda.edu.cn
邮购热线：	0512-67480030
销售热线：	0512-65225020
开　　本：	700mm×1000mm　1/16　印张：13.75　字数：200 千
版　　次：	2016 年 8 月第 1 版
印　　次：	2016 年 8 月第 1 次印刷
书　　号：	ISBN 978-7-5672-1884-0
定　　价：	40.00 元

凡购本社图书发现印装错误，请与本社联系调换。服务热线：0512-65225020

序　言

詹姆士·帕特里克·唐利维（James Patrick Donleavy, 1926 －　　）是与纳博科夫、冯内古特、品钦、巴思、德里罗、巴塞尔姆、霍克斯、海勒、库弗、多克特罗等齐名的美国当代勇于创新、影响深远的后现代主义作家之一。后现代主义的正式出现是在20世纪50年代末到60年代前期，在70年代和80年代形成夺人之势并震慑整个思想界。后现代主义认为，在今天的世界里，各种各样不稳定、不确定、非连续、无序、断裂和突变现象的重要作用越来越为人们所认识并重视。在这种情况下，一种新的看待世界的观念开始深入人们的意识：它反对用单一的、固定不变的逻辑、公式和原则以及普适的规律来说明和统治世界，主张变革和创新，强调开放性和多元性，承认并容忍差异。当今的时代已放弃了制定统一的、普遍适用的模式的努力，新的范畴如开放性、多义性、无把握性、可能性、不可预见性等已进入后现代的语言。在后现代，彻底的多元化已成为普遍的基本观念；后现代的多元性是一切知识领域和社会生活各方面的本质。后现代中的基本经验是完全不同的知识形态、生活设计、思维和行为方式的不可剥夺的权利；一切围绕一个太阳旋转的古老模式已不再有效，即使是真理、正义、人性、理性也是多元的。这种多元性原则的直接结论是：反对任何统一化的企图；后现代思维积极维护事物的多样性和丰富性，坚决反对任何试图将自己的选择强加于别人，使异己的事物屈服于自己意志的霸权野心；它尊重并承认各种关于社会构想、生活方式以及文化形态的选择。

　　作为后工业大众社会的艺术，后现代主义小说摧毁了现代主义艺术的形而上常规，打破了它封闭的、自满自足的美学形式，主张思维方式、表现方法、艺术体裁和语言游戏的彻底多元化。后现代主义认为,现实是用语言造就的,用虚假的语言造就了虚假的现实。传统小说(包括现实主义和现代主义小说)的叙述方式便是虚假现实的造就者之一:它虚构出一个虚假的故事去"反映"本身就是虚假的现实,因而把读者引入双重虚假之中。小说的任务是揭穿这种欺骗,把现实的虚假和虚构故事的虚假展现在读者面前,从而促使他们去思考。后现代主义小说不但检视叙述作品本身的基本结构,而且还探索文学作品外部世界的可能的虚构性,从而折射现实的真实。在后现代主义小说这里没有什么客观的、先验的意义,所谓的意义只产生于人造的语言符号的差异,即符号的排列组合所产生的效果。因此,虚构文本的写作仅仅是一种语言游戏。任何文本都是开放的、未完成的,它依存于别的文本(与它们的区别和联系),特别依赖于读者的解读,是读者的解读使这种符号组合获得了某种意义。后现代主义小说超越纯文学与大众文学、高雅文学与通俗文学的界限,把知识分子特有的文学变成读者大众的文学,表现出一种通俗化倾向。另外,在后现代主义小说中,现代主义小说的艺术技巧如意识流的内心独白、象征主义、自由联想、时空错位等虽未被全盘抛弃,但已退居次要地位;更为常用的表现形式则是元小说、狂欢化叙事、反体裁、语言游戏、通俗化倾向、戏仿、拼贴、蒙太奇、迷宫、黑色幽默,表现出语言主体、叙事零散、能指滑动、零度写作、不确定性、内在性等主要特征。

　　后现代主义小说以多元变化的艺术形式表现扑朔迷离、变幻莫测的外部世界,丰富了读者对现实真实性的认识。后现代主义小说用真实与虚构交织的文本有效地表现了后现代人类经验,揭示了现实与历史的真实:现代性并没有像它所许诺的那样给人们带来一个理想的、美好的世界,后现代的现实是一个虚构的、荒诞的、非理性的、人类自我毁灭的危险世界。对后现代人类社会的人道主义思考促使作家们在小说中重建一个适于人类生存的生态社会环境。他们的小说表明,虚构的现实和历史是主张一体化梦想、普遍适用的、万古不变的原则、公式和规律以及统一化模式的现代性元叙事的产物,因此主张在解构、颠覆这一虚构世界的同时,重建一个真实的世界,一个承认他者、容忍差异、互相尊重、相互依存、没有阶级、没有等级、没有压迫、没有剥削的民主和谐、可持续发展的生态社会。

詹姆士·帕特里克·唐利维是一位风格独特的后现代主义小说家。他在小说文本中用狂欢化的小说艺术重构了一个狂欢化的人类世界。尽管唐利维在美国影响很大，颇受批评界的重视，但在我国学界，对唐利维的研究却十分薄弱，鲜见有文章发表，更不用说课题研究和出版专著了。苏凤同志的专著《J.P.唐利维的"狂欢化"小说创作》以学科前沿的眼光、深刻的分析、创新的见解、系统的研讨填补了我国唐利维研究的空白。该专著指出，唐利维通过小说语言的狂欢化、世界经验的狂欢化和文学体裁的狂欢化解构了文本的整体性和确定性，消解了传统小说的宏大叙事结构，消除了文本的边界，给读者提供了极大的参与和创造的机会；通过戏仿、反体裁写作等艺术手法力求解放现代文明和权力机制的压抑、改变死寂世界中荒诞的现实，并对命运、无常、死亡等形而上的哲学命题进行了深刻的阐释和探讨，使笔下的人物变成狂欢节上的"小丑"，上演着加冕与脱冕的狂欢节仪式，人们以幽默、讽刺对抗现实世界的荒诞性和死亡的恒在，以游戏的态度关注当下；唐利维的小说文本不再是意义相遇的场所，而是人们纵情嬉闹的狂欢广场，在消解权威和等级之后，唐利维以喜剧的文学样式表现饮食男女在酒神的带领下纵情狂欢，重构了一个狂欢化的世界，体现了巴赫金"笑一切"的艺术思想。苏凤同志的论著《J.P.唐利维的"狂欢化"小说创作》具有以下几个特点：理论探讨与文本细读相结合、思想研究与形式分析相结合、跨学科研读与多角度考察相结合，以科学的研究方法得出了可靠的结论。

一、理论探讨与文本细读相结合

本书作者在阐释唐利维小说中语言的狂欢化时，首先在理论上追根溯源，层层递进地深入探讨了这一概念。作者指出，"语言的狂欢化"概念是著名的苏联文艺学家米哈依尔·巴赫金在《陀思妥耶夫斯基诗学问题》中提出的。狂欢化起源于狂欢节，如果文学直接或通过一些中介环节间接地受到这种或那种狂欢节民间文学的影响，那么这种文学我们拟称为狂欢化的文学。狂欢化指的是一切狂欢节式的庆贺、仪礼、形式的总和。狂欢节形成了一整套具有象征意义的具体感性形式的语言,从大型复杂的群众性戏剧到个别的狂欢节表演。这一语言生动地表现了统一的(但复杂的)狂欢节世界观,这一世界观渗透了狂欢节的所有形式。这是一种无法充分、准确地译成文字的语言,更不用说译成抽象概念的语言。不过它可以在一定程度上转化为同它相近的艺术形象的语言,也就是说转化为文学的语言。由此可见,将狂欢式转化为文学语言就是狂欢化的语言,亦即语言的狂欢化。

  作者进一步指出,狂欢化表现在生活的各个方面,它也影响了文学。人们的狂欢化的世界感受可以超越时间和空间,跳过生存的规律和理智的规律。狂欢化的语言不受时间与空间的限制,只要心有所想,就可以让时间和空间穿越或为之停滞。因此,狂欢化的语言也表现在作者思维不受时间、地点的限制,任意穿梭于不同的时空状态中;幻想、白日梦、乌托邦式的梦幻都是狂欢化语言的表现形态。经过漫长的岁月,狂欢节的精神不断被多种文学体裁吸收,转化为文学语言的狂欢节诸形式,成了艺术地把握生活的强大手段;变成一种特殊的语言,这种语言中的词语和形式具有一种巨大的象征性概括的力量,换言之就是向纵深概括的力量。狂欢节的精神之一便是交替与变更,打破常规和习俗,释放人们心底的本能能量。因此,秩序和等级是狂欢节首先要颠覆的对象之一。语言也无所谓高雅、低俗,一切向着平民的、大众化的方向发展。在文学领域,狂欢化的语言表现出离经叛道,甚至狂放不羁,一改传统文学语言的正统、严肃、规范、明晰等特征,从而使语言变得模糊、不确定、支离破碎,呓语、幻想、白日梦等昔日不能登大雅之堂的语言都能找到它们自己的属地。

  完成了在理论上对"语言的狂欢化"这一概念的清晰探讨后,作者进一步将理论的阐释融入小说文本分析中,看唐利维是如何在后现代语境下在小说创作中实现语言的狂欢化的。作者分析了小说《姜人》和《吃洋葱的人》的文本,指出唐利维通过视角转换、意识流动、符号跳跃、时空错乱、语言实验和意象多义性等创作手法表现出颠覆性和大众性的后现代艺术特征,使这两部小说分别从错乱的时空、语言的多义性和不确定性等方面构建了一个狂欢化的小说世界。作者认为,唐利维在《姜人》中采用叙述视角的转换、符号的跳跃、意识的流动、时空错乱、悖论式的语言等叙事艺术实验,成功实现了对意象客体的动态化叙事。这种视角的转化和空间的位移实现了语言上的狂欢化叙事。在小说《吃洋葱的人》中,唐利维用意象的多义性、语言实验和语言游戏(大量的俚语、外来语、黑话、生造词和很多批评家所说的"陈词滥调"),使整个文本显得晦涩、沉闷、拖沓、冗长。语言风格行文不拘一格,断句、碎片、怪词滥调、无谓语句子、新造词汇、直接引语与间接引语混杂,让人目不暇接、眼花缭乱。叙事视角也不断转换,第一人称、第三人称频繁变换,造成空间错乱和时间凝滞,几个不同时空的场景会同时出现,形成第一、第二空间的短路和第三空间的无限扩张。小说与诗句,书信体和报刊文体,甚至在第二十一章中电影《泰坦尼克号》的台词都被置于文本之中,形成一种滑稽怪诞的效果。由此可见,后现代文本本身是一种"语言构造物",是一个网状结构,读者可以从任何地方开始阅读,也可以从任何地方停止阅读。《吃洋葱的人》中多次提到"狂欢"一词,唐利维想借此告诉读者他的文本就是一个狂欢化的语言世界。理论探讨与文本细读相结合,使作者的观点论证充分有力。

二、思想研究与形式分析相结合

文学批评的主要任务是要通过细读文本并对其进行深刻的分析研究,揭示作品所表现的深刻的主题思想以及表现主题思想的艺术形式——结构和技巧。苏凤同志的论著既研究了小说《塞缪·S最悲伤的夏天》和《吃洋葱的人》所表现的关于"垮掉的一代"的主题思想,又探讨了小说独特的艺术形式,揭示小说家在创作中实现了深刻的思想性与高超的艺术性的完美统一。本书作者指出,荒诞与幻灭是唐利维上述作品的主题之一。在作品中,唐利维将幻想、想象、沉思、白日梦等"垮掉的一代"的风格融入创作中,在主题和形式上都表现出强烈的反传统倾向和叛逆的艺术特征,这种狂欢化的世界被表现得淋漓尽致。

作者指出,唐利维的中篇小说《塞缪·S最悲伤的夏天》反映了"垮掉的一代"的荒诞人生、虚无主义人生哲学和重视心理真实的艺术观和"垮掉"的根源。小说《塞缪·S最悲伤的夏天》中没有采用传统的流浪体,而是把背景固定在维也纳身上。作为"垮掉的一代"小说代言人的唐利维,他在小说创作中也尊崇了"心理真实"这一原则。他注重刻画人物内心的真实感受和心理状态,通过聚焦人物心理、采用隐蔽的叙述者和对叙事时间的特殊处理,来反映人物对生活的真实体验。首先,唐利维通过内聚焦来反映人物的"心理真实"。内聚焦指的是叙事视角的内倾化,是相对叙事视角的外部聚焦而言的。在《塞缪·S最悲伤的夏天》中,唐利维将塞缪的内心世界推到主角的位置,叙事者时而隐退,着重刻画人物的心理感受和生活感悟。人物的思想、意识、幻想、想象与白日梦混在一起。其次,隐蔽的叙述者也体现了人物的"心理真实"。在《塞缪·S最悲伤的夏天》中,唐利维频繁变换叙述者,第一人称与第三人称经常互换,直接引语与间接引语穿插;通过一个潜在的叙述者的声音来表现人物的"心理真实"。唐利维通过转说来表现人物的语言或思想。再次,唐利维还通过特殊处理叙述时间的策略来把握人物的"心理真实",过去、现在、将来的时间常常被并置,故事情节也不一定按照顺序展开,在回想一些生活片段时,时间甚至出现凝滞,叙述短路的现象时有发生,这真实地反映出主人公当时的心理状态。

  本书作者十分重视对小说思想性的研究。作者指出,在主题上唐利维的小说表现的是"垮掉的一代"的荒诞性,突出的是主人公的无助、迷茫、叛逆和精神虚无倾向;唐利维虽然生动表现了"垮掉的一代"的特征,但也对"垮掉的一代"的生活行为方式、价值观念等进行了反思,认为在冲击传统价值观念和颠覆秩序、理性的同时,"垮掉的一代"也因其个性的极端张扬和过度的破坏力走向了自由的反面,给社会和他人均造成了一定的负面影响;唐利维作为一名后现代艺术家,他并没有沉迷于"文字游戏"、"为艺术而艺术",而是有着高度的自觉意识,具有深刻的社会批判性,其小说创作承载了时代的特征,在一定程度上反映了美国和欧洲的社会现实。这些评论都是本书作者自己独到的创新见解。

三、跨学科研读与多角度考察相结合

  美国后现代主义小说是以非理性主义或反理性主义为哲学支柱的。后现代主义既否定了现实主义关于外部世界的"反映论",也否定了现代主义关于人的内心世界的"表现论",它注重表达的

换、符号的跳跃、意识的流动、时空错乱、悖论式的语言等叙事艺术实验,成功实现了对意象客体的动态化叙事。这种视角的转化和空间的位移实现了语言上的狂欢化叙事。在小说《吃洋葱的人》中,唐利维用意象的多义性、语言实验和语言游戏(大量的俚语、外来语、黑话、生造词和很多批评家所说的"陈词滥调"),使整个文本显得晦涩、沉闷、拖沓、冗长。语言风格行文不拘一格,断句、碎片、怪词滥调、无谓语句子、新造词汇、直接引语与间接引语混杂,让人目不暇接、眼花缭乱。叙事视角也不断转换,第一人称、第三人称频繁变换,造成空间错乱和时间凝滞,几个不同时空的场景会同时出现,形成第一、第二空间的短路和第三空间的无限扩张。小说与诗句,书信体和报刊文体,甚至在第二十一章中电影《泰坦尼克号》的台词都被置于文本之中,形成一种滑稽怪诞的效果。由此可见,后现代文本本身是一种"语言构造物",是一个网状结构,读者可以从任何地方开始阅读,也可以从任何地方停止阅读。《吃洋葱的人》中多次提到"狂欢"一词,唐利维想借此告诉读者他的文本就是一个狂欢化的语言世界。理论探讨与文本细读相结合,使作者的观点论证充分有力。

二、思想研究与形式分析相结合

文学批评的主要任务是要通过细读文本并对其进行深刻的分析研究,揭示作品所表现的深刻的主题思想以及表现主题思想的艺术形式——结构和技巧。苏凤同志的论著既研究了小说《塞谬·S最悲伤的夏天》和《吃洋葱的人》所表现的关于"垮掉的一代"的主题思想,又探讨了小说独特的艺术形式,揭示小说家在创作中实现了深刻的思想性与高超的艺术性的完美统一。本书作者指出,荒诞与幻灭是唐利维上述作品的主题之一。在作品中,唐利维将幻想、想象、沉思、白日梦等"垮掉的一代"的风格融入创作中,在主题和形式上都表现出强烈的反传统倾向和叛逆的艺术特征,这种狂欢化的世界被表现得淋漓尽致。

作者指出,唐利维的中篇小说《塞缪·S最悲伤的夏天》反映了"垮掉的一代"的荒诞人生、虚无主义人生哲学和重视心理真实的艺术观和"垮掉"的根源。小说《塞谬·S最悲伤的夏天》中没有采用传统的流浪体,而是把背景固定在维也纳身上。作为"垮掉的一代"小说代言人的唐利维,他在小说创作中也尊崇了"心理真实"这一原则。他注重刻画人物内心的真实感受和心理状态,通过聚焦人物心理、采用隐蔽的叙述者和对叙事时间的特殊处理,来反映人物对生活的真实体验。首先,唐利维通过内聚焦来反映人物的"心理真实"。内聚焦指的是叙事视角的内倾化,是相对叙事视角的外部聚焦而言的。在《塞缪·S最悲伤的夏天》中,唐利维将塞缪的内心世界推到主角的位置,叙事者时而隐退,着重刻画人物的心理感受和生活感悟。人物的思想、意识、幻想、想象与白日梦混在一起。其次,隐蔽的叙述者也体现了人物的"心理真实"。在《塞缪·S最悲伤的夏天》中,唐利维频繁变换叙述者,第一人称与第三人称经常互换,直接引语与间接引语穿插;通过一个潜在的叙述者的声音来表现人物的"心理真实"。唐利维通过转说来表现人物的语言或思想。再次,唐利维还通过特殊处理叙述时间的策略来把握人物的"心理真实",过去、现在、将来的时间常常被并置,故事情节也不一定按照顺序展开,在回想一些生活片段时,时间甚至出现凝滞,叙述短路的现象时有发生,这真实地反映出主人公当时的心理状态。

　　本书作者十分重视对小说思想性的研究。作者指出,在主题上唐利维的小说表现的是"垮掉的一代"的荒诞性,突出的是主人公的无助、迷茫、叛逆和精神虚无倾向;唐利维虽然生动表现了"垮掉的一代"的特征,但也对"垮掉的一代"的生活行为方式、价值观念等进行了反思,认为在冲击传统价值观念和颠覆秩序、理性的同时,"垮掉的一代"也因其个性的极端张扬和过度的破坏力走向了自由的反面,给社会和他人均造成了一定的负面影响;唐利维作为一名后现代艺术家,他并没有沉迷于"文字游戏"、"为艺术而艺术",而是有着高度的自觉意识,具有深刻的社会批判性,其小说创作承载了时代的特征,在一定程度上反映了美国和欧洲的社会现实。这些评论都是本书作者自己独到的创新见解。

三、跨学科研读与多角度考察相结合

　　美国后现代主义小说是以非理性主义或反理性主义为哲学支柱的。后现代主义既否定了现实主义关于外部世界的"反映论",也否定了现代主义关于人的内心世界的"表现论",它注重表达的

是叙述话语本身，关注的是无意义的语言游戏，表现出无选择性、无中心意义、无完整性，甚至是"精神分裂式"的表述特征。后现代主义小说通过元小说的创作手法，不断地显示作品的虚构特征，由此写作转向了本体展示，转向了揭露写作的虚构性。对后现代主义文学的研究批评就必须以西方马克思主义哲学、后现代社会学、符号学、叙事学等学科理论为支撑。因此，苏凤同志研究唐利维的后现代主义小说的论著是跨学科研读，从而深刻地、正确地揭示了作家通过作品对后现代时期人类世界的认识以及作家为有效表现后现代时期的人类经验而在叙事艺术中的大胆创新。在论述唐利维小说中体裁的狂欢化时，苏凤采取跨学科研读与多角度考察相结合的方法，全面地揭示了体裁狂欢化的创作效果。

在本书中，作者从弗洛伊德精神分析的理论视角出发，根据弗洛伊德的观点，"人类的爱欲与死欲是两种本能"，"性本能或称爱欲，是一种'自我保存本能'，而死亡本能的任务是'引导感官生命回归到无生命形态'。爱欲是生存本能的表现，死欲是死亡本能的表现。在人的一生中，爱欲与死欲交互作用，充满了对抗"，大胆而有力地断言：唐利维的小说是爱欲与死欲交织的狂欢。他的小说一方面尽展主人公不可遏止的爱欲；另一方面，他又极力渲染人物对死欲难以克服的向往。唐利维建构了一个在爱欲表象下充满死欲的小说世界：现实原则与快乐原则交互占据支配地位，于是出现爱欲与死欲的对抗、失衡，最终死欲占据主导地位，致使唐利维的作品越来越呈现黑暗的色调，表现出喜剧文字下的悲观主义思想认识。

在讨论唐利维的小说世界里酒神与死神共舞的狂欢时，本书作者借鉴了尼采美学思想中的酒神学说——酒神是悲剧诞生之神，代表癫狂、迷醉与艺术，象征丰收、激情、本能、欢乐、纵欲、狂喜，进而深刻地指出唐利维的小说所构筑的狂欢化世界体现了酒神精神中的诸多方面，比如《姜人》中作为垂死酒神的主人公对生命之无意义与无恒的领悟、他的迷醉与宣泄、蜕变与新生等方面。即便是对待生命最艰难的问题，他也如酒神或酒神祭祀者那样保持一种乐观向上的人生态度。在后现代社会文化断裂和信仰缺失的年代，唐利维所塑造的人物生命意志如酒神一般肯定生命、肆意宣泄，即使放弃生命，也为自身活力的不可穷竭而欢欣鼓舞，充满生命不衰的力感。这就是酒神精神，在体会到生命的无常和无恒后，个体生命领悟到必须用积极的态度对待人生的痛苦。主人公丹杰面对生命和死亡的态度体现了唐利维早期作品中酒神意义上的那种积极对待人生的价值观，虽然唐利维意识到人生的悲剧性，但他内心还是相信人们可以通过自己的努力战胜困难，克服自己的弱点，摆脱命运的不幸。这是一种积极肯定人生的态度，这种强烈的生命意志正是尼采哲学的精义：人生虽然是悲剧性的，但是人可以通过强力意志积极的生存下去。这样的分析和判断是十分深刻而有力的。

　　本书作者又恰当地借用当代美国著名哲学家和政治思想家、法兰克福学派和弗洛伊德主义的马克思主义的重要代表人物马尔库塞的学说作为自己观点的理论支撑，来讨论唐利维大部分小说中爱欲表象下的死欲。马尔库塞认为，将爱欲解放，还原人的本质，是拯救文学艺术和人类的根本："艺术作品倾诉着解放的语言，激发出那种使死亡和毁灭从属于生存意志的自由想象。"因此，他提出了"新感性"，即快乐主义至上的原则。因此，本书作者明确指出，唐利维第一部遭禁版的小说《姜人》便遵循快乐主义至上的创作原则，倾诉着"解放的语言"。主人公丹杰的求生欲望和他的爱欲一样强烈。丹杰对一味要求人们顺从、不尊重生命个体的政府行为感到愤怒，他认为这有违生命的本质。他也拒绝接受把人当作"难民"去救赎的宗教，认为这样的宗教毫无创造性，于国家和社会无益。

　　苏凤同志的专著《J.P.唐利维的"狂欢化"小说创作》以理论探讨与文本细读相结合、思想研究与形式分析相结合、跨学科研读与多角度考察相结合的科学的研究方法，得出了可靠的令人信服的结论：唐利维是一位具有强烈的后现代人道主义思想和高超的艺术创新的小说家。在现实主义和现代主义手法都不再适应表现后现代人类经验的文学背景下，唐利维大胆地在其小说创作中进行了各种后现代主义创新实验，从而更有效、更深刻地表现了后现代人类的经验，表现出对社会现实的深切关注。他的小说在解构现代性所营造的虚假现实的同时，在文本中又重构了一个适于后现代人类生存的狂欢化小说世界。综上所述，苏凤同志的论著是一部系统、全面、深刻研究美国后现代主义小说家J.P.唐利维的力作，在学术观点和研究方法方面都有很大创新，表现出重大的理论价值和重要的现实意义。

苏凤同志于2012年6月毕业于中国人民大学，获博士学位。她是我指导的第三个博士生。她聪明勤奋，谦虚好学，刻苦钻研，取得了较丰硕的研究成果。2016年，苏凤同志以两个不同领域的不同课题成功地获得了两个北京市社会科学基金项目，这种情况实不多见，既表明了她高度的工作热情、强烈的开拓进取精神，也证明了她较强的科研能力和较高的学术水平。作为她的导师，我感到由衷地高兴！写到这里，我还想用2002年5月我在厦门大学读博士生时的导师杨仁敬教授为我的第一部专著《美国后现代主义小说艺术论》（2002）所写"前言"中的结束语，来结束今天我为我的学生苏凤博士的第一部专著所写的"序言"，并以此共勉：

学术的道路是漫长的。曾在哈佛大学任教的美国哲学家桑塔亚纳说过："人类唯一的真正尊严也许就是有本领说自己不行。"在他看来，一切学问都是无止境的，而人的生命是有限的。学而后知不足，任重而道远。希望苏凤同志戒骄戒躁，开拓进取，与时俱进，努力攀登英美文学研究的新高峰。

陈世丹
2016年9月22日

前　言

詹姆士·帕特里克·唐利维（James Patrick Donleavy, 1926— ）是美国当代勇于创新、非常有影响的后现代主义作家。自1955年发表小说《姜人》以来，他笔耕不辍，至今已发表《了不起的人》、《吃洋葱的人》、《纽约的童话》、《斯库斯》等14部小说。其作品已被翻译成法语、德语等24种语言，国际影响较大。唐利维坚持后现代主义的现实观。他认为，当今世界是不稳定、不确定、非连续、无序、断裂和突变的，因此单一的、固定不变的逻辑和原则以及普适的规律已经不能反映当今社会的现实。于是，唐利维在文学创作中进行了变革和创新，其作品取材和艺术手法均表现出开放性和多样化的倾向。在内容取材上，他的小说既涉及他者、语言主体性等形而上的主题，也关注了普通人日常生活中所面临的诸多现实问题。在艺术手法上，唐利维突破传统现实主义的叙事手法，运用了黑色幽默、戏仿、蒙太奇、拼贴等多种后现代主义的叙事技巧。丰富多样的内容和迥然相异的艺术手法使唐利维的小说呈现出少见的"狂欢化"特点。他在解构传统文学叙事方式和体裁样式的整体性和封闭性的同时，又以狂欢化的理念重构了一个承认他者、容忍差异、主张开放性和多元化的小说世界。

一方面，唐利维通过小说语言的狂欢化、世界经验的狂欢化和文学体裁的狂欢化解构了文本的整体性和确定性，消解了传统小说的宏大叙事结构，消除了文本的边界，给读者提供了极大的参与性和创造性。这暗合狂欢化理论中的死亡与新生、交替与变更、矛盾之美、鄙俗化、亵渎圣物等精神内核。唐利维小说创作中错乱的时空、多变的叙事视角、语言的多义性、不确定性等后现代艺术手法实现了语言的狂欢化。"愤怒的青年"主题小说和"垮掉的一代"主题小说则将传统小说塑造人物和反映现实的文本观双重解构,体现了世界经验狂欢化的要义。反体裁写作、戏仿、真实与虚构并置的写作方式则契合"鄙俗化"写作倾向。可以说,以喜剧、幽默著称的唐利维在创作手法上解构了文本的稳定性,并使意义没有得到确证的可能,从而实现了文本的狂欢化。

另一方面,唐利维又重构了一个后现代"狂欢化"的小说世界。他通过戏仿、反体裁写作等艺术手法力求解放现代文明和权力机制的压抑、改变死寂世界中荒诞的现实,并对命运、无常、死亡等形而上的哲学命题进行了深刻的阐释和重构。他的笔下展示了一个破碎的、不稳定的、怪诞的小说世界。在这个世界中,小说中的人物变成了狂欢节上的"小丑",上演着加冕与脱冕的狂欢节仪式;人们以游戏的态度只关注当下;文本不再是意义相遇的场所,而是人们纵情嬉闹的狂欢广场。在消解权威和等级之后,唐利维以喜剧的文学样式,通过幽默、讽刺对抗现实世界的荒诞感和死亡的恒在,表现饮食男女在酒神的带领下纵情狂欢,体现了巴赫金"笑一切"的艺术思想。

在创作过程中,唐利维的世界观和艺术观有所变化。这种转变清晰地反映在他的文本之中。在早期作品(比如《姜人》)中,唐利维已意识到人生无常与无恒的悲剧本质,但他信奉尼采的酒神精神和"强力意志"。他认为,人在死神和悲剧命运面前需以"超人"意志和强烈的生命欲望去克服人性的弱点,并积极地肯定人生价值。到中期,亦即20世纪六七十年代,唐利维的作品呈现出悲喜交加的色调。这一时期,死欲和死神开始蚕食爱欲和酒神精神,唐利维此阶段的作品表现出前所未有的复杂性,其思想亦渐转向保守主义,他开始怀疑酒神的乐观主义精神,并质疑"超人"意志能否最终引导人们走出命运的囹圄和人生的困境。到了晚期,即20世纪八九十年代,唐利维最终皈依叔本华的悲观主义哲学思想,其作品中的悲剧性已压倒了早期的喜剧性,死欲和死神击败了爱欲和酒神,从而使这一时期的作品呈现出更为沉郁、灰暗和绝望的基调。唐利维作品风格的转变反映了其人生观的变化和创作上的转型。他笔下所创造的小说世界是酒神与死神共舞、爱欲与死欲交织、喜剧与悲剧共存的狂欢化世界。

从表面看,唐利维的小说是"笑一切"的喜剧文学。实际上,他用自己细腻的笔触建构了一个"含泪的笑"的小说世界。本书从狂欢化理论和后现代重构性特征入手,分析唐利维小说创作中深刻的主题内容和独特的艺术特征,探讨其文学价值和对当前中国小说创作的启示。

本书分为六个部分:

导言部分主要梳理并介绍唐利维其人其作、国内外对其研究的现状。这些研究关注较多的是唐利维早期的几部作品,而对其创作的整体性研究尚不多见,尚未有人从狂欢化的角度全面研究唐利维小说创作的丰富多样性。

第1章"唐利维小说中语言的狂欢化"分析了小说《姜人》和《吃洋葱的人》在后现代语境下语言的狂欢化。这两部小说分别从错乱的时空、语言的多义性、语言的不确定性等方面构建了一个狂欢化的小说世界。唐利维通过视角转换、意识流动、符号跳跃、错乱时空、语言实验、意象多义性等创作手法表现出颠覆性和大众性的后现代艺术特征。

第2章"唐利维小说中世界经验的狂欢化"探讨了唐利维"愤怒的青年"主体小说和"垮掉的一代"主题小说。唐利维早期的"愤怒的青年"作品(以《姜人》为例)针砭时弊,反映当时欧洲社会的诸多矛盾,揭露"愤怒的青年"一代的生活现状和人被异化的现实,表现了作者对社会现实的深切关注。到中期的"垮掉的一代"主题小说中(以《塞缪·S最悲伤的夏天》为例),唐利维将超现实主义的艺术手法融入作品:幻想、想象、意识流、沉思、白日梦等与现实混杂在一起。小说的叙述方式突破了"愤怒的青年"的现实主义手法,巧妙地将现实主义的细节描写和后现代主义的艺术手法交融,表现出激烈的反传统倾向。此外,唐利维通过内聚焦、隐蔽的叙述者和对叙述时间的处理上,揭示人物的"心理真实",将自己的世界感受与作品中的人物形象融合到一起,带有浓厚的个人化倾向,实现了世界经验的狂欢化。

第3章"唐利维小说中文学体裁的狂欢化"研究了唐利维在创作手法上打破传统的高雅文学与低俗文学之间的界限,突破了文学与文学批评、文学与哲学、文学与历史、文学与政治等之间的边界。他(以《吃洋葱的人》和《普林斯顿的错误消息》为例)一改高雅、严肃文学的创作思路,通过体裁上的戏仿、复调、真实与虚构并置、反体裁写作等艺术手法,实现了文学形式的突破。在这个过程中,唐利维并非一味随心所欲、任意创作或游戏文本。实际上,他通过文本表面的"平面化"、"无历史感"、"无深度"等造成语言的扭曲和变形,来消解自身并诉说言语之外的意义。唐利维的小说创作在形式上的"变体"可谓是一种突破和创新。

第4章"唐利维狂欢化写作的精神实质"论述了唐利维小说的艺术观和写作的精神实质。通过对唐利维早期(《姜人》)、中期(《巴萨的兽性至福》)和晚期(《纽约的童话》)代表作品的分析,比较了唐利维三个阶段作品风格的变化,由此推断唐利维哲学观和人生观的转变,揭示其作品中酒神与死神共舞、爱欲与死欲交织、喜剧与悲剧并存的独特风格。唐利维在解构传统小说的严肃性和权威性、颠覆现代主义"为艺术而艺术"的创作思路后,另辟蹊径进行了别出心裁的后现代语言实验和语言游戏。在他的爱与死、悲与喜、迷醉与癫狂的文本世界中,唐利维尽情演绎着各种人生,以喜剧性的语言揭露了现实的悲剧性。

结语部分在总结全文的基础上指出唐利维的小说内容丰富、形式多变、具有极大的艺术张力。唐利维的小说在形式上突破传统,勇于创新;在主题上关注现实,具有强烈的社会批判性,体现了一个知识分子的社会责任感;在内容上展现了当代社会荒诞的现实,揭露了西方社会物质繁荣与人类精神贫乏的矛盾。唐利维的小说创作表明现实主义的单一艺术手法已不能表现当今复杂、多元、充满暴力的后现代社会之现实;作家应不断创新,打破创作手法的局限和流派的观念。作为出生于美国、后移居欧洲大陆的一名后现代主义作家,唐利维根据表达主题的需要,继承了幽默轻松的喜剧传统,又吸收了现代悲剧文学的精粹,灵活地采用了多样化的叙事风格。这对当前中国的文学创作也有所启示。唐利维的形式创新与意义深度辨证统一的后现代主义小说创作为美国文学乃至世界文学做出了重要贡献。

J. P. 唐利维作品名称的缩写形式

TGM: *The Ginger Man*
ASM: *A Singular Man*
TOE: *The Onion Eaters*
AFT: *A Fairy Tale of New York*
TSS: *The Saddest Summer of Samuel S*
TBB: *The Beastly Beatitudes of Balthazar B*
WII: *Wrong Information Is Given Out at Princeton*
TLW: *The Lady Who Liked Clean Rest Rooms*

- 导　言　/ 001
    - 0.1　"世俗的叛逆者"——美籍爱尔兰作家詹姆士·帕特里克·唐利维　/ 1
    - 0.2　文学批评视野中的詹姆士·帕特里克·唐利维　/ 4
    - 0.3　研究缘起　/ 14
- 第1章　唐利维小说中语言的狂欢化　/ 19
    - 1.1　语言的狂欢化　/ 19
        - 1.1.1　"语言狂欢化"的概念与内涵　/ 19
        - 1.1.2　后现代语境下语言的狂欢　/ 20
    - 1.2　唐利维小说中的狂欢化叙事　/ 21
        - 1.2.1　错乱的时空　/ 21
        - 1.2.2　语言的多义性　/ 31
        - 1.2.3　语言的不确定性　/ 38
    - 1.3　小结:唐利维小说中语言狂欢化的意义　/ 45
        - 1.3.1　颠覆性——破坏性　/ 45
        - 1.3.2　大众性——建设性　/ 47
- 第2章　唐利维小说中世界经验的狂欢化　/ 50
    - 2.1　世界经验的狂欢化　/ 50
        - 2.1.1　世界经验狂欢化的概念与内涵　/ 50
        - 2.1.2　后现代语境下世界经验的狂欢　/ 52
    - 2.2　唐利维的"愤怒的青年"主题小说　/ 53
        - 2.2.1　"愤怒的青年"概念的源起与内涵　/ 53
        - 2.1.2　"愤怒"的书写　/ 55
    - 2.3　唐利维的"垮掉的一代"主题小说　/ 59
        - 2.3.1　"垮掉的一代"的概念与内涵　/ 60
        - 2.3.2　荒诞与幻灭的世界　/ 63
    - 2.4　小结:唐利维小说中世界经验狂欢化的意义　/ 75
        - 2.4.1　主题意义　/ 75
        - 2.4.2　艺术特征　/ 77

- 第3章 唐利维小说中文学体裁的狂欢化 /80
  - 3.1 文学体裁的狂欢化 /80
    - 3.1.1 文学体裁狂欢化的概念与内涵 /80
    - 3.1.2 后现代语境下文学体裁的狂欢 /81
  - 3.2 唐利维小说中的体裁鄙俗化倾向 /83
    - 3.2.1 反体裁写作模式 /83
    - 3.2.2 真实与虚构并置 /97
  - 3.3 唐利维小说中体裁的杂糅 /114
    - 3.3.1 黑色喜剧 /115
    - 3.3.2 后现代寓言 /121
    - 3.3.3 叙述中的复调 /130
  - 3.4 小结：唐利维作品中体裁狂欢化的意义 /137
- 第4章 唐利维狂欢化写作的精神实质 /140
  - 4.1 酒神与死神共舞的狂欢 /140
    - 4.1.1 酒神精神与死神精神 /140
    - 4.1.2 唐利维小说中酒神与死神的共舞 /142
  - 4.2 爱欲与死欲交织的狂欢 /163
    - 4.2.1 爱欲向度与死欲向度 /163
    - 4.4.2 唐利维小说中爱欲与死欲的交织 /165
  - 4.3 喜剧与悲剧并置的狂欢 /172
    - 4.3.1 喜剧之维与悲剧之维 /172
    - 4.3.2 唐利维小说中喜剧与悲剧的并置 /174
  - 4.4 小结：唐利维小说中的矛盾悖谬观的实质 /184
    - 4.4.1 唐利维的小说艺术观 /184
    - 4.4.2 唐利维式的狂欢化写作启示 /185
- 结 语 /187
- 参考文献 /191
- 后 记 /200

导　言

0.1 "世俗的叛逆者"——美籍爱尔兰作家詹姆士·帕特里克·唐利维

居住在都柏林西 80 公里开外的郊区庄园①、过着与世隔绝的隐士生活的詹姆士·帕特里克·唐利维是一位颇具争议的后现代作家。② 他集小说家、剧作家、诗人、影视剧作家、画家、拳击手、农场主等多重身份于一身，被视为美国当代最具创新精神的小说家之一。1926 年，唐利维出生于纽约的布鲁克林，父母为爱尔兰移民到美国的公民，家境小康。唐利维从小并没有在爱尔兰人聚居的社区长大，而是更多地受到纽约大都市文化的感染和美国主流社会的熏陶。1946 年，唐利维离开美国，并开始了在爱尔兰的生活。1972 年后，唐利维定居爱尔兰，原因是他"害怕在纽约死于非命，而在爱尔兰可以舒服地死在自家的床上"③。唐利维先在纽约读中学，18 岁时应征入伍美国海军，参加二战。战后，唐利维前往都柏林三一学院学习微生物病理学。遗憾的是，唐利维并没有拿到学位。在本科第三年，他便开始了绘画和写作，放弃了自己不喜

---

① 庄园名称叫"莱屋墩公园"（Levington Park），建于 1750 年，乔伊斯的父亲曾在那里居住过。
② 也有评论将唐利维归为后现实主义作家。参见 The Iowa Review, Vol. 24, No. 2, Spring-Summer 1994, p258 – 264.
③ "The Art of Fiction No. 53 J. P. Donleavy", The Paris Review, p44.

欢的微生物病理学专业。唐利维曾举办过多次画展,但并没有成名。于是,他转向写作。25岁时,他开始着手创作《姜人》。20世纪50年代,唐利维完成了自己的处女作《姜人》(*The Ginger Man*, 1955)。但是《姜人》的出版并不顺利,唐利维先后遭到近50家出版社的拒绝。直到1955年,巴黎的奥林匹亚出版社未经唐利维同意,将《姜人》归为色情小说"旅行者的伴侣"系列公开出版。巧合的是,该出版社也曾出版过詹姆士·乔伊斯的《尤利西斯》[1]、亨利·米勒[2]和塞缪·贝克特[3]的作品。为维护自己和作品的名誉,唐利维只好在英国另寻出版社,并且起诉了奥林匹亚出版社。经过22年漫长的法律诉讼,唐利维最终获胜,收回版权,并收购了该出版社。乔瑟夫·海勒[4]称唐利维是"我们这个时代最有成就的作家之一"[5]。这段经历也帮助唐利维写成《了不起的人》(*The Singular Man*, 1964)。在该小说中,唐利维入木三分地塑造了一个成功的商人,该商人面对各种法律事件和匿名信威胁,生活在极度恐惧与不安中,抱着向死之心,花费毕生心血为自己打造了一个穷极奢华的大陵墓。

在《姜人》之后,唐利维在《了不起的人》、《巴萨的兽性至福》(*The Beastly Beatitudes of Balthazar B*, 1964)、《吃洋葱的人》(*The*

---

[1] 詹姆士·乔伊斯(James Joyce, 1882 – 1941)是意识流小说的卓越代表。他的作品多以都柏林为题材,无论描写对象还是表现方式,都给传统小说带来了根本性的变化,被尊为现代主义文学经典。

[2] 亨利·米勒(Henry Miller, 1891 –),美国"垮掉派"作家,代表作自传性三部曲:《北回归线》(1934年)、《黑色的春天》(1936年)、《南回归线》(1939年)。作品由于有许多露骨的性描写,所以很多出版社都予以拒绝,称为淫秽禁书。这三部作品后于法国面世。直到1961年才被解禁,他被60年代的反正统文学运动者称为"自由与性解放的预言家"。

[3] 塞缪尔·贝克特(Samuel Beckett, 1906 – 1989),20世纪爱尔兰、法国作家,创作的领域包括戏剧、小说和诗歌,尤以戏剧成就最高。他是荒诞派戏剧的重要代表人物。1969年,他因"以一种新的小说与戏剧的形式,以崇高的艺术表现人类的苦恼"而获得诺贝尔文学奖。

[4] 约瑟夫·海勒(Joseph Heller, 1923 – 1999),美国黑色幽默小说家。1923年5月1日生于纽约市布鲁克林。1942年在美国空军服役,曾任空军中尉,著作有《第二十二条军规》。

[5] http://www.jpdonleavycompendium.org/TGM-Charming-Cad.html, March 15, 2012.

Onion Eaters, 1971)、《塞缪尔·S 最悲伤的夏天》(The Saddest Summer of Samuel S, 1967)、《纽约的童话》(A Fairy Tale of New York, 1973)等作品中一改其早期的"愤怒的青年"激情爆发式的写作方法,而采取了更为低沉、忧郁、平缓的处理方式。此外,还有《达西·丹西先生的命运》(The Destinies of Darcy Dancer, Gentleman, 1977)、《斯库斯》(Schultz, 1980)、《利拉:达西·丹西先生的续集》(Leila: Further in the Life and Destinies of Darcy Dancer, Gentleman, 1983)、《你在听吗,拉比娄》(Are You Listening, Rabbi Low, 1987)、《那个达西,那个丹西,那位先生》(That Darcy, That Dancer, That Gentleman, 1990)、《普林斯顿的错误消息》(Wrong Information Is Being Given Out at Princeton, 1998)。作品集有《会见制造了我的疯狂的分子》(Meet My Maker the Mad Molecule, 1965)、《唐利维剧作集》(The Plays of J. P. Donleavy, 1972);剧本有《姜人》(1961)、《了不起的人》(1965)和《纽约童话》(1961);中篇小说有《打扫卫生间的女人》(The Lady Who Liked Clean Rest Rooms, 1997)和《塞谬·S 最悲伤的夏天》(The Saddest Summer of Samuel S, 1966)。唐利维的非小说作品有《他们在都柏林对〈姜人〉做了些什么》(What They Did in Dublin with "The Ginger Man: A Play", 1961)、《生存和风度手册》(The Unexpurgated Code: A Complete Manual of Survival And Manners, 1975)、《阿尔方网球》(De Alfonce Tennis, 1984)、《唐利维的岛屿》(J. P. Dunleavy's Ireland: In All Her Sins and in Some of Her Graces, 1986)、《了不起的国家》(A Singular Country, 1989)、《姜人的历史》(The History of the Ginger Man: An Autobiography, 1994)、《作家和他的画像》(An Author and His Image, 1997)。

　　唐利维的作品多以欧洲,尤其爱尔兰和美国作为背景,反映出本人求学、参军、旅居和移民的经历,呈现出跨文化、跨地域、跨民族的多样化色彩。此外,《姜人》荣登 20 世纪现代文学百部最优小说排行榜,在爱尔兰文学史最畅销书中排名第七。评论界认为唐利维的《姜人》与乔瑟夫·海勒的《第二十二条军规》、肯·克西的

《飞越布谷鸟巢》①和J.D.赛林格的《麦田的守望者》②一同并称为美国过去五十年中最有影响力的作品之一。③ 1960年,《纽约的童话》获"最优剧作奖",《姜人》和《纽约的童话》获"布兰代斯创意艺术奖",1975年入"国家研究所及美国文学艺术科学院索引",1988年获"卡尔加里文学奥林匹亚最佳读者奖"。此外,唐利维多部小说改编为剧本和电影,其中,《J.P.唐利维的岛屿》获1992年"休斯敦世界巨星金奖"和1993年"电影金鹰奖"。现今,曾经被几十家出版社拒绝,并在多国屡遭禁版的《姜人》现已销出450余万册,并被译成24种语言,在不同国家被世界各地的人们阅读,国际影响较大。

0.2 文学批评视野中的詹姆士·帕特里克·唐利维

国外研究现状

尽管唐利维批评作品与日俱增,但大多数研究至今都集中在唐利维的早期作品上,尤其集中于前五部作品,对其创作的整体性研究为数不多,而且批评者很少关注唐利维1990年以来新发表的小说。另一方面,目前对唐利维的研究方法比较单一,大多围绕唐利维的写作风格展开,集中探讨其语言、身份、叙事等方面,只有少数批评者注意到了唐利维创作中的俄狄浦斯情结、死亡隐喻、酒

---

① 肯·克西(Ken Kesey),美国著名小说家,1963年出版了长篇小说《飞越疯人院》而一举成名。小说《飞越布谷鸟巢》(*One Flew Over the Cuckoo's Nest*) 是被称为嬉皮时代的60年代美国反文化运动的经典之作,与在它之前的塞林格的《麦田守望者》以及克鲁亚克的《在路上》在美国和西方一直畅销不衰。

② 杰罗姆·大卫·塞林格(Jerome David Salinger,1919年出生),美国作家,他的《麦田里的守望者》被认为是20世纪美国文学的经典作品之一。

③ http://www.jpdonleavycompendium.org/tom kennedy interview.html, March 15, 2012.

神意象、政治、种族、反战意识、阶级等层面,很少有人去深入研究他创作的喜剧因素背后的写作初衷和动机。虽然 Thomas E. Kennedy 提到了唐利维作品中死亡的意象、种族主义和反战思想,Thomas Leclair 和 William David Sherman 也提到了唐利维小说中关于死亡的隐喻、孤独的主题和酒神之影响,但他们并未对此展开充分的论证。相对于唐利维创作的丰富性与其产生的影响来说,已有的研究大大简约了唐利维作品的思想内涵与审美特质,这不能不说是一种遗憾。

在 20 世纪五六十年代,唐利维的作品因其多义性解读冒犯了女权主义者和反种族主义者,而遭遇女权运动者和种族解放者的抵制和指责,同时也因其作品中的色情描写遭到教会的反对。因而,20 世纪 70 年代前,评论界对唐利维作品的叫骂声多过正面之词。20 世纪 70 年代后,唐利维的作品以其先锋性和对人性的关照引起读者的广泛关注,在美国校园变得尤其流行,荣登最畅销书籍排行榜。他的后现代风格和对人类生存状态的悲悯情怀契合当时美国社会的自由主义思潮,其作品中不确定的意义与开放的结尾更是符合德里达的反逻各斯及形而上学的解构主义思想。因此,唐利维在沉寂了半个世纪后,重新开始吸引美国学术界的关注,成为批评界的热点,出现了一些研究专著、论文集、学位论文以及上百篇书评和期刊论文。

就我目前所掌握的资料来看①,系统的英文研究专著有两本:Charles G Masinton 于 1975 年发表的 75 页的关于唐利维研究的专著 *J. P. Donleavy: The Style of His Sadness and Humor* 和 R. K. Sharma 在 1983 年发表的 *Isolation and Protest: A Case Study of J. P. Donleavy's Fiction*。Charles G. Masinton 在 *J. P. Donleavy: The Style of His Sadness and Humor* 里主要通过分析唐利维早期的代表作品《姜人》、《了不起的人》、《塞缪·S 最悲伤的夏天》、《巴萨的兽性

---

① 由于语言所限,以下的梳理仅限于英语资料,而没有涉及法语、德语、日语等其他语种的研究资料。

至福》《吃洋葱的人》和《纽约的童话》中的人物性格、主题思想、黑色幽默、语言风格和唐利维的写作观等方面,指出唐利维与现实主义作家不同,不再注重细节描写或典型人物刻画,而在于表达一种世界经验和情感,因此唐利维的作品有明显的"情绪控"倾向,为情感或情绪所主导。Charles 同时也注意到了唐利维作品中的"恋母情结"、戏仿手法、象征意义等方面,并对唐利维小说中的感伤喜剧因素和黑色幽默进行了诠释。该研究对于小说情节、人物性格和主题思想的分析占了大部分篇幅,更像是一个长篇书评。

R. K. Sharma 的专著 Isolation and Protest: A Case Study of J. P. Dunleavy's Fiction 质疑了评论界对唐利维小说"非道德"倾向的指责和把唐利维视为黑色幽默和"垮掉的一代"代言人的做法,分析了唐利维小说中主人公性格孤僻的原因所在,并指出唐利维通过荒诞哲学与"愤怒青年"的方式对黑色幽默和"垮掉的一代"的价值观进行了反思,具有批判现实意义。该研究由 8 个部分组成:第 1 章概括了 1950 年后的美国小说流派:黑色幽默、"垮掉的一代"、"愤怒的青年"和荒诞主义运动;第 2 章分析了《姜人》;第 3 章阐述了《了不起的人》;第 4 章是对《会见制造了我的疯狂的分子》和《塞缪·S 最悲伤的夏天》的分析;第 5 章概述《巴萨的兽性至福》;第 6 章分析了《吃洋葱的人》;第 7 章为《纽约的童话》的情节和艺术手法阐释;最后是结论部分。这部长达 182 页的专著对唐利维作品的评价主要侧重于通过分析人物及人物间的关系(尤其男女关系),大段大片的引文和对情节细节的重述占据了论著的 80% 以上版面。

其他研究散见于一些论文集和综合类批评专著中,大致可划分为两类。一类是探讨作者身份与主体性的,分析作者经历、经验对作品的影响。Colin Wilson 于 2007 年发表的 The Angry Years: The Rise and Fall of the Angry Young Men 著作中将唐利维归为愤怒的青年作家行列,并对其作品《姜人》进行了例证分析。James Campbell 在专著 Syncopations: Beats, New Yorkers, and Writers in the Dark 中也通过分析美国 20 世纪 50 年代的作家特征,其中"To Beat the Bible: A Profile of J. P. Donleavy"一章中分析了唐利维个人经历、自动写作、《姜人》的出版过程等,概括了唐利维嘲弄传统与权威的个性。Gene Feldman 和 Max Gartenberg 也早在 1958 年发表的 The Beat Generation and the Angry Young Men 中论述了唐利维的写作主体性。另外,Vivian Boland 和 St. Mary's Priory (Tallaght, Ireland)于 2006 年合著的 Watchmen Raise Their Voices: A Tallaght Book of Theology: Essays to Mark the 150th Anniversary of the Dominican House of Studies at Tallaght, Dublin (1855 – 2005)中提到唐利维的美籍爱尔兰身份在作品中的痕迹。Daniel J. Casey 和 Robert E. Rhodes 在 1979 年编写的 Irish-American Fiction: Essays in Criticism 中有一节是 Johann A. Norstedt 的"Irishmen and Irish-Americans in the Fiction of J. P. Donleavy"。在该章节中,Johann 分析了在爱尔兰独立之初,作为美籍爱尔兰人的唐利维在写作中对爱尔兰文化的态度之变化,反映了多数美籍爱尔兰人对爱尔兰这片国土又恨又爱的复杂情感,即从最初对爱尔兰田园社会的期望和浪漫主义幻想到遭遇现实的挫折、物质的匮乏之后产生的失望情绪,再到渐与他们祖上的家园和解,爱上这片土地且反观美国文化噩梦般的"贪婪、欲望和嫉妒"。此外,Robert Shenk 在 1997 年再版的著作 Authors at Sea: Modern American Writers Remember Their Naval Service 中分析了唐利维"二战"中参加海军的作战经历对其创作的影响。

另一类研究可归结为对唐利维创作风格的研究。例如,Ulrich Wicks 于 1989 年在其作品 Picaresque Narrative, Picaresque Fictions: A Theory and Research Guide 中提到唐利维流浪汉题材的创作技巧;Derek Mahon 和 Terence Brown 在 1944 年编纂并于 1996 年再版的 Journalism: Selected Prose 1970 – 1995 中肯定了唐利维作为诗人的地位;Nile Southern 在 2004 年发表的 The Candy Men: The Rollicking Life and Times of the Notorious Novel Candy 别出心裁地探讨了唐利维作品中拉伯雷式的讽刺风格;Nicholas Mosley 在 2004 年的作品 The Uses of Slime Mould: Essays of Four Decades 中有一节"Bits of

Gold on J. P. Donleavy"分析了他的小说叙事模式。

研究唐利维作品的期刊论文中,比较有代表性且具新意的有四篇论文:William David Sherman 的"J. P. Donleavy: Anarchic Man as Dying Dionysian"(1968);Thomas LeClair 的两篇文章"A Case of Death: The Fiction of J. P. Donleavy"(1971)和"The Onion Eaters and the Rhetoric of Donleavy's Comedy"(1972);另外,还有 Laura Mauk 的"Horse's Mouth"(2001)。其他多见诸访谈形式,在此不一一赘述。

William David Sherman 的"J. P. Donleavy: Anarchic Man as Dying Dionysian"从语言风格上分析了唐利维的三部小说《姜人》、《了不起的人》、《塞缪·S 最悲伤的夏天》和他的小说集《会见制造了我的疯狂的分子》。Sherman 侧重从人文主义的角度对人类生存现状进行分析,通过比较《姜人》、《了不起的人》和《塞缪·S 最悲伤的夏天》中主人公对待生死和命运的不同态度,探讨唐利维小说死亡和孤独的主题。与其他批评家一样,Sherman 也看到了主人公作为社会祭品的无可逃避性和必然的命运。另外,Sherman 提到了唐利维的悲剧情怀和酒神影响。

Thomas LeClair 在文章"A Case of Death: The Fiction of J. P. Donleavy"中,对唐利维小说作品中"死亡"主题进行了解读。他着重分析了唐利维早期的四部作品《姜人》、《了不起的人》、《塞缪·S 最悲伤的夏天》、《巴萨的兽性至福》中主人公的死亡意识。在对《姜人》的分析中,提出了时间、宗教、大海、船、自由等因素为主人公极力摆脱的死亡困惑之象征;在分析《了不起的人》时,他提出史密斯是丹杰人生的继续,只是史密斯更为"向死";在《塞缪·S 最悲伤的夏天》分析里,他首次提出了病态社会及周遭人群对有心理疾病的主人公的影响;最后作者分析了《巴萨的兽性至福》,并提出该书不同于前三部小说,指出此时唐利维不再建构价值体系,亦不再进行形而上的哲学思考,更没有紧张紧凑的情节安排,甚至故意制造出阅读障碍来挑战读者的期待视域。这篇文章可视为对唐利维早期四部作品的一般性解读,重点分析了他一贯的死亡主题。

　　Thomas LeClair 在 *The Onion Eaters and the Rhetoric of Donleavy's Comedy* 中延续了他在 *A Case of Death: The Fiction of J. P. Donleavy* 中提到的死亡主题，着重分析了唐利维的第五部作品《吃洋葱的人》。通过比较《吃洋葱的人》与唐利维的前几部作品《姜人》、《了不起的人》、《塞缪·S 最悲伤的夏天》、《巴萨的兽性至福》四部作品的不同之处，从修辞的角度分析了主人公对待生死的隐喻，指出《吃洋葱的人》中的主人公克莱门墩在性格上完全沦为死亡的祭品，失去探寻死亡意义及生的希望，并且指出唐利维拒绝（如先前几部作品中那样）提供给读者关于主人公遭遇、身世、行为的背景、道德等现实逻辑，致使读者无法用正常的思维去解读主人公的思想和行为。主人公对于已经发生、正在发生和将要发生在他身上的事情完全无能为力，只能听之任之，遭遇接二连三的厄运。克莱门墩仿佛一架留声机，毫无感情地记录着发生在自己身上和周围的一切。Leclair 认为唐利维先前四部作品中个人欲望与外界现实之冲突的主题完全被解构，完全变成了后现代意义上的现象之后无本质，偶然背后无必然，结果背后无原因。一切意义都被抽空后，文本便产生了一种情感真空和荒诞感。唐利维先前作品中的讽刺和自嘲在《吃洋葱的人》中变成了彻底被动的自贬和沉默。另外，该文还指出作者语言实验的怪诞风格、大量使用怪异夸张的表达和近乎疯狂的情节结构，这使得唐利维堪称典型的后现代作家。该文别出心裁地指出《吃洋葱的人》在写作风格和艺术观念上较之先前四部作品有大胆的语言实验迹象，从修辞角度比较充分地论证了唐利维创作的后现代主义特征，值得关注。

　　比较新的期刊文章是 Laura Mauk 的 "Horse's Mouth"[①]（2001）。他在文章中分析了唐利维的第二部小说作品《了不起的

[①] 该文是期刊论文题目，在文中提到《了不起的人》作品中作者的幽默及片断式写作风格，并不是 Joyce Cary 于 1944 年发表的喜剧小说 *The Horse's Mouth*。Charles G. Masinton 在 1975 年发表的著作中提到《姜人》中的主人公与 Joyce Cary 的小说 *The House's Mouth* 中的主人公有类似之处。

人》的写作风格和人物性格。他指出唐利维小说幽默智慧与忧伤忧郁并存的气质,并从后现代片断式的写作技巧等方面探讨了作者的叙事模式,认为唐利维在松散的语言和结构、意识流、第一人称和第三人称交互使用、视角多变等方面挑战了传统小说叙述范式,具有一定的创新性。

  与期刊文章类似,唐利维研究的学位论文也大多围绕唐利维前五部作品的写作风格、人物性格分析、主题思想剖析等方面。专门研究唐利维作品的博士论文有两篇,分别是 Thomas Lester Croak 的 *The Hero in the Novels of J. P. Donleavy*(1975)和 Griffith Dudding 的 *Between Two Worlds: An Analysis of J. P. Donleavy's Use of "The Outsider" as Protagonist in His Novels*(1978)。硕士论文有一篇为 Giles Nicholas Chessel Hawkins 的 "The Integration of Being: Self and the World in Three Novels by J. P. Donleavy"(1975)。

  Thomas Lester Croak 在其博士论文 *The Hero in the Novels of J. P. Donleavy*(1975)中,借助18世纪英国文学传统中伤感小说、哥特小说、拜伦式英雄等文学理论,分析了《姜人》《了不起的人》《纽约的童话》《塞缪·S最悲伤的夏天》《巴萨的兽性至福》《吃洋葱的人》这六部早期作品中的人物性格和主题思想。该研究第一章分析了唐利维小说主人公所处的外部环境——灰暗、异化、不稳定的社会环境,使他们成为社会的弃儿和受害者。第二章围绕唐利维式的主人公展开,这些主人公极力寻找稳定、内心平静、安全感和爱情。又因无法适应外部社会,他们只能从自身内部构建了一个强大的内心世界和自我逻辑。第三章剖析了唐利维小说中主人公的在后现代哥特式社会中的感伤主义情结,并注意到了唐利维的黑色幽默倾向。第四章按照唐利维小说出版的顺序,分别分析了唐利维作品中主人公的发展、变化,突出了这些主人公的不同之处,并指出这与唐利维创作过程中世界观的转变有关。第五章总结指出,唐利维小说中的主人公是现代社会的"拜伦式英雄"——他们有向往自由、追求进步的反抗之心,却无反抗之行动;他们渴望爱情,却视家庭为自由之束缚;他们是无政府主义者,却时刻渴望得到社会的承认和肯定;他们既是施暴者,也是受害者;他们是撒旦的化身,却再无撒旦的反叛勇气。这篇学位论文是现存对唐利维作品研究中较为系统、全面的一个研究成果。该论文从英国的文学传统来分析后现代作家唐利维的作品可谓新颖独特。

比较新颖的是,Griffith Dudding 在博士论文 *Between Two Worlds: An Analysis of J. P. Dunleavy's Use of "The Outsider" as Protagonist in His Novels* (1978)中首次提到了在唐利维作品中"局外人"这一概念。该论文分析了生活在两种社会文化和背景中、处在文化间隙中的"局外人",或曰"边缘人"。他认为唐利维一反传统小说主人公塑造中的正面、积极、向上的性格特征,而刻画出游离在社会和人生边缘的一系列"反英雄"或"局外人"的人物形象。作者亦分析了唐利维的多国生活背景和跨文化写作经验,指出唐利维的先锋性和大胆的语言实验,肯定了唐利维的后现代写作风格。该论文论述相当完整透彻,观点也比较独到,是一篇颇值得关注的论文。

在博士论文中,部分研究相关唐利维作品的有六篇,分别是:Tom LeClair 的"Final Words: Death and Comedy in the Fiction of Donleavy, Hawkes, Barth, Vonnegut, and Percy" (1972);John Jerome Stinson 的"The Uses of the Grotesque and Other Modes of Distortion: Philosophy and Implication in the Novels of Iris Murdoch, William Golding, Anthony Burgess, and J. P. Donleavy" (1971);Charles Edward Reilly 的"The Ancient Roots of Modern Satiric Fiction: An Analysis of 'Petronian' and 'Apuleian' Elements in the Novels of John Barth, J. P. Donleavy, Joseph Heller, James Joyce, and Vladimir Nabokov" (1974);Joyce Markert Wegs 的"The Grotesque in Some American Novels of the Nineteen-sixties: Ken Kesey, Joyce Carol Oates, Sylvia Plath" (1973);Willa Ferree Valencia 的"The Picaresque Tradition in the Contemporary English and American Novel" (1968);Thomas F. Halloran 的"Strangers in the

Postcolonial World"(2009)。

其中,Thomas F. Halloran 的文章"Strangers in the Postcolonial World"(2009)可谓独树一帜。他别出心裁地从后殖民主义写作的角度分析了唐利维的作品《姜人》。他首次注意到了唐利维写作中的阶级、种族、宗教等意识形态。尽管《姜人》中的主人公丹杰有三一学院的教育背景、上流社会的标准英国口音、美国上层富人、新教徒的身份,但他并不为爱尔兰上流社会所接受,反而被视为剥削者、殖民者、外国人。爱尔兰人受到英国殖民主义的影响,他们认为美国人和英国人一样,都是外来殖民者。丹杰将爱尔兰与贫穷、野蛮的观念联系在一起,视爱尔兰社会为静止、传统、史前状态。他们甚至抱有"拯救"爱尔兰文化的优越心态。这些"新殖民者们"一边抱怨物质贫乏,一边又渴望跻身上流社会。他们将爱尔兰的贫穷落后与美国的现代化、富足、先进进行对照,希望在爱尔兰重新建立一种美国式的生活,甚至狂妄地将自己视为爱尔兰的国王、父亲,并希望得到更多欲望满足。但是直到小说结尾,这些西方殖民的代表们未得到他们所设想的理想生活。这反映了靠种族、阶级实现殖民压迫与统治的时代已经一去不复返了。最后,这些来自宗主国的新移民只能是旅居者身份,成为爱尔兰社会的"局外人":他既非美国贵族亦非英国上流社会人士,也不能跻入爱尔兰主流社会,这种尴尬的处境使丹杰产生了一种强烈的身份危机和失落感,这也是多数殖民者在后殖民时代所面临的窘境。

Charles Edward Reilly 在论文"The Ancient Roots of Modern Satiric Fiction: An Analysis of 'Petronian' and 'Apuleian' Elements in the Novels of John Barth, J. P. Donleavy, Joseph Heller, James Joyce, and Vladimir Nabokov"(1974)中,解读了众多后现代小说家包括唐利维讽刺小说的古代哲学根源,指出唐利维的小说《姜人》与古罗马佩特罗尼乌斯(Gaius Petronius)的《萨蒂利孔》①(*Satyricon*)有共通之处。佩特罗尼乌斯的讽刺风格基本特征表现

---

① 或译为《爱情神话》。

为对典故的热衷;重视主要人物和主要情节,次要人物及其他被置于边际化位置;远离道德说教,作者不对人物的道德做评判;主人公性格固定不变;等等。在《姜人》中,唐利维使用了"小姜饼人"的典故来隐喻主人公丹杰的逃亡、处境和命运;唐利维也着重刻画主要人物和主要情节,并且人物性格发展一成不变;主人公的品德无所谓好坏,作者不做评价,而是留给读者自己去判断。这些讽刺风格都与佩特罗尼乌斯的《萨蒂利孔》相似。另外,Charles 也注意到了唐利维在小说中与佩特罗尼乌斯同样使用"欺骗"的叙事手法和人物性格塑造模式,比如《姜人》中第一人称和第三人称变化的方式使他的叙事模式中事实与想象混合,情节是主人公眼里所看到的主观色彩浓厚的世界。他指出,唐利维的小说与《萨蒂利孔》一样,是对整个人类弱点的讽刺。该研究从哲学根源和古代文学传统中寻找灵感,剖析了唐利维小说《姜人》在叙事模式、人物性格等方面与古希腊古典文学契合之处,颇具创意。

另外几篇学位论文围绕唐利维的写作主题和语言风格展开。Tom LeClair 在"Final words: Death and Comedy in the Fiction of Donleavy, Hawkes, Barth, Vonnegut, and Percy"(1972)论文中部分探讨了唐利维作品中的死亡主题和象征意象,承续其在期刊文章中的类似观点,并没有太多创新。John Jerome Stinson 在博士论文"The Uses of the Grotesque and Other Modes of Distortion: Philosophy and Implication in the Novels of Iris Murdoch, William Golding, Anthony Burgess, and J. P. Donleavy"(1971)中有一部分从写作风格和语言上分析了唐利维小说中怪异、夸张、变形等修辞风格,侧重语言学方面的分析。Joyce Markert Wegs 的"The Grotesque in Some American Novels of the Nineteen-sixties: Ken Kesey, Joyce Carol Oates, Sylvia Plath"(1973)论文也是从语言风格的角度分析 20 世纪 60 年代的多位作家包括唐利维在内的怪异、夸张等讽刺幽默的写作技巧;Willa Ferree Valencia 在其论文"The Picaresque Tradition in the Contemporary English and American Novel"(1968)中,分析了当代英国和美国小说的流浪汉传统题材

叙事模式，指出唐利维作品的流浪汉叙事特征，从叙事学的角度对唐利维作品进行了颇有力度的分析。

国内研究现状

与唐利维同时代的其他作家相比，就其作品的畅销程度和他在国际上的声望而言，唐利维在国内的研究可谓鲜见。目前国内对唐利维的研究尚属空白，亦无其作品的中译本，只能见到零散的一些书评，这不能不说是一种缺憾。

总体而言，国内外学术界对唐利维的研究大多集中在对他早期单部作品或几部作品，其中也多以他的写作风格为切入点，而对唐利维中期、后期的作品的深入研究尚不多见。

0.3 研究缘起

唐利维的作品以幽默、风趣和讽刺的特点著称，批评界将其归为"黑色幽默"小说家、喜剧作家、讽刺小说家之列，称其作品吸收了詹姆士·乔伊斯和塞缪尔·贝克特式的爱尔兰喜剧传统。然而，在一次采访中，唐利维纠正了外界对其看法的片面性，声称影响他写作风格的实际有四位作家，他们是詹姆士·乔伊斯、托马斯·沃尔夫、亨利·米勒和弗兰兹·卡夫卡①。贝克特曾在唐利维就读的三一学院任教，但并没有真正教过唐利维。饶是如此，唐利维依然承认贝克特的作品，尤其《等待戈多》中的艺术观在一定程度上影响了他。可以说，唐利维的小说在语言的处理上受到贝克特和乔伊斯喜剧风格的影响，而其写作的艺术规则主要是卡夫卡式的悲观、绝望的荒诞现实艺术观。不容忽视的是，乔伊斯被视为"狂欢化始祖"，他的作品亦呈现出现代语言的狂欢化特征。伊哈布·哈桑在《激进的纯真：当代美国小说研究》(*Radical Innocence：*

---

① *The Paris Review*, Paris: The Paris Review foundation, inc. 2004, p29.

Studies in the Contemporary American Novel, 1961)中也对这位后现代作家语言风格赞赏有加,肯定了他的后现代主义叙事风格。

在文学创作上,唐利维同时借鉴了"垮掉的一代"的代表作家亨利·米勒的大胆直白描写欲望和身体的前卫风格,又与托马斯·沃尔夫有相类似的背景,因而唐利维也在作品中反映了自己在美国成长、求学和旅居欧洲的经历,以及处在两个不同社会夹隙中的文化断裂感及边缘人身份。唐利维的小说创作反映了后现代狂欢化的重构精神。他用后现代狂欢化的艺术手法表现了一个独特的小说世界,体现了后现代的艺术观。纵观唐利维作品,他的狂欢化写作有与巴赫金狂欢化诗学趋同的一面,也有不同之处。唐利维在语言、世界感受和文学体裁上的狂欢化写作理念与巴赫金不谋而合,而在创作的精神实质和指导哲学上却与巴赫金分道扬镳。巴赫金的狂欢化本质上是由死向生的哲学,颠覆、解放、宣泄后是更替、新生、平等、欢乐;而唐利维的创作则是由生向死的哲学,他描写的笑文化以喜剧、黑色幽默的狂欢方式来解放权力机制的压制。唐利维试图改变死极世界中荒诞压抑的现实,但最终却意识到现实的悲剧性和荒诞感,并感染上了托马斯·沃尔夫的异乡情结和边缘人症候。唐利维对于日常饮食男女的细致刻画,带有讽刺性的夸张效果:他在一次访谈中谈到,因为讽刺性的夸张更符合生活的本质,特别适合反映美国人的生活。然而唐利维又不得不承认荒诞现实是人类永恒的生存状态,因而其作品的基调呈现出渐变的趋势。从早期的乐观主义到中期的复杂情感再到后期的悲观绝望,唐利维的世界观和人生观的转变影响了他的艺术创作思想。不但如此,唐利维还拒绝给出明确的出路或理想的答案,通常他的小说随着情节发展,似乎原地绕了一圈后,又回到了起点的状态,没有任何改变和发展。在唐利维看来,这就是生活在后现代社会中人们必须面对的无法逃避的最真实的现实。

唐利维多次在其作品中提到"狂欢"的概念。在《纽约的童话》中提到"狂欢的人偶",在《吃洋葱的人》中提到"狂欢的盛宴"、"狂欢"等。可见,唐利维本人对自己作品中的狂欢化倾向是有一定的主导意识的。唐利维的小说创作具有与众不同的风格,他的独特性在于其多元化和对话性的艺术主张,这反映在文学作品中造就了其作品的复杂性和丰富多样性的多元化特征。在创作的过程中,唐利维的主观意识和作品所承载的艺术思想也表现出一定的参差和出入。唐利维声称他的创作是现实性的,他在创作中尽量尊重客观事实,而他运用的却是后现代的艺术手法:悲剧与喜剧混合、讽刺与幽默夹杂、狂欢与死极并存、虚构与真实并置。实际上,唐利维是以后现代狂欢化精神内核来感受世界的现实性。唐利维通过复杂多样的狂欢化艺术手法反映了当代人的生活现实,形成了自己独特的艺术风格。在当今这个话语已经沦为科学、商业、广告和官僚机构的后现代社会的历史语境下,唐利维用自己不辍的笔触实现着一个作家的社会责任和历史使命,为那些被丧失个性、以追求利润为目的的大众文化所毒害的读者送去了一缕光明。

在后现代主义艺术和史学领域,1987年,哈桑出版《后现代转折》一书,提出后现代主义的两个核心构成原则是"不确定性"和"内在性"。这两个倾向既相互矛盾又相互作用,表明盛行于后现代主义中的一种"多元对话"活动。哈桑认为,作为一种普遍的艺术和文化哲学现象,后现代主义调转了方向,它趋向一种多元开放、玩世不恭、暂定、离散、不确定性的形式,一种反讽和断片的话语,一种匮乏和破碎的"苍白意识形态",一种分解的渴求和对复杂的、无声胜有声的创新。毫无疑问,哈桑是带着一种充满疑惑的价值观在进行现代主义与后现代主义的比较,而比较的结论又使他在多元开放的喜悦中隐隐感到精神超越性丧失的沮丧。哈桑对后现代文化艺术特征的第一个概括是"解构性",这是一种否定、颠覆既定模式或秩序的特征。在这方面后现代主义表征为:(1)不确定性;(2)零散性;(3)非原则性;(4)无我性,无深度性;(5)卑琐性。哈桑揭示的后现代文化艺术的第二个特征是"重构"趋势。它具体表现为:(1)反讽;(2)种类混杂;(3)狂欢;(4)行动,参与;(5)构成主义;(6)内在性。

哈桑在该书中明确指出，"狂欢这个词自然是巴赫金的创造，它丰富地涵盖了不确定性、支离破碎性、非原则化、无我性、反讽、种类混杂等，这些我都已经分析过。但这个词还传达了后现代主义喜剧式的，甚至荒诞的精神气质，而这在斯泰恩、拉伯雷和滑稽的前后现代主义者那里已有所预示。狂欢在更深一层意味着'一符多音'——语言的离心力、事物欢悦的相互依存性、透视和行为、参与生活的狂乱、笑的内在性。的确，巴赫金所称作的小说与狂欢——即反系统，可能就是指后现代主义本身，至少指其游戏的、颠覆的、包孕着甦生的要素。因为在狂欢节那'真正的时间庆典里生成、变化与甦新的庆典里，人类在彻底解放的迷狂中，在对日常理性的'反叛'中……在许多的滑稽模仿诗文和谐摹作品中，在无数次的蒙羞、亵渎、喜剧性的加冕和脱冕中，发现了它们的特殊逻辑——第二次生命'"。狂欢在这里所指涉的似乎是一种"一符多音"的荒诞气质，一种语言的离心力所游离出来的支离破碎感，一种拉康意义上的精神分裂症，是无意识，是"他者"在说话。正如杰姆逊所指出的那样，狂欢化的文学用独特的视角、狂欢的眼光看待世界，以革命性混杂的语言表达狂欢化世界观和世界感受，狂欢化的世界感受颠覆并重构了传统小说中所蕴含的价值观念。

狂欢化的渊源是狂欢节。欧洲的狂欢节民俗可以追溯到古希腊罗马时期，甚至更早，它来源于古代的神话传说与仪式，是一种以酒神崇拜为核心不断演变的欧洲文化现象。在狂欢节期间，人们可以戴上面具，穿上奇装异服，在大街上狂欢游行，纵情欢乐，尽情释放自己的原始本能，而不必顾及人与人之间平时的等级差别。狂欢节的主要特点是：（1）无等级性，就是说每一个人不论其地位如何，不分高低贵贱都可以平等的身份参加；（2）宣泄性，狂欢节的主角是各种各样的笑。无论是纵情的笑，还是尖刻讥讽的笑，或者自我嘲讽的笑，都表现了人们摆脱现实重负的心理宣泄；（3）颠覆性，在狂欢节中，人们可以无拘无束地颠覆现存的一切，重新构造和实现自己的理想，无等级性实际上就是对社会等级制度的颠覆，心理宣泄则是对现实制度的颠覆；（4）大众性，狂欢活动是民间的整体活动,笑文化更是一种与宫廷文化相对立的通俗文化。

关于狂欢化,巴赫金有较为系统的论述。巴赫金沿着欧洲文学发展的足迹,考察了狂欢化文化现象对诗学演变的影响。在文学创作上,巴赫金主要研究了受狂欢化影响的一些文学体裁与作家的创作。他发现在古希腊罗马时期有古代风雅喜剧、罗马各种形式的讽刺体文学,特别是庄谐体文学。在中世纪出现了大量的讽刺性的闹剧、笑剧、诙谐文学以及宗教警示剧和神秘剧等。在文艺复兴时期狂欢化已经开始全面影响正统文学的许多题材。巴赫金甚至认为,文艺复兴的实质是狂欢的古希腊罗马精神的复兴,"是意识、世界观和文学的直接狂欢化"[①]。他指出,拉伯雷、莎士比亚、塞万提斯等人的创作都是狂欢化文学的典范。从17世纪至20世纪,许多大作家的创作都与狂欢化有着密切的联系,如伏尔泰、狄德罗、霍夫曼、巴尔扎克、雨果、乔治·桑等。在巴赫金看来,歌德的名著《浮士德》是一部具有浓厚狂欢化文化色彩的复调史诗,以普希金、果戈理等为代表的19世纪俄罗斯文学中也反映出狂欢化文化传统。巴赫金还探讨了陀思妥耶夫斯基的复调小说与庄谐体文学的关系,并指出复调小说的历史渊源是狂欢化的文化传统。

[①] 米哈伊尔·巴赫金,《拉伯雷的创作以及中世纪和文艺复兴的民间文化》,石家庄:河北教育出版社,1990,第300页。

第1章 唐利维小说中语言的狂欢化

1.1 语言的狂欢化

1.1.1 "语言的狂欢化"的概念与内涵

"语言的狂欢化"的概念是著名的苏联文艺学家米哈依尔·巴赫金在《陀思妥耶夫斯基诗学问题》中提出的。狂欢化起源于狂欢节,"如果文学直接或通过一些中介环节间接地受到这种或那种狂欢节民间文学的影响,那么这种文学我们拟称为狂欢化的文学"。① 谈到狂欢化,不得不提及狂欢式,它指的是一切狂欢节式的庆贺、仪礼、形式的总和。其实狂欢式并不是一个文学现象,它是一种仪式性的形式。然而,狂欢节形成了一整套具有象征意义的具体感性形式的语言,从大型复杂的群众性戏剧到个别的狂欢节表演。"这一语言可以说是分解地表现了统一的(但复杂的)狂欢节世界观,这一世界观渗透了狂欢节的所有形式。这个语言无法充分准确地译成文字的语言,更不用说译成抽象概念的语言。不过它可以在一定程度上转化为同它相近的艺术形象的语言,也就是说转为文学的语言。"② 可见,将狂欢式转化为文学语言就是

---

① 巴赫金,《巴赫金全集》第5卷,钱中文译,石家庄:河北教育出版社,2009,第138页。
② 同1,第158页。

狂欢化的语言,亦即语言的狂欢化。

狂欢化表现在生活的各个方面,它也影响了文学。人们的狂欢化的世界感受,可以超越时间和空间,跳过生存的规律和理智的规律。巴赫金在论及陀思妥耶夫斯基的作品时,指出他超越时间与空间的趋向。狂欢化的语言不受时间与空间的限制,只要心之所想,就可以让时间和空间穿越或为之停滞。因此,狂欢化的语言也表现在作者思维不受时间、地点的限制,任意穿梭于不同的时空状态中;幻想、白日梦、乌托邦式的梦幻都是狂欢化语言的表现形态。

经过许多世界的漫长岁月,狂欢节的精神不断被多种文学体裁吸收,"转化为文学语言的狂欢节诸形式,成了艺术地把握生活的强大手段;变成一种特殊的语言,这种语言中的词语和形式具有一场巨大的象征性概括的力量,换言之就是向纵深概括的力量"①。狂欢节的精神之一便是交替与变更,打破常规和习俗,释放人们心底的本能能量。因此,秩序和等级是狂欢节首先要颠覆的对象之一。语言也无所谓高雅、低俗,一切向着平民的、大众化的方向发展。在文学领域,狂欢化的语言表现出叛道离经,甚至狂放不羁,一改传统文学语言的正统、严肃、规范、明晰等特征,从而使语言变得模糊、不确定、支离破碎、呓语、幻想、白日梦等昔日不能登大雅之堂的语言都找到他们自己的属地。

1.1.2 后现代语境下语言的狂欢

后现代主义文学对现代主义文学的超越和背离表现出强烈的反传统倾向,反映出狂欢节打破常规、超越旧俗、规范的精神。后现代文学作品拆解故事的逻辑线索,颠倒时间顺序,用分解、断裂、拼贴、黏合等方式解构传统故事的完整性,小说家在破坏、消解和

---

① 巴赫金,《巴赫金全集》第 5 卷,钱中文译,石家庄:河北教育出版社,2009,第 205 页。

颠覆传统小说的形式或表现手法的同时创造了自己的表现手法，如戏仿、拼贴、蒙太奇、黑色幽默、迷宫等。后现代小说艺术创作主张打破逻各斯中心主义，以狂欢化思维方式来颠覆理性化思维结构，以超语言学的方法重视语言环境和话语交际分析，走出传统语言学研究的框架，具体包括错乱的时空、灵活多变的叙述视角、语言支离破碎、主体消解、语言游戏与实验、迷宫、蒙太奇等。后现代文学利用创作手法的狂欢化，实现文学语言的狂欢。

后现代主义小说通过重构关于世界的话语，重新建构起人与自然、人与人的关系和整个世界的形象。后现代主义小说家的主要任务就是把现实的虚假和虚构的虚假同时展现在读者面前，促使他们去思考，重新认识现实和语言。后现代主义小说自我揭示虚构、自我戏仿，把小说自我操作的痕迹有意暴露在读者面前，自我揭穿叙述世界的虚构性和伪造性。所谓的"现实"只存在于用来描绘它的语言之中，而"意义"则仅存在于小说的创作与解读的过程中。狂欢化的内在精神之一是交替与变更、死亡与新生。语言的狂欢化可以体现在叙事技巧中的错乱时空、叙事视角转换、语言的多义性和不确定性等方面。

1.2 唐利维小说中的狂欢化叙事

1.2.1 错乱的时空

文学作品都有自己的现实与历史的时间及空间，从而使得故事、人物、情节得以展开。巴赫金在论述《长篇小说的时间形式和时空体形式——历史诗学概述》一文中谈到"时空体"或"时空"。实际上这个术语最初来自数学科学，源自相对论，巴赫金将这一术语借用到文学理论中。"在文学中的艺术时空体里，空间和时间标志融合在一个被认识了的具体的整体中。时间在这里浓缩、凝聚，变成艺术上可见的东西;空间则趋向紧张,被卷入事件、情节、历史的运动之中。时间的标志要展现在空间里,而空间则要通过实践来理解和衡量。这种不同系列的交叉和不同标志的融合正是艺术时空体的特征所在。"①

狂欢化的语言表现在作者思维不受时间、地点的限制,任意穿梭于不同的时空状态中。幻想、白日梦、乌托邦式的梦幻都是狂欢化语言的表现形态。狂欢节的游乐场所可以是在大街上、广场上、拥挤的人群、甚至船的甲板上等场所。因此,这种不拘泥地点的节庆方式赋予了狂欢的想象力空间。在时间上,狂欢化的文学作品也不拘泥于传统现实时间的限制,作品中时间会被压缩、拉长、凝止、变形,表现出人的心理感受时间与现实物理时间的巨大差异。在时间的这种处理手法下,不同空间的叙述才成为可能。后现代小说中,不同场景经常会被同时描述,几个不同质的片段经常被叠加在一起,过去时间与现在时间及将来时间经常混杂在一起,这便在时空意义上实现了狂欢化的叙事。现实物理的时间和空间是有限的,于是文学作品便借助于幻想来弥补现实世界的不足,叙述视角转变、意识流、文学符号的跳跃等都是对现实生活中物理时空的补足。从这个意义上说,狂欢化的语言在后现代文学作品的时空观得到了很好的体现。

唐利维的代表作《姜人》被列为20世纪最优秀的百部英文小说之一,该作品奠定了其狂想不羁的、跳跃幽默的叙事风格。小说讲述美国人塞巴斯蒂安·丹杰在爱尔兰的生活与求学经历,描写了他作为一个外乡人在陌生社会中探索和寻求爱情及人生意义的孤独和艰难。在充满敌意的欧洲社会中,身为一个孤独的局外人,丹杰无所归依,始终找不到生活的意义,也无法认同爱尔兰的文化,其身心俱处于流浪漂泊的状态。他贪婪、好色、嫉妒,大部分时间都在追逐女人、酗酒,并疯狂地寻求真正的爱情和稳定的生活。

---

① 巴赫金,《巴赫金全集》第3卷,钱中文译,石家庄:河北教育出版社,2009,第270页。

小说中，为塑造主人公丹杰这一极具张力的人物形象，唐利维采用了多角度的叙述方法，将其性格中的暴力、色情、躁动、彷徨、疏离、孤独等——展现，充分展示了美国人丹杰在爱尔兰的生活现实，揭示了爱尔兰社会的另一种本质。在《姜人》中，唐利维采用叙述视角的转换、符号的跳跃、意识的流动、时空错乱等语言实验，成功实现了对意象客体的动态化叙事。这种视角的转化和空间的位移实现了语言上的狂欢化叙事。

叙述视角的转换

《姜人》中语言的狂欢化首先体现在叙述视角的灵活多变。叙述视角的转换体现了狂欢化的动态叙事。"一个既定的视角中心的存在，是文学符号所呈现的意象客体世界存在的必要条件。"[①]它使意象客体的发展按照固有的方式和途径进行，读者就会随着视角中心观看意象客体的发展。叙事学将叙事视角分为三种：第一种视角是叙述者大于人物（从后面观察，无焦点观察），第二种视角是叙述者等于人物（同时观察，内部聚焦），第三种是叙述者小于人物（从外部观察，外部聚焦）。[②] 不同的视角中心及其变化构成了文学意象客体复杂多变的发展方式。唐利维的小说《姜人》通过多视角的灵活变换，探讨叙述者不受作者本人感知的局限，从各种角度、各个方面观察和展现世界。在该小说中唐利维将这三种不断变换的视角——演示，有意暴露艺术操作的痕迹。

小说开篇采用叙述者大于人物的全知全能视角，叙述了几个互不关联的场景：陡峭的小山，弯曲的小路，邻居窥视的眼光，科奈斯与丹杰的谈话，丹杰穿着用毯子改成的"体面"衣服到食品店去赊食物。这种叙述视角，"叙述者的优势在于可以表现为知道某个人物的秘密愿望，也可以表现为同时知道几个人物的想法，或者仅

---

① 龚见明，《文学本体论》，桂林：广西师范大学出版社，1998，第112-113页。
② 朱立元，《当代西方文艺理论》，上海：华东师范大学出版社，2005，第245页。

仅表现为叙述那些不为一个人物所感知的事件"①。叙述者既能看到丹杰想什么、做什么,也能看到他朋友科奈斯想什么、做什么,还能看到邻居窥视的眼光,以及柜台小姐面对丹杰这样一位"有身份"的"贵客"毕恭毕敬的态度。这种全知全能的叙述角度在现实中显然是难以想象的。在这种视角引导下建立起的空间暗示了作者所构筑的文学世界一开始就是以虚幻开场的。

接着,唐利维采用叙述者等于人物的视角。这时的文学世界表现为人物眼中的世界和意识的世界。

> 丹杰看着坐在凳子上的科奈斯,这个人从美国马萨诸塞州跑到英国剑桥去读书,轻佻,爱吃意大利面。我从美国密苏里州的圣路易斯来到了这里,只是因为有天晚上我请莫里吃饭,她付的账。(*TGM* 19)

这显然是叙述者的意识世界,于是很自然地插入了另一事件:饭后,丹杰便与莫里住进了旅馆。这一情节又引出了丹杰参战、炮火连天的战争意象。而后,"告别炸弹",丹杰的意识又滑向了他与莫里在约克郡浪漫的蜜月之旅。唐利维借助这一视角,以极其自然、逼真的叙述方式,描写出文学世界中的人物和事件,获得了较为真实的审美效果。

小说中,第三小节的结尾部分运用了叙述者小于人物的视角。小说的叙述者变成了纯粹的旁观者,叙述者以单纯的感知方式描写人物和事件。例如,唐利维描写丹杰发疯的场景:斧子砍在桌子上、钱币的吱吱声、不明身份的女人被拖出去,接着视角转移到挂在墙上的灵魂:它看着丹杰尸体慢慢变冷后离去。这种叙述手法犹如一部没有思想的摄像机,客观分列式地展现了几个场面,仅把客体观察到的事件面貌呈现出来,而不加评价、议论、探究,只追求

---

① 兹韦坦·托多罗夫,《叙述作为话语》,《美学文艺学方法论》下册,北京:文化艺术出版社,1985,第566页。

叙述的客观性。接着,作者又将这种视角切换为叙述者等于人物的视角,详细描写了丹杰的意识活动。"灵魂就像心脏一样,是红色的、温暖的"(*TGM* 27)。这显然是丹杰的意识流。然后,唐利维又闪回到第一视角"有人拖丹杰的腿,气急败坏的莫里出现在乱糟糟的屋里"(*TGM* 28)。这样,唐利维用视角的频繁切换,使叙述动态化,巧妙地点破了叙述的虚构性。

除此之外,小说中唐利维也反复采用叙述者大于人物的视角与叙述者等于人物的视角频频变换的叙述方式。比如,第一种视角:

> 星期天早上的太阳从黑色利物浦不眠的海洋上升起。坐在海边岩石上喝着咖啡……海员出海。年轻情侣爬上小山,躺在草丛间。冰冷的绿色海水打在岩岸上。这是一个万物诞生的一天。咸湿的海风吹来。(*TGM* 21)

接着,叙述者意识开始流动,于是出现第二种视角:

> 明天莫里就回来了。我们俩会一起坐在这里甩动着我们的美国大腿。莫里,晚些回来吧。我不想那些家庭琐事缠身:油腻腻的盘子,孩子的脏屁股。我只想看他们航海……可能你会和孩子一起丧生海中,你的父亲会付葬礼费,我一个月后去巴黎,住在塞纳河安静的旅馆里,用河水清洗新鲜水果。冰冷的裸体躺在棺材里,我触摸你死去的乳房。一定要在科奈斯离开前向他要点钱……(*TGM* 21)

在第二种视角的意识世界里出现了以下几个支离、分解的片段:海员、妻子、海难、死亡、葬礼、塞纳河、裸尸、金钱等,几个不同质的场景被放置在一起。该段中,第二种视角叙述一气呵成,未遇干扰,颇有真实再现现实世界之感:丹杰只是一个向往爱情、自由却不得不生活在物欲横流、战争肆虐、无爱情、无理性的荒诞世界中的小人物。但唐利维并不想制造逼真,所以他又毫不迟疑地击碎这"逼真",回到第一种无聚焦视角:"傍晚时分,他们俩从山上下来,去汽车站。渔夫们满载而归……"(*TGM* 21)。这样,唐利维利用视角的变换,不断将意象客体的叙述动态化,突出语言的虚构性。"因没有事先设定的成分,故事不再有头有尾,发展也不再是一环套一环或客观的描述,而是不断出现有头无尾、插入的外来事件、分离式的发展、绵密繁复的意识描写。"①

文学符号的跳跃

《姜人》中符号的跳跃也体现了狂欢化的特征。"文学符号的跳跃不是指符号表达式的跳跃,而是指符号所建构的意象客体的跳跃。"②"意象客体虽然随着符号的自然排列向前发展,但它的次序却不像外在的符号表达式那样自然有序,而是呈现出多样化的形态。最为普遍的方式有倒叙、插叙,另外还有叙述中的提前闪回、平行发展、交错等。"③意象客体在文学世界中处于不断地跳跃状态,可视为文学符号的时空间断性的一种特殊表现形式。

文学意象客体的间断和跳跃是文学时间、空间时间交换的契机。文学符号的意象客体在语境中形成和发展。唐利维的小说《姜人》用淡入淡出的电影技巧来表现文学意象客体的间断和跳跃。例如,在第四小节中,丹杰乘车去都柏林,看到车窗外的公寓和弯曲的高尔夫球场。北公牛岛在朝阳下熠熠生辉。这展示出生活的美好。这时,画面突然转向妻子莫里,她粗鲁、矫情,连放个屁都要开窗通气。接着画面又闪回到艾门大街车站,出现妓女的意象。紧接着出现教堂的意象。然后,画面再次转回到现实生活:一个不到 30 岁的人却已历经沧桑。最后出现画外音:"年轻人,没有钱,没有工作,没有学位时,千万不要步入婚姻。"(*TGM* 29-30)这些意象客体的跳跃使得内隐的东西外化出来。"读者进入意象客

---

① 陈世丹,《美国后现代主义小说详解》,天津:南开大学出版社,2010,第 91 页。
② 陈世丹,《美国后现代主义小说详解》,天津:南开大学出版社,2010,第 94 页。
③ 龚见明,《文学本体论》,桂林:广西师范大学出版社,1998,第 118 页。

体的世界后,其自身的视角中心就从现实世界转移到了意象客体世界。随后,读者的情感、经验和思想都以作品为中心,跟随着走向作品所到之处。"①唐利维利用文学符号的跳跃暗示:无论文学世界还是现实世界,意象客体在不断变化,虚构在不断进行。《姜人》的结尾也是开放的,意味着符号的跳跃可继续进行。唐利维意在说明,文学符号意象客体的跳跃既是其发展的必然方式,亦是表现并存于空间中的不同事物的手段;叙述的时间,在意象客体的发展中,包含着不断跳跃的可能性。

意识的流动

语言的狂欢化体现在思想上则为意识的流动,表现为潜意识、梦境、白日梦、心理状态等方面,作者借助狂欢化的语言,将被正统文学压抑的、处于边缘地位的非理性的意识解放出来,使非理性的语言登上"大雅之堂"。文学意象客体的构成方式包括多种可能性,所以"意识流小说的特点可以说就是一种新的意象客体的构成方式的产物。在意识流文学中,叙述者等于人物,或者说,作者让过去文学作品中无所不知、无所不能的叙述者退居幕后,而将人物推至幕前,通过人物的视野和角度,观察、感知文学的世界。"②这种叙述角度可用于第一人称,也可以用于第三人称,但都局限于个别人物的观察目光。"它把对外在客观世界的描绘同对内在的心灵世界的展示相融合,以内在的视点展现外在的世界。"③小说《姜人》有两条线索:一条讲述主人公丹杰在爱尔兰和英国的学习与生活,其中穿插了他作为海军参战的片断;另一条则围绕丹杰与妻子和几个情人之间的爱情故事展开。叙述者的意识将当下的事实、以前的回忆及未来的幻想糅杂,把过去、现在、将来的时间并置。他意识的流动不受时间与空间的限制。例如,丹杰带着女儿在公园的一幕:丹杰坐在长椅上,他的意识开始流动,"要是我父亲秋天

---

① 龚见明,《文学本体论》,桂林:广西师范大学出版社,1998,第112—113页。
② 龚见明,《文学本体论》,桂林:广西师范大学出版社,1998,第138页。
③ 同上。

就死了，我将变得无比富有，下半生都可以躺在这公园长椅上，有吃有喝，过上体面舒服的生活"(TGM 61)。这时，女儿踢到他的背，他又回到现实中，"女儿不要踢我……爸爸要学习法律，要成为大亨，赚很多钱……现在我要看我的罗马法律了"(TGM 62)。显然，这里，唐利维将丹杰看护女儿、学习的现实与他对将来的幻想糅杂在了一起。接着是丹杰意识里出现古罗马法律条文"杀害父母者，会与毒蛇一起被置于一布袋，掷下山崖"(TGM 62)。巧合的是，前面丹杰刚想过他父亲若死了，自己将得到一大笔遗产，过上富足的生活。这时古希腊罗马时代的弑父神话故事出现在他脑中。然后，唐利维又将叙述者拉回现实，"女儿在草地上咯咯笑，好好享受现在吧，爸爸已经完了，甚至在梦里都是个大失败者"(TGM 62)。转而唐利维又将丹杰推回到他的内心世界，丹杰回忆起自己的梦境：

> 我抱着一捆报纸上了车，有个人用放大镜观察苍蝇，这时出现一头小牛，来了一辆汽车把它切成两半，挂到了肉食场的巨型钩子上，一条满是干血的排水沟和满是山羊的小街。一群男男女女身着厚重的外套走在冬日的街巷，夏天的太阳晒向每个角落。爱尔兰高利贷人的葬礼。(TGM 62)

在丹杰潜意识中，"报纸"代表学问，用"放大镜观察苍蝇"讽刺当时的学院生活；"小牛"代表的是食物，丹杰生活窘迫，每次最多只能买些下水或羊头回去吃，这表现出丹杰对食物和安逸生活的渴望；排水沟里的"干血"，冬天里的夏日太阳，这些意象看似怪异，毫不相干，是死寂、消沉、异化的象征，实则表达了丹杰的精神状态：矛盾、迷茫、枯槁、无望。唐利维将人物的内心世界外化，使外部客观世界与人物内心融为一体。这样，现实、梦境、幻想都汇聚到人物的意识流中。小说中，唐利维将丹杰置身于现实，转而又将他推回到他自己的内心深处。为了揭示虚构，又把他拉回现实世界，继而又将他的意识嵌入梦境。虚实不明，真假难辨，唐利维通过人物的视野和角度,观察、感知文学的世界,通过意识的流动来展示意象客体的构成,有意暴露文学操作的痕迹。

空间的交错

除叙述视角的转变、意识流、文学符号的跳跃外,狂欢化的语言还体现在小说时空的交叉中,时空的交叉呈现了狂欢化的世界感受。小说的空间可分为三种:第一空间是小说人物活动、故事展开的空间;第二空间是小说文字所占版面的空间;第三空间是小说的包容和隐语能力,也叫"涵义空间"、"情绪空间"。[①] 小说物态形式(第二空间)与其内涵本身(第三空间)的不确定性和启示性有某种对应性关系。小说《姜人》的背景是欧洲的爱尔兰和英国,塑造的人物形象是移居到欧洲的美国青年。这是小说的第一空间。但由于现实空间处于不断变动中,唐利维对这一空间的描述充满了不确定性,读者只能从字里行间对现实的空间进行模糊的猜测。就第二空间而言,小说用了很大篇幅讲述丹杰的想象、情绪和意识流动,用很少篇幅讲述丹杰的人生轨迹,直到小说结尾,读者对主人公丹杰的相貌、年龄、家世、经历都很难形成清晰的认识和把握。一方面,两者所占版面的严重不均,破坏了传统意义上的对称之美,造成结构上的混乱,从而使梦魇与喜剧、幽默与恐怖相互交织。意象客体既表现了社会的歧视、偏见和敌意,又表现出对后现代社会的绝望与痛苦的讽刺。另一方面唐利维又以漫不经心的笔调塑造了一个饱受人生苦难、处在两种社会文化夹隙中的边缘人形象:他不适、孤独、苦闷、挣扎,最终却不得不以自我嘲讽的方式继续生活下去。文本看似混乱却明晰地揭示了后现代人对梦魇般世界的心理反应。在第三空间,唐利维弱化现实空间的真实感,侧重对人物的情绪、思想、情感的刻画,牺牲传统意义上的篇幅对称之美,形成一种视觉上的错乱,实则是为寻找更为明晰的表达

[①] 季进、吴义勤,《文本:实验与操作》,载《生命游戏的水圈》,张国义编,北京:北京大学出版社,1994,第242页。

而进行的尝试。第二空间的模糊混乱虽抹杀了传统和谐匀称的规范，却无限扩大了第三空间的张力。这样，表面看似描写爱情、学业、追求的主题逐渐淡出，让位给了"愤怒的青年"的生存状况、边缘人的典型症候、文化断裂的主题，继而最终上升到人类的普遍生存现状和世界荒诞、非理性的形而上主题。

此外，唐利维在小说中大量使用了蒙太奇创作手法。他将一些在内容和形式上并无联系、处于不同时空层次的画面和场景衔接起来，形成时空的错乱。比如在小说第二十节的一段话中，唐利维将丹杰劝说朋友科奈斯不要在爱尔兰和女人身上浪费时间的画面与笼子里动物的画面、情人玛丽穿着睡衣被父亲拿笞帚追打的画面、女友佛洛斯特小姐信仰宗教等多重画面并置，同时表现多个正在进行的场景，使几个场景不停地在时间上凝止，造成断裂，形成文学空间的片断。这样，唐利维借助蒙太奇手法，将多个同时进行的事物在时空的交错中得以表现。这显然突破了现实时空的局限，增强了对读者感官的刺激，同时也证实：文学符号的意义空间绝对不仅仅是对现实空间的模仿或再现。

唐利维在小说《姜人》中通过采用多重叙述视角的创作手法，将无焦点、内部聚焦和外部聚焦的三种叙述视角灵活转化，大量使用符号跳跃、意识流动、时空错乱、蒙太奇等创作技巧来实现意象客体的动态化叙事。此外，作者对现实空间、版面空间和涵义空间三个空间进行了解构和重构。这样，淡化了第一空间，打破了第二空间的篇幅对称之美，却使得第三空间的张力无限扩大。小说的主题也从描写个人爱情、学业和人生，深化为有关"愤怒的青年"的生存状况、边缘人的典型症候和文化断裂的社会主题，而作者动态化的叙事策略又将这个主题进行解构，进而上升到人类普遍生存现状和世界非理性、荒诞的形而上主旨。正是借助动态化叙事的写作方式，唐利维通过狂化的语言处理，揭示了现实是不断变化着的、不确定的，因而不能被模仿和再现。他清晰地阐释了现实符号化的特点及其虚构的本质。

1.2.2 语言的多义性

巴赫金在分析庄谐体时,发现庄谐体叙事常插入其他体裁,如书信、发现的手稿、复述出来的对话、对崇高文体的讽刺性模仿,对引文的讽刺性解释等,除了描绘现实的语言之外,还有被描绘的语言。巴赫金将这种叙事称为"狂欢体"。① 而在狂欢节上,没有舞台,不分观众和演员的狂欢式生活,实际是脱离了常轨的生活,是出格、出位、僭越,是"翻了个的生活"②,因此非理性、无逻辑被解放出来,人与人之间由此可以建立起一种新型的半现实半游戏的关系。在狂欢的世界感受中,插科打诨就不再显得不得体。而插科打诨的本质就是非理性语言的释放,是颠覆中心、权威、秩序的结果,于是滑稽模仿(戏仿)的狂欢化语言便出现了:"讽刺性模拟意味着塑造一个脱冕的同貌人,意味着那个'翻了个的世界'"。③唐利维在其作品中通过戏仿手法和意象的多义性凸显了语言的多义性特征。

《姜人》中的戏仿手法

戏仿是后现代主义文学创作的重要手法之一。这种手法通过具有破坏性的模仿突出被模仿对象的弱点、矫饰和自我意识的缺乏。它可以模仿一部作品,也可以是某些作家的共同风格;它可以模仿某一严肃文学作品的风格或一种文学类型。通过其形式、风格和荒谬题材的不协调的做法使得这种模仿显得滑稽可笑。它通过玩世不恭的嘲弄、半开玩笑的、不庄重的文体和手法来处理崇高

---

① 巴赫金,《巴赫金全集》第五卷,第 140 页:"可以说小说体裁有三个基本来源:史诗、雄辩术、狂欢节,随着哪一个占据了主导地位,就形成了欧洲小说发展史上的三条线索:叙事、雄辩、狂欢体"。
② 巴赫金,《巴赫金全集》第五卷,第 158 页:"而狂欢式的生活,是脱离了常轨的生活,在某种程度上是'翻了个的生活',是'反面的生活'"。
③ 巴赫金,《巴赫金全集》第五卷,钱中文译,石家庄:河北教育出版社,2009,第 164 页。

的主题。戏仿"本质上是一种文体现象——对一位作者或体裁的这种形式特点的夸张性模仿,其标志是文体上、结构上或主题上的不符"。戏仿"使用一种体裁的技巧去表现通常与另一种体裁相连的内容"。① 唐利维就用了这一手法,在小说《姜人》中对16世纪的流浪汉小说题材进行了大胆的戏仿。

16世纪,流浪汉小说是以第一人称叙事视角、插曲式结构、开放式结尾的描写流浪汉遭遇的叙事作品,多数描写主人公在社会上如何适应,即品德如何由清变浊的过程。《姜人》在形式上是人物的流浪史,其语言风格也呈现出流浪汉题材幽默俏皮和简洁流畅的特点。与流浪汉小说主人公的经历类似,该小说故事情节也是按丹杰的行迹展开。与流浪汉题材小说主人公出身类似,丹杰也是下层市民,他从一个地方到另一个地方,饱尝生活艰辛,希望有朝一日过上富足体面的生活。然而,唐利维把读者引进似曾相识的流浪汉小说文体,又通过揶揄式的模仿将其打破。《姜人》中,第一人称、第三人称夹杂叙述,作者与主人公经常融为一体,不分你我,这突破了16世纪流浪汉小说以第一人称为叙述视角的传统。此外,唐利维并没有对主人公如何适应、融入社会花费太多笔墨,而是重笔勾勒他是如何不适应社会和他那种既回不到以前生活,也难以承受当下生活的状态。他彷徨、迷茫、不知所措,精神上几近崩溃。他受过很好的教育,曾属美国社会上层群体,而到欧洲后,他满腹才华却一无所用。他后来从爱尔兰去了英国,但他的生活依旧拮据,精神依然孤独。他也不像流浪汉小说中的主人公那样经历千辛万苦但最终达到目的,品德由清变浊。丹杰虽历经生活坎坷磨难,却依旧找不到出路,看不到希望,性格也是复杂多面,无所谓品德优劣。丹杰是20世纪50年代的"流浪汉",流浪在人间的荒原、精神的荒漠。

丹杰的精神困境源于其信仰的迷失。"上帝已死",丹杰不断质疑传统意义上的基督教。他看不惯天主教的繁文缛节,他嘲笑

---

① 王先霈、王又平,《文学批评术语词典》,上海:上海文艺出版社,1999,第231页。

人们犯错后害怕遭到惩罚而诚惶诚恐的心理。丹杰朋友可奈斯会在走投无路时写信给神父敲诈一些钱来花。他们在行为上不检点，渎神的事情时有发生，与传统意义上"基督徒"已相去甚远。然而，丹杰并非完全没有信仰，他向往的是更高层次的精神信仰。他说："为了精神的干净，放弃身体的清洁。为另一个更好的世界做好准备……灵魂的干净是我的座右铭。"（TGM 57）他的情人克里斯（Chris）名字与基督（Christ）只差一个字母。她曾像天使一样给予丹杰关爱。但她并不是救世的基督，在丹杰最需要庇护的时候，她狠心地将丹杰赶出了家门。这仿佛暗合人类是上帝的"弃子"，得不到主的眷顾。丹杰摒弃了世俗的宗教，但他认为自己"灵魂是干净的"。可奈斯的老板得知他既非天主教徒亦非新教徒时，说"人人都该有宗教信仰以拯救他不完善的灵魂"（TGM 213），可奈斯却回答："我的灵魂已经很完善了，因此教堂对我来说毫无用处。"（TGM 214）二战后，面对战争造成的疮痍，人们对宗教充满了质疑和困惑。丹杰正是如此，一方面，他怀疑自己被上帝"遗弃"，另一方面他又觉得不能放弃信仰。可是丹杰并不是无宗教论者，他认为教堂有存在的必要性，如若不然，社会将出现混乱，伦理道德错乱，牧师会与修女私奔。然而丹杰和他的朋友的非国教徒身份使得他们在爱尔兰倍受排挤和孤立。四处流浪，孤立无援，丹杰成为一个信仰上的流浪汉。但这个流浪汉不是漫无目的流浪，而是他看透了宗教实质，自我进行精神放逐。唐利维通过戏仿的手法，调侃了传统流浪汉题材的弱点和不足，赋予《姜人》新时代流浪汉的特征。《姜人》表面上是流浪汉题材，然而经过几个世纪的变迁，丹杰已经不再是16世纪的那个"小赖子"，不能够通过努力就可以"跻身上流社会"，他是信仰上的流浪汉，精神的无法寄托体现出更深层次的流浪，寓言"小姜饼人"的逃亡之路或许更能说明丹杰的人生之旅。

《吃洋葱的人》中意象的多义性

语言的多义性是狂欢化语言的另一个体现，同一个意象往往蕴含着不同的意思。狂欢仪式的核心是给国王(小丑)加冕和脱冕,通过主人公的身份在国王和小丑之间进行戏剧性换位,体现交替与变更的精神。"加冕本身蕴含着后来脱冕的意思,加冕从一开始就有两重性","通过脱冕,预示着新的加冕"。① 意象的多义性体现狂欢节的笑文化具有深刻的双重性方面。它是怪诞离奇与悖谬矛盾的结合,蕴含死亡与新生的要素,一个形象上往往出现彼此矛盾的对立面。

法国文论家兹韦坦·托多洛夫认为,多义性是文学文本的特征,因为每一部文学文本都有改变它所蕴含并已经制造出来的整个系统的潜能:它不仅是复述预先规定的范畴,并以新颖的方式把它们组合起来;恰恰相反,它修改它所包含的东西,它并不只是展示包含着它的语言的独特形式,它还扩展和修改那种语言。② 罗兰·巴尔特从后结构主义的观点出发,认为多义性正表明文本的"生产性"。文本并不附属于一种终极意义,意义的产生就是文本的生产过程中的一部分,文本总是不断地处于运动之中,生产出不同的意义。巴尔特说:"文本一旦被视为一个多义的空间,其中通向几种可能意义的路径相交于此,我们就必须抛弃意指作用单义的和合法的地位而使其多元化。"③"把多义性和模糊性看成文学的美德而不失文学的罪恶,在意义之间故意制造紧张,这可以解释出许多关于语言本质的东西。"④ 由此可见,在后现代文论中,重视语言的多义性与文本的开放性、多元性的特征相契合。语言的多义性为读者同不同途径、不同感受解读同一文本提供了可能。意义不是确定的、终极的、固定不变的,只有在文本的运动中、变化中才能将其把握。意象的多义性正是语言多义性的一个方面。

在小说《吃洋葱的人》(The Onion Eater)中,意象的多义性得

---

① 北冈诚司,《巴赫金:对话与狂欢》,魏炫译,石家庄:河北教育出版社,1998,第274-275页。
② 王先霈、王又平,《文学批评术语词典》,上海:上海文艺出版社,1999,第185页。
③ 同上。
④ 王先霈、王又平,《文学批评术语词典》,上海:上海文艺出版社,1999,第185页。

到了很好的诠释,看似一个简单明了的信息,却蕴含着不同的解读和暗示,它们指向不同的方向,体现了狂欢化的语言特征。《吃洋葱的人》是一部让人相当费解的小说,唐利维使用了大量的俚语、外来词汇和生造语词讲述了一个叫作克莱顿·克劳·克莱沃·克莱门墩(Clayton Claw Cleaver Clementine)的遭遇。

  首先,单一的意义不复存在。文本不是作者与读者相遇的场所,而是邀请读者参与创作、体验的媒介。终极意义不复存在,意义的确定性已无从把握,文本只是延异和能指的不断滑动,读者对意义的捕捉在无数的困扰后,只能宣告失败。唐利维借此邀请读者进入文本,让读者按照自己的阅读视域尽情游戏体验:你可以这样理解,也可以那样理解,你理解成什么那就是什么,只要关注此时此刻的阅读体验。逻辑亦不复存在。在传统小说中,作者会按照时间的起因、发展、高潮、结局来讲一个完整的故事。在该小说中,作者拒绝讲完整的故事,文本世界呈现出的是一片喧闹、无秩序、无理性、荒谬、怪诞的断片式场景。小说《吃洋葱的人》讲述克莱门墩不知什么缘由继承了一个大城堡,这个城堡的不速之客每天都在增加,甚至连军队都来驻扎,这些饕餮食客们在城堡里吃喝玩乐,纵情纵欲,最后一场大火烧毁了城堡,大家鸟散而去,克莱门墩也带着爱狗迷茫地离开。唐利维没有解释这个城堡的来源与背景,也没有说明为什么这些食客们会不断地蜂拥而至,以致人满为患,更没有交代那场大火的起因。结局似是悲剧,可又像拯救了人们,悲喜难辨。故事没有起因,没有发展,没有高潮,犹如一架摄像机不动声色毫无感情地记录着发生在城堡里的一切。作者亦没有任何评价及感情色彩的流露,笔下呈现的是一个完全"物化"的"客体世界"。如果按照一般传统小说的读法,读者会感到非常困惑不解,发现内容毫无引人入胜之处,味同嚼蜡,甚至会感觉被冒犯,对作者的不负责任的叙述感到恼火。但是唐利维并不是要讲一个王子与公主的故事,他告诉人们现实世界就是这样的无厘头、荒诞不经的;意义也不是确定的,非理性主导着人们的言行和世界的逻辑移位。

小说中,"城堡"的意象耐人寻味,可以被解读为理性、秩序、平衡的象征。食客们趋之若鹜代表人们对秩序和理性的追求,然而他们涌入城堡,使其秩序和平衡被打破,一片嘈杂混乱,说明人们对秩序和理性之追求不可能实现,最终只能走向秩序和平衡的反面。另一方面,城堡又似一个庇护所,食客们来此无非是为了得到更好的食宿。食客们被冠之"吃洋葱的人",吃洋葱的人原意代表吃素的人,而这些人却是一群饕餮食客,并将这个庇护所破坏得狼狈不堪。另外,这个城堡俨然一个西方小世界,在这里形形色色的人将贪婪、纵欲、毁灭、暴力一览无遗地展现出来。城堡的意象还可以被解读为很多其他象征意义,单一的、明确的意义很难被把握。

其次,化装舞会的假面游戏意象。城堡的食客们将城堡当作了自己的家,任意胡作非为,大吃大喝,纵欲往来。这些人颓废、堕落、精神空虚、无事生非、好斗猎奇,表现出"垮掉的一代"的精神状态。他们只活在当下,不问过往,也不期明天。尽管喧闹嘈杂,人与人之间却交流困难,无法相互理解,也无法正常交流。这也许正是现代人面临的尴尬处境——"说着别人不明白,自己也不明白的话"。冗长拖沓的对白实际就是精神空虚的一个表征,人与人之间只为说话而说话。似乎说话本身的内容并不重要,只有这样才能证明一个人的存在。在第 20 章中,唐利维对化装舞会描述,如狂欢节的广场,每个人都异于平常,人们戴着面具,玩起平日里都不会玩的游戏和角色扮演。等级秩序和尊卑都被颠倒,大家纵情欢乐、释放、宣泄,借酒神之力解放权力、中心和理性。各色人等纷纷表现出最本我的一面,或贪婪,或骄横,或胆小,或好色,都不需刻意掩饰。这就使得意义具有了相对性,体现了巴赫金所谓的"化装舞会的假面游戏"。

再次,死亡意象的多重性。与唐利维先前的作品相比,《吃洋葱的人》中死亡的主题以更为隐喻的形式再现。主人公克莱门墩是个父母双亡的孤儿,继承的城堡充满哥特式传说和神秘恐怖的气氛,食客们漠视生命,任由克莱门墩爱仆出事,海难、暗礁、角落里等着吃人的野狗、老鼠,斗牛、猎杀动物、战争、军队、毁灭一切的大火等,这些死亡意象无时无刻不在折磨着克莱门墩的神经,以致让他伤悲、绝望、无助、迷茫。与唐利维的先前几部小说中的主人公面对生活困难时努力挣扎求生的形象不同,克莱门墩完全沦为命运的牺牲品、上帝的弃儿、迷途的羔羊。他面对混乱的局面和在发生的事情,一筹莫展,无能为力。他既不能赶走客人们,又不甘心听之任之,最后只能任大火烧毁自己的家业,以摆脱困境。面对命运的摆弄,克莱门墩毫无求生亦无挣扎的意识。他出身高贵,举止优雅,天真无辜,然而却要遭遇不公待遇,无法逃脱。他甚至渴望自己成为"祭坛上的那个小男孩",完全牺牲自己。城堡不再是自己的家园,他变成了一个门外客,听命别人的摆弄。因而,克莱门墩不再有"求生"意念,反而其"向死"的意愿更为强烈。他甚至计划"自杀"以摆脱困境。但是死亡也意味着新生。巴赫金认为,狂欢节的笑文化具有深刻的双重性,是怪诞离奇与悖谬矛盾的结合,蕴含死亡与新生的要素。矛盾之美意味着一个形象上往往出现彼此矛盾的对立面,比如死亡和新生。死亡在狂欢化文学中就是双重性的形象,"哪里有死亡,哪里就有降生,就有交替,就有革新"①。小说第19章中提到:

> 大婶一定计划将我冻死离世。那时他们没有在医院里将我杀死。现在换我在自己的城堡里独享我的那份大餐。吞掉这些甘美的食物。夏天来临之际躺到外面的草坪上。让这滴答滴答之声来吸干我的血液吧。等这些树眼镜蛇都被杀光,世界又会是一片绿色。要是我能在这里等着就好了,遵守着我的戒律过日子。(*TOE* 271)

由此可见,死亡的意象也意味着新生。克莱门墩以树眼镜蛇来比喻恶势力,青草象征新的生命。死亡和新生在瞬间可以转换,

---

① 巴赫金,《巴赫金文选》,佟景韩译,北京:中国社会科学出版社,1996,第453页。

死亡也孕育新生的要素。

此外,时间的意象也具有深刻的多重意义。在狂欢化的语言体系中过去时间与现在时间可以被置于同一纬度。一方面,面对过往逝去的日子,主人公有一种挽歌般缅怀的情怀;另一方面,面对"现代"社会,他又感到迷茫。他成了生活在过去和现在夹隙中无所适从的人,他的紧张和困惑来自他对时间和现实的认识。在小说中,唐利维提到食客们都不相信时间,他们有自己一套独有的计算时间的方法。小说第19章中提到:

> 弗兰兹有自己的水表……他们三个中没有一个人相信现代手表。俄库沃德是个注重细节之人,他信太阳柱刻度表。普特相信单臂太阳时。罗斯说他们为"正确的时间"差点相互打出屎来。(*TOA* 271)

在这里,时间已经不是一个客体存在或一个不以人的意志为转移的物象,而是人们心理上所感受的时间。在伯格森看来真正的时间即心理时间,是生命的流、意识的流。克莱门墩的时间也是独特的,他的心理时间将过去、现在和未来并置,他经常将想象和现实混杂,任意穿梭在不同空间和时间的场所。意识的非理性造成了个体时间的独特性差异,以至每个人都可以有自己独特的时间计算法和感受方式。这赋予了"时间"这一意象多重的、复杂的含义。

意象的多义性体现了狂欢化语言的特征。在后现代文学中,文本并不依附于一个终极的意义。文本自身具有"生产性",而这种"生产性"赋予文本多义的空间。唐利维在小说《吃洋葱的人》中通过意象的多义性的特点阐释了后现代文本的生产性及意义的多重性特征,体现了狂欢化语言的精髓。

1.2.3 语言的不确定性

狂欢化的开放性赋予狂欢化的语言不确定的特征。在狂欢节,狂欢化精神内核之一便是交替与变更,而交替与变更意味着意义的不确定。哈桑指出,"狂欢这个词自然是巴赫金的创造,它丰富地涵盖了不确定性、支离破碎性、非原则化、无我性、反讽、种类混杂等"。哈桑对"不确定性"做了专门的解释。他认为,这是由各不相同的概念所共同勾画出来的一个范畴:模糊性、间断性、异端、多元性、散漫性、反叛、倒错、变形、反创造、分解、消解中心、移置、差异、分裂、消隐、消解定义、非神话化、零散化、反正统化、反讽、断裂等。不确定性是一种对一切秩序和构成的消解,它永远处于一种动荡的否定和怀疑之中,形成了一股强大的自我毁灭冲动,"影响着政治实体,认识实体以及个体精神——西方的整个话语王国"①。

英国后现代主义文论家戴维·洛奇(David Lodge)持相似观点。他认为,现代主义的等级秩序原则已经失效。后现代主义奉行无等级秩序和非中心原则,这就意味着对后现代主义文本的创作者来说,在创作文本的过程中,必须拒绝对语言或其他元素做有意识的选择,一切都是无选择的偶然行为,甚至是一种自动写作。②同样,对于准备按照后现代主义的方式来阅读文本的读者来说,无等级秩序的原则就意味着避免形成一种作者读者首尾一致的解释,一种对创造意义和对"原意"追求的企图。因而,避免做出解释是后现代作家对读者的要求。对读者而言,采用任何手段去译解文本,与作者和文本毫不相干。③ 据此,后现代主义文学理论认为,文本具有不同于现代主义精心编纂的严谨结构,它的创作和接受的唯一原则是不确定性。不确定性决定一篇文本如何被人阅读,作品的意义不取决于固定不变的原则。唐利维的小说创作生动地体现了后现代主义不确定性的写作原则,这一原则表现为悖

---

① 伊哈布·哈桑,《后现代转折》,《后现代主义的突破》,王潮编,敦煌:敦煌文艺出版社,1996,第29页。

② David Lodge, *The Modes of Modern Writing: Metaphor, Metonymy, and the Typology of Modern Literature*, London: Arnold, 1997, p224.

③ David Lodge, *The Modes of Modern Writing: Metaphor, Metonymy, and the Typology of Modern Literature*, London: Arnold, 1997, p224.

论式的语言、并置、随意性、比喻的过度引申、语言实验等方面。

《姜人》中悖论式的语言

后现代小说语言的不确定性使得每句话都没有固定的标准,后一句话可能推翻前一句话,后一个行动否定前一个行动,形成一种不可名状的自我消解。在语词的意义上也呈现多种解读的可能性。因而,文本意义的"再生产"便具有了可能性。这种语言上的似是而非、或彼或此的特点使读者捕捉准确意义的企图落空。

在小说《姜人》中,唐利维对"小姜饼人"(The Little Gingerbread Man)寓言故事进行了重写和改写。小姜饼人不想被吃掉,他躲过人类、老狗、狐狸、农夫,一路逃亡,在走投无路时却最终落到了误以为会帮助他过河的狐狸之口。《姜人》中的主人公丹杰的生活也是充满了逃亡:他要躲避房东的追债、警察的追捕、大街上盯梢的人……丹杰也是终日过着东躲西藏的生活,挣扎着不想被生活的重负和社会的排斥压倒。他似乎是一个受害者,一个被命运捉弄的人,但是他本身也是一个"危险的人",他名字叫"Dangerfield",意为"危险之地"。他是一个社会秩序的破坏者,一个传统道德的颠覆者,一个旧规范的埋葬者。他在三一学院学习,却是一个功课一塌糊涂的差学生;他有妻子和女儿,却残忍地对待她们,不尽任何义务;他打架酗酒、勾引女人;他拒绝支付房租。因此,"姜人"一词是指"活得小心谨慎的人"?还是代表"无辜受害的小姜饼人"?还是指代"老辣的人"?每一种解读似乎都有其道理,而这些意义又相互矛盾,充满悖论,赋予了这一名字充满了似是而非、或此或彼的想象。丹杰的女儿叫"Felicity",意为"幸福",而这个女儿却是个瘫痪智障儿,她的出生也没有给丹杰夫妻带来任何幸福快乐。相反,丹杰视她为竭力想摆脱的包袱,充满了讽刺性矛盾含义。

另外,语言的自相矛盾表现出一切都在不定之中,需要补充。在第12章,丹杰与妻子争吵后,发现妻子有了一张支票,他想用钱,于是就出现了下面的对话:

"Supposing I admit to a few indiscretions."("假设我承认自己出言不慎。"暗含"那是不是可以把那钱给我用?")

"Indiscretions? That really is amusing you know."("出言不慎?要知道这可真是好笑。"意思是"那也不可能把钱给你。")

"Now that we have a chance to start over again."("要是我们有机会重新来过呢。"未说出的话"那是不是我就可以用那笔钱了?")

"We do? Do we? O we. It's we now."("我们有机会?我们还能?哦,是'我们'。现在是'我们'了。"未说出的话"看在钱的分上,现在承认我和你是一家人了"?)

"I am thinking about the lease."("我在考虑房租的事"。暗含"要是用这笔钱给我去付房租呢?"又是一个假托的借口。)

"You signed it."("是你签的合同。"意思是"你自己想办法,别打我的钱的主意。")

在这短短的几句对话中,单纯从字面的意思来看,似乎没有什么,可是说话者省略掉了很多内容,只有把这些内容都补充完整了,读者才能明白字里行间的真正意思,也才能明白丹杰的企图、妻子莫里(Marion)的绝望及他们生活的窘态。

《吃洋葱的人》中的语言实验和语言游戏

狂欢化的语言是一种大众语言,是平民阶层所喜闻乐见的话语体系。因此,它不在意是否合乎语法规范和道德上的评判标准。巴赫金在分析拉伯雷的作品时空体时,看到了其作品中非正式言语和与酗酒有关的词汇。实际上,非正式言语的领域,包括俚语、双关、俏皮话、外来语、口头禅、骂人的猥亵词语和人的生理本能,包括饮食、排泄、酗酒、性等,这些都是民众欲念的坦率流露,是街头上无拘无束的议论,是最本真、最自然的生命力量的体现。这种打破规范和道德说教的语言是狂欢化体现。这种语言体系早在民间故事、闹剧、短故事诗、滑稽小说、故事小说和童话中就有所体现,并有着旺盛的生命力。在后现代小说文本中,语言实验实际就是语言狂欢化的体现形式之一。

人们通常认为现代主义与后现代主义最大的区别在于,前者以"自我"为中心,而后者以"语言"为中心。唐利维在一次采访中谈到,他从没有刻意设计作品的结构、营造作品的意义,而是跟随思维,想到哪里就写到哪里,"你写到那里就是那里了"。在小说《吃洋葱的人》中,唐利维在消解了"现实"的真实性后,又心安理得地用语言制造了一个新的世界。因为小说的任务不是为了反映世界,而是为了制造一个世界,即用语言来制造一个世界。后现代理论认为,语言是独立的本体,不是工具。于是,唐利维以语言构筑了一个混乱的世界。"吃洋葱的人"是一个符号代码,它可以指那些蜂拥而至的饕餮食客,也可以指素食者,还可以解读为像洋葱一样被一层层剥掉皮而遍体鳞伤的主人公克莱门墩,或许还代表有伤心故事的人,或者是不得不被摆弄的人,还可特指某一个文本中的人物……总之,每个人都可以从自身的经验出发,做出不同的阐释。唐利维自始至终都没有明确说明"吃洋葱的人"到底指代的是什么或它的真实寓意究竟为何物。这种语言游戏,在唐利维的精心安排和设计下,使"吃洋葱的人"成为一个有指示意义的符号,可以表示作品中任何一个可能与其相关的指示对象。这样语言的代码功能得到了极大的强化,而它的表意功能却极大地被淡化了,从而使"吃洋葱的人"这一意象显得既难以名状又不可思议。

《吃洋葱的人》在语言上的创新所进行的大胆的语言实验和语言游戏体现了后现代主义"语言转向"的特征。唐利维使用了大量的俚语、外来语、黑话、生造词和很多批评家所说的"陈词滥调",使整个文本让人感觉晦涩、沉闷、拖沓、冗长。作者在小说中有意淡化语言的表意功能和逻辑原则,而采用了一系列符号来强调语

言的代码功能。在第 21 章,有一段对话:

"My name is Evil. His name is Bad. Together we are called Fucking Bad Evil. Do you understand me now. That's us. Where's the libation."

"It's above in the ballroom."

"I'll take you into my present confidence. Just let me whisper you this. You've never met the likes of us before. And you'll be fucking thankful not to do so again. Never done a thing in me life to be proud of. And I've never felt in better health. I get me kicks pulling the life savings out of the hands of sick old widows. The only job I ever had was to measure corpses for their coffins heading for the crematorium. I'd measure them all a foot short. They have to break the legs to fit them in. There would be them with the knees sticking up as they ride towards the flames. I'll tell you it gave the bereaved a sight they'll never forget. I'm villainous and mean. If you want anybody to have his neck broken. Just give me the word. My friend here is famous for his filthy habits. Overnight he can produce squalor that would sicken even the likes of me."

(*TOA* 291)

这段文字可翻译为:

"我叫恶,他叫坏,我们一起叫作他妈的恶坏。现在你可理解我们了吧。那就是我们。在哪喝酒?"

"上面的舞厅里。"

"我现在要取得你的信任。我悄悄告诉你吧。你之前一定没有见到过我们这样的人。之后你会他妈的也不会想再见到我们。我一辈子没做过什么光彩的事。身体也不太好。我从那些又老又多病的寡妇手里榨钱。我的工作就是在尸体被送往火葬场之前测量一下尸体好放入棺材中。我都会少量一英尺。他们就不得不把尸体的腿折断才能放入棺材中。在火焰上会看到膝盖冲着天。我跟你说这绝对让未亡人终生难忘。我又邪恶又猥琐,你要是想要什么人的命,就跟我说一声。我这位朋友可有些下流的坏习性。不肖片刻,他就能做出甚至连我这样的人都感觉恶心的事。"

在这里,"Bad","Evil"这类形容词被唐利维创造性地用作了表示人名的名词。"libation"本义为"祭奠用的酒,祭神之酒",在这里一群流氓恶棍酗酒居然用了这个词语。字里行间出现很多断句、不合语法的表达和含混的字眼。"I'd measure them all a foot short"如果不看下文,还以为是测量尸体时少量一英尺呢,通过后面的文字才能明白,实际是棺材比尸体少一英尺。还有未亡人在火化尸体前不得不把尸体的腿折断以放进棺材的恐怖阴森景象:在火化时,家人看到尸体的膝盖是立着的,那种情形让人终生难忘。而这个叫"Evil"的人却以此为生并以此为乐。这让读者唏嘘不已。更有甚者,他还说要是你想要某人的命,尽管开口,保证几分钟内搞定。在他看来杀人就如同吃饭一样稀松平常。人的本性可以堕落到如此让人惊悚的地步!这一切给读者的心灵带来空前的震撼。然而,唐利维为什么要写这么一段话呢?他的用意何在?这两个人在其后的文字中再没有出现过。继续深究,也不得要领,读者就会更加恼火,一头雾水,索性不如放松阅读,只要在意此时此刻的阅读体验就好了。这种游戏性的叙述方式使得读者可以从阅读文本中获得极大的探索性愉悦。

此外,《吃洋葱的人》中多次提到"狂欢"一词,唐利维想借此告诉读者他的文本就是一个狂欢化的世界。语言风格行文不拘一格,断句、碎片、怪词滥调、无谓语句子、新造词汇、直接引语与间接引语混杂,让人目不暇接,眼花缭乱。他的叙事视角也不断转换,第一人称、第三人称频繁变换,造成空间错乱和时间凝滞,几个不同时空的场景会同时出现,形成第一、第二空间的短路和第三空间的无限扩张。小说与诗句,书信体和报刊文体,甚至在第21章,电影《泰坦尼克号》的台词都被置于文本之中,形成一种滑稽怪诞的效果。由此可见,后现代文本本身是一种"语言构造物",是一个网状结构,读者可以从任何地方开始阅读,也可以从任何地方停止阅读。读者无须探寻隐藏在文本背后的内容,只要关注自己每时每刻的体验和感觉就行。这种语言实验和语言游戏极大地体现了狂欢化的语言特征,让人目不暇接、无所适从,又不知所措。

1.3 小结:唐利维小说中语言狂欢化的意义

唐利维的小说《姜人》和《吃洋葱的人》体现了后现代语境下语言的狂欢。这两部小说分别从错乱的时空、语言的多义性和语言的不确定性等方面构建了一个狂欢化的小说世界,表现出颠覆性和大众性的艺术特征,这正是后现代主义小说的艺术主张。在这两个方面,巴赫金的狂欢化与后现代小说的艺术观不谋而合。作为一名后现代小说家,唐利维在自己的文本中与巴赫金不期而遇。唐利维在双重维度下实现了颠覆性的破坏性解构和大众性的建设性重构。

1.3.1 颠覆性——破坏性

狂欢化的语言挑战传统、权威、颠覆破坏了既有的秩序规范和价值标准,将文学从传统的、僵死的语言体系中解放出来,从而实现后现代意义上的超越性破坏。从这个意义上说,狂欢化的语言首先是颠覆性、破坏性的。

美国当代文学批评家杰弗里·哈特曼深入论述了语言的不确定性与颠覆性。他认为,语言就像"迷宫"一样,在不断地破坏自身的意义,解构自身。首先,一切语言必定是隐喻式的。如果以为任何语言都是从字面上体现本义,那就大错特错了。即使以严谨著称的哲学、法律等方面的著作也与诗歌一样，常运用隐喻来行文释义。隐喻从本质上看是"无依据的"，只是用一套符号取代另一套符号的虚构。因此，语言恰好在那些它试图表现得最具说服力的地方显露出自己的虚构和武断的本质。文学是这种模棱两可特征表现得最为明显的领域。其次，象征是语言的基本特征。由于象征，语言的字面意义就与它的世界含义相分离，从而使语言变得不确定。再次，语言本身是一张错综复杂的网络，其中每一个词、每一句话不仅必须联系上下文才能确定其含义，而且必须与全部语言相联系才能把握其意，因为"词并不依赖于它们自身，而是依赖于其他的词"①。最后，语言与现实的关系是复杂的：一方面，它与现实生活不可分割；另一方面，它又不断超越和否定它对现象世界的关系，从而具有变动不安的特点，因为"词语不仅阐明生活，而且也像生活本身一样，在它们之中包含着含糊和死亡"②。因此，把语言看成具有稳定的结构、明确的含义，是一种不现实的奢望。

唐利维的小说从叙述语言的角度解构了传统的时空观念。在小说《姜人》中，他通过一系列意象客体的动态化叙事，诸如叙事视角的变化、符号跳跃、意识的流动和对传统空间关系的破坏，在时空观上造成让人眼花缭乱的错乱效果。在叙事视角的处理上，唐利维频繁切换"外部聚焦"、"内部聚焦"和"零聚焦"三种视角，凸显现实的不确定性和无从把握的状态。唐利维还通过符号的跳跃和意识的流动在文字上造成能指的不断滑动和叙述的短路，从而造成断片式、分裂式和非线性的意象。在时空关系的处理上，唐利维突破了传统的第一空间和第二空间叙事方式，而在第三空间（即情感或含义空间）上做足了功夫，极大地扩张了第三空间的张力。非线性的叙事方式使时间可以不断凝止，因而使描写同时发生在不同空间的场景成为可能。唐利维打破了传统时间和空间观

---

① 哈特曼，《荒野中的批评》，纽黑文1980年版，第5章。
② 哈特曼，《荒野中的批评》，纽黑文1980年版，第10章。

念的限制,破除了文本语言的藩篱。

唐利维的颠覆性还体现在他的语言的多义性和不确定性上。哈特曼认为,语言是隐喻的、象征性的。唐利维在小说《姜人》和《吃洋葱的人》中将语言的隐喻性、复杂性和象征性淋漓尽致地表现出来。他戏仿16世纪流浪汉小说题材中的语言,戏谑地将他的后现代文本与传统流浪汉小说并置,夸大了流浪汉小说的弱点与语言的滞后性。他在《吃洋葱的人》中更是将语言消解自身的特性发挥到极致:悖论式的语言、语言游戏和语言实验解构了语言的明确含义和固定的结构范式,反映了语言与现实的关系的复杂性。

1.3.2 大众性——建设性

从狂欢化文学的世界观涵义角度看,狂欢化文学是"文学对自己的应分的实现,即兑现文学对世界的责任和允诺——文学同时是破坏和建设"①。狂欢化文学不仅实现了对现实生活的揭示和深刻反映,它还能重建有别于人类日常生活的第二种生活,狂欢化文学同时实现了文学的审美理想和乌托邦精神。

在对传统语言叙事进行解构之后,后现代文学并非意在制造一种无政府的混乱状态。它在破坏消解的同时也在进行积极地建构,即重构一个后现代的文本世界。后现代的作品是对现代主义文学的超越和背离,表现出强烈的反传统倾向。它们在破坏、消解和颠覆传统小说的形式或表现手法的同时,创造了自己的表现手法,如戏仿、拼贴、蒙太奇、黑色幽默、迷宫等。后现代主义的重构性具有明显的多元化趋向,在消解中心、权威、等级、秩序之后,后现代小说家重视对话与沟通,重建人与自然、人与人之间的和谐关系,在否定、批判的基础上进行积极性地建构。

小说《姜人》戏仿16世纪流浪汉小说,它以流浪汉小说的形式

---

① 梅兰,《狂欢化世界观、体裁、时空体和语言》,载《外国文学研究》2002年第4期,第10页。

讲述了一个现代人的故事。但无论是语言处理上还是文本与现实关系上,这部后现代版本的"流浪汉之旅"均表现出了传统与现实的脱节。法国解构主义文论家罗兰·巴尔特认为文本最具诱惑力的地方是断裂处的"两个边缘之间"①。唐利维的小说《姜人》中所采用的戏仿手法使文本产生了解构与重构间的断裂并因此创造了创作与阅读的双重快感。与传统流浪汉小说人物性格单一、平面的特点相比,《姜人》的主人公形象更具复杂性,不能用传统的善恶标准去衡量。同为描写出身下层社会,但渴望跻身于上层社会的文本,流浪汉体裁小说语言简洁、明快、规范,句法标准,合乎逻辑,而《姜人》中的语言则表现为混乱、断句、冗长、片段和非理性。唐利维重新构造了一个超文本的世界,一个超出传统流浪汉题材的后现代文本世界。文本不再是读者与作者相遇的场所,他用含混的、缺乏逻辑的语言反映出主人公当时所处的社会和他的心理状态。后现代社会是复杂的、多变的、非理性的,规则与秩序并不是与生俱来,善恶因果也不一定有必然的联系。现实是不确定的、荒诞的,主人公丹杰所处的社会环境是动荡的、排外的、异化的。这已经与16世纪那个时代相去甚远。这个时代已经超出了丹杰所能把握和控制的,他唯一能做的就是不断地"逃亡",从一个厄运到另一个厄运,从一个陷阱到另一个陷阱。直到最后,他也没有能像传统流浪汉小说中的主人公那样跻身上层社会,实现自己的愿望。他转了一圈,几经生活磨难,然后又回到了起点,生活并没有多少改变,社会依然如故,问题依然存在。他唯一能做的就是像西绪弗斯那样,每天把大石头推到山顶,看着大石头滚落下来,然后再推,再滚……用此种积极又无望的心态面对荒诞的世界。

在小说《吃洋葱的人》中,唐利维采用了大量语言创新:悖论式的矛盾语言、语言实验和语言游戏。巴赫金认为,狂欢节创造了人类的第二种生活,其核心是狂欢节世界感受,它可以召唤沉迷于日常生活和等级制度中的人们在关系中绽露开放、完整的人性。唐

---

① Barthes R., *The Pleasure of the Text*, Oxford: Basil Blackwell Ltd, 1995, pp34-35.

利维在语言的处理上突破了传统语言规范的限制和藩篱,将人们日常用语中的禁忌、酗酒、性爱、脏话、俚语、黑话等用于文本。在《吃洋葱的人》中关于男性生殖器的描述就有十几种词语,关于饮酒、吃饭也用了让人眼花缭乱的上百种语汇,排泄的词汇更是用得毫无忌惮。借此,唐利维建构了一个有别于传统、高雅、秩序的生活世界,创造了人类的第二种生活。这样的语言,恢复人们的完整人性和生活本真原始的状态。小说叙述中的虚构与现实在当下生存经验的复杂化关照下相互交融,构成了一幅后现代想象的空间。同时,唐利维也在其创作中借助后现代的经济、政治、性、科学等不同话语形式对话当今这个时代,反讽了这个后现代社会的虚伪、功利、充满符号和话语的时代现实。

第2章　唐利维小说中世界经验的狂欢化

2.1　世界经验的狂欢化

2.1.1　世界经验狂欢化的概念与内涵

　　康德认为,经验世界是一个由先天形式整理来自于自在之物的感觉材料而生成的世界,他的根源可能在于自在之物和先验自我。① 世界经验指的是一种世界感受、一种对生命和生活的体验。世界经验的狂欢化则是一种世界感受的狂欢。巴赫金认为,"狂欢节的世界感受具有相对性,造成戏谑的气氛⋯⋯狂欢节的世界感受具有强大的蓬勃的改造力量,具有无法摧毁的生命力"②。他在考察"梅尼普讽刺体"③时,发现"梅尼普体"是最能体现狂欢化的文学体裁。他分析了"梅尼普体"中大胆的虚构和幻想因素,认为这是同"极其渊博的哲理、对世界极其敏锐地观察结合在一起

---

　　① 转引自:叶立群,《经验世界与超验世界的背离和共谋——津子围小说的文本价值管窥》,载《小说作家作品研究》2010 年第 2 期,第 33 页。
　　② 巴赫金,《巴赫金全集》第五卷,钱中文译,石家庄:河北教育出版,2009 年,第 138 页。
　　③ "梅尼普讽刺体"的名称取自公元前 3 世纪加达拉的哲学家梅尼普的名字,他创造了这一体裁形式。而这一名字作为体裁的术语是公元前 1 世纪罗马学者发禄首先采用的,他把自己的作品看成"梅尼普讽刺"。彼特罗尼乌斯的《萨蒂利孔》就是扩展成了长篇小说的"梅尼普讽刺"。

的"①。梦境、幻想、癫狂、欲望、自杀、古怪行为等在梅尼普体作品中经常出现,而且它还有"现实的政论性"②的特点。由此可见,狂欢化的世界经验是一种有别于日常生活的第二种生活所产生的个人经验、审美、经历、趣味等。它通过大胆的幻想和虚构,塑造由梦境、幻想、癫狂、欲望等行为所构成的现实世界。同时,它还有现实性的特点,即反映当时时代面貌。巴赫金"狂欢"理论的前提是第一世界与第二世界的划分。第一世界又称第一生活、官方世界,是人们日常生活的时空,由官方(教会和封建国家)统治,是严肃和等级森严的秩序世界。在第一世界中,统治阶级拥有无限的话语权力,而作为被统治阶级的平民大众则处于被话语统治的地位,感受到的是来自官方的羁绊和重压。第二世界,又称第二生活、狂欢世界,是与第一世界对峙的"狂欢节"的时空。在"狂欢节"期间(包括其他狂欢性质的节日),整个世界,无论是广场、街道,还是官方、教会,都呈现出狂欢态。这时各种等级身份的人们打破了平常的等级界限,不顾一切官方限制和宗教禁忌,化装游行,滑稽表演,吃喝玩乐,尽兴狂欢。狂欢态的第二世界一切都和第一世界相反,甚至"国王"可以被打翻在地,小丑可以加冕成"王"。

狂欢式的世界感受大体可归为四个范畴:(1)人们之间随便而又亲昵的接触;(2)人与人之间形成新型的关系,通过具体感性的形式、半现实半游戏的形式表现出来;(3)俯就,即神圣与粗俗、崇高与卑下等接近起来;(4)鄙俗,一种狂欢式的冒渎不敬,一整套降低格转向、平实的做法。③ 因此,从狂欢化的角度来考察人物性格的发展变化,发掘人类的创新思维潜力,把人们的思想从现实的压抑中解放出来,这是一种世界经验的狂欢,反映在文学作品中,则是以狂欢化的享乐哲学来重新审视世界,反对永恒不变的绝对

---

① 巴赫金,《巴赫金全集》第五卷,钱中文译,石家庄:河北教育出版,2009年,第149页。
② 古代的一种"新闻体",对当时的思想现实做出尖锐的反应。
③ 巴赫金,《巴赫金全集》第五卷,钱中文译,石家庄:河北教育出版,2009年,第159页。

精神,主张世界的可变、价值的相对性。

2.1.2 后现代语境下世界经验的狂欢

两次世界大战和现代科技动摇了人们原有的价值体系和信仰,在文学创作中先后有"愤怒的青年"(The Angry Young Man)和"垮掉的一代"(The Beat Generation)。原有的旧秩序受到战争的冲击,人类的世界经验也随之发生改变。人被异化的现实催生了"愤怒的青年"小说创作。作家们通过文学创作实现对当时社会的抗议。荒诞的现实又造就了"垮掉的一代",他们通过从身体到行为的看似"垮掉"来应对荒诞、无理性的社会现实。狂欢化诗学现实政论性、反映时代面貌的特点也被诸多后现代小说家反映在他们的文学作品中。虚构、幻想等创作手法更是后现代文学作品的常用技巧。在作品中,后现代小说家的个人经历、审美、趣味等个人化经验在时代背景的催生下,与作品紧密地融合到一起,实现世界经验的狂欢化。

另外,在幻想破灭、信仰危机、道德衰败和充满恐惧的年代,人的异化和荒诞的现实成为很多后现代小说家创作的主题。巴赫金归纳的狂欢化的四个范畴在后现代语境下也被赋予了新的形式和含义。人类的生存状态体现在"愤怒的青年"作家笔下的彷徨、挣扎、疏离,在很多后现代作家看来,人类生存困境和社会的巨大压力无从改变。于是,他们转向以"黑色幽默"和"垮掉的一代"的写作方式来应对世界的荒诞感。"黑色幽默"的自嘲和"垮掉的一代"从身体到精神的全面垮掉便是以"感性的形式、半现实半游戏"的方式所表现出的人类的困境。在大众文化萌生、享乐主义盛行的时代,大众性和通俗化成为多数文本普遍的特征。后现代主义文学力图与高雅、正统、规范决裂。于是,边缘文化和边缘人的生存现状进入他们的批评视野。

2.2 唐利维的"愤怒的青年"主题小说

在一次访谈中,美国出版编辑约翰·奥斯本说:"有个人花了那么多年写了一本书,他虽不是英国人,但他是一个'愤怒的青年'。"① 这个人指的就是唐利维。唐利维的前期几部小说多创作于 20 世纪五六十年代。他的作品具有典型的时代特征。在他的作品中,享乐主义和大众文化可谓普遍。但那个时代并非都是负面的影响,这也是一个"进行试验、发现新义务、重新估价一切的生命力极端旺盛的时代"②。在这样的历史背景下,唐利维将自身的世界经验与现实、幻想和闹剧融合在一起,以嬉笑、戏谑的态度塑造出一系列小说人物形象,如巴赫金所说的"庄谐体"文学,诙谐地体验人生,营造出一种"狂欢化"效果,表达出颠覆与重构的"狂欢化"的世界感受。

唐利维的小说创作具有个人化的风格。他将个人记忆、想象、感觉和沉思融为一体,表现出他本人参军、学习、移民、旅居等个人经历和经验。他的作品也被打上了非常鲜明的时代烙印——信仰危机、道德幻灭、真理动摇的社会现状和人类异化、物化的现实。由此可见,巴赫金所称的"现实的政论性"也是唐利维的小说坚持的创作原则之一。在唐利维的作品中,早期的成名作《姜人》便是典型的"愤怒的青年"小说代表。

2.2.1 "愤怒的青年"概念的源起与内涵

20 世纪 50 年代,"愤怒的青年"在英国文坛上的出现并不是

---

① 转引自:"Interview: The Art of Fiction", No. 53. "J. P. Donleavy". *The Paris Interview*, p39.

② 阿瑟·林克、威廉·卡顿,《1990 年年以来的美国史》,刘绪贻译,北京:中国社会科学出版社,1983,第 345 页。

偶然的,而是有其特定的社会历史原因的。第二次世界大战结束之后,人们热切地期待着全新的生活。然而,战争的结束并没有给人们带来理想中的生活,而是幻灭感和失望感。因此,人们又感到空虚、迷惘、压抑、孤独和悲观。另一方面,战争结束时英国工党以全新的面貌崛起了,为了顺应时代的潮流和人民要求变革和改善生活的强烈愿望,它施行了前所未有的社会福利政策和经济国有化措施,使英国一度成为"福利国家","富裕社会"平民的生活得到改善,所实施的普及文化教育的措施使很多中下层出身的青年获得了受教育的机会。战后,相继执政的工党和保守党中弥漫着一种洋洋得意的自满情绪。然而"富裕国家"、"太平盛世"却并没有给平民应有的社会地位和政治权利,平民青年无法实现自身的价值,无法得到所谓"上层社会"的认可。于是,"愤怒的青年"作家们便拿起笔来向社会进行挑战,发泄了他们绝望的情绪,展示了战后心理失衡的人们与社会的冲突、人与人之间的冲突以及资本主义社会所暴露出来的其他种种尖锐矛盾。不可否认"愤怒的青年"派作家及其作品给当时的英国文坛带来了新的气息。他们作品的题材因贴近社会与现实作品中"小人物"的"反文化、反英雄"形象而显得生气勃勃。另外,这一时期的大部分作品语言清新且作家多采用现实主义的手法,这对于一般读者颇有感召力。

"愤怒的青年"作家创作的经验背景首先是20世纪五六十年代英国的社会环境。战争影响、信仰危机、经济衰败使得那些受过高等教育又不能在英国社会取得应有社会地位的资产阶级知识分子开始对英国现行体制、社会习俗及整套资产阶级道德伦理产生强烈质疑、不满、愤怒乃至绝望的情绪。"愤怒的青年"作家因社会的偏见而难跻身上层社会、改变其生存状态。他们本质上渴望在社会中立足,并得到社会肯定,他们的作品多描述人生不得志的小人物。在他们身上呈现出"对上层社会既向往又嫉妒、既孤独寂寞又顾影自怜"①的复杂心态。他们既鄙视社会不公,自身在改变

---

① 魏颖超,《"愤怒的青年"文学现象浅析》,载《社科纵横》1999年第5期,第47页。

处境时亦会不择手段。异化的社会现实催生了"愤怒的青年"作品中主人公"非英雄"、"反英雄"性格的复杂多面性。

另一方面,20世纪五六十年代存在主义盛行,萨特、加缪、海德格尔等人存在主义哲学思想影响了"愤怒的青年"作家。萨特存在主义的核心概念是人的"自由"。萨特主张"存在先于本质",于是就有了两个命题:一是否定客观世界的真实性,二是肯定人的主观自由和自由选择。① 萨特的存在主义哲学是人的生命意义的学说,他一方面对客观社会现实的异化提出质疑,并认为世界是荒诞的,而作为个人最主要的是他自己的选择。从这个意义上来说,萨特的存在主义哲学鼓励人们积极面对人生、有所作为。"愤怒的青年"作家对当时的社会现实有着可谓清醒的认识,于是他们的选择是"拿起笔来",对异化的社会进行抗争。

2.1.2 "愤怒"的书写

从时间上看,《姜人》出版于1955年,当时作者唐利维尚不到30岁,是一个在英国生活和学习的"青年"。而"愤怒的青年"正是20世纪50年代在英国文坛上崭露头角的一批青年作家。唐利维参过军,经历过二战;他家世平凡,在都柏林三一学院接受过很好的教育,这些都与"愤怒的青年"作家的经历不谋而合。二战后,与"愤怒的青年"作家们一样,他开始真正思索人类生存现状和意义,并以高度批判的眼光审视资本主义高度物质文明掩盖下的种种丑恶。这在一定程度上契合了狂欢化世界感受所倡导的"现实的政论性"主张。在当时,作者唐利维本人就是一个"愤怒的青年"作家,而他在作品《姜人》中又塑造了一个跟他有着类似经历、背景、遭遇人生幻灭并积极抗争的"反英雄"式的"愤怒的青年"。

---

① 刘象愚、杨恒达、曾艳兵,《从现代主义到后现代主义》,北京:高等教育出版社,2006,第167页。

愤怒书写

在小说《姜人》中，唐利维以锋利的笔触塑造了一系列经历战争、价值幻灭、传统观念动摇、遭遇信仰危机的青年形象。空虚、迷茫、压抑、孤独和悲观是这群人身上典型的症状。在这种背景下，唐利维拿起笔来向社会进行挑战，发泄他的绝望情绪，揭示战后心里失衡的人们与社会的冲突、人与人之间的冲突以及资本主义社会所暴露出来的其他种种尖锐的问题。

与同时期的"愤怒的青年"作家们一样，唐利维在《姜人》中描绘的是生活中的小人物，反映带有那个时代特点的英国人的精神空虚、信仰危机。该小说没有塑造叱咤风云的英雄人物。主人公丹杰以及他的朋友、恋人，都是日常社会中的饮食男女。丹杰正是这样一个平凡的"小人物"。他处于社会下层，却一心向往上层社会的生活，极力想得到社会的认可与尊重。但事与愿违，他生活困窘，终日为躲避房租而东躲西藏。他娶了一个英国妻子，本以为靠她父亲可以改变生活，却未能如愿。丹杰是一个流浪汉，他既没有崇高理想，也无过人才干，对政治也兴味索然。他有妻子，却接二连三的寻求婚外恋情，游离在传统道德观和纵情放荡之间。他自认为是一个"正直"的人，却经常打架、酗酒、好色。小说第16章描写了一群青年人的聚会，参加派对的三一学院学生们喧哗骚动、纵情叛逆。他们吵嚷、打闹、不满现状却无力改变。他们只能通过鬼哭狼嚎、摔碎桌椅、制造混乱来宣泄和表达他们的不满和愤懑。"从前有个人，他造了一艘船，要远航，船却沉了"（TGM 187）。这暗喻当时"愤怒的青年"作家们的尴尬现状。丹杰既非可仿效或赞美的楷模，也非一无是处的恶棍、坏蛋、流氓。他的不适和失落是社会环境造成的。正如丹杰对他失意的朋友可奈斯（Kenneth O'keefe）所说的那样，"你说着一口流利希腊语和拉丁语，满脑子无用的知识，你有文化修养，可是现在谁还关心柏拉图跟他的弟子们说的是什么呀？"（TGM 220），"你是一个生不逢时的人，错生在我们这个时代，生来就是要被人欺辱的"（TGM 221）。与其说丹杰在同情他的朋友,不如说是在悲悯自己,这也正是当时"愤怒的青年"作家们在英国的真实处境。他们受过很好教育,自认为怀才不遇、被社会冷落,正如丹杰说的"这不是我们的时代"。

"愤怒的青年"在写作上的一个突出特点就是语言朴实、平铺直叙和讽刺手法的广泛运用。唐利维在《姜人》中的艺术手法保持了文学固有的严谨性。"愤怒的青年"作家们通常"用无情的讽刺入木三分地揭露资本社会中环境的可笑、人物的可悲、生活的无味、前途的无望"①。在爱尔兰,丹杰在街上闹事被当作"危险分子"抓了起来,到了美国使馆,问话长官"坐在那里一言不发,专心清理着自己的指甲……他问我是否记得自己在海军服役时的序列号码。我回答说只记得位数比较高,他说糟了。我很害怕,于是改口说很位数可能较低,他说那更糟了。"(*TGM* 322)那位长官最后竟然通过丹杰的几处签名得出丹杰没有叛国的结论。而此时,丹杰心里想的却是如何利用这个机会去上个厕所,还顺便偷走了洗手间的一盒纸巾。本来很严肃的一场审讯,变成了滑稽可笑的闹剧,从审问间谍到厕所偷纸,让人忍俊不禁。平铺直叙和讽刺手法的运用体现了"愤怒的青年"的语言是"来自此时此刻我们生活的时代中人们真实的失望、挫折和苦难"②。

边缘人的愤怒

"愤怒的青年"作家所关注的是与自己世界经验和世界感受类似的社会群体。他们通常是有着高等教育的学历、胸怀大志却又怀才不遇。他们对上层社会有复杂矛盾的心理。这群人在社会中感到被排挤、压抑,是被边缘化的一群人。心理学家库尔特·勒温提出"边缘人"是对两个社会群体的参与都不完全,处于群体之间的人。③ 边缘人的特征在移民人群身上体现最为明显。小说《姜人》中,丹杰及他的朋友们均在美国出生,受美国文化影响,移居欧

---

① 陆建德,《现代主义之后:写实与实验》,北京:中国社会科学出版社,1997,第38页。
② 同上,第39页。
③ 库尔特·勒温,《拓扑心理学原理》,北京:商务印书馆,2003,第181页。

洲后,他们又受到当地文化冲击。他们处在美国和欧洲两种文化的夹隙中,无时无刻不感受到社会的挤压、生活的窘迫及人们排外的眼光。美国著名社会学家帕克认为,"边缘人"是"一种新的人格类型,是文化的混血儿。他们不愿与过去及传统决裂,但由于种族的偏见,又不被他所不融入的新的社会完全接受。他们站在两种文化、两种社会的边缘。"① 丹杰和他的朋友既不满美国社会、厌恶美国霸权扩张、视美国现代工业社会为噩梦,同时他们又不能很好地理解爱尔兰和英国当地的文化。他们对爱尔兰逝去的农业文明充满挽歌情怀,却又鄙视爱尔兰人民的懒惰、嗜酒和粗鲁。"他们既生活在传统世界中,又生活在现代世界里,他们既不生活在传统世界中,也不生活在现代世界里。他们是有着双重价值系统的一群人。"② 丹杰及他的朋友们都属于游离多数人群外的少数个体,因而常常表现出进退两难的生活状态,甚至失去了生活的出路、社会的位置及作为人的真实性格。丹杰身上表现出边缘人具有的处于劣势、被排斥、不稳定和反社会的倾向。例如,丹杰对朋友说:"记住,贫穷是神圣的"(*TGM* 217),但他每时每刻都希望自己变成有钱人,渴望体面的日子,做梦都想摆脱衣不蔽体、食不果腹的生活。精神和物质上的极大反差正是边缘人的真实处境。在情绪上,他们无一不是孤独、焦虑、叛逆。他们对现实有着清醒的认识和冷静的分析,却无力改变现状;他们想惊天动地做出一番事业却最终碌碌无为、一事无成。这些人是矛盾的集合体:在他们身上,理智与情感、正直与虚伪、自尊与自卑、理想与现实总是不断处于矛盾冲突中。

"边缘人的精神环境的边缘状态体现在情感和信仰空虚两个方面。"③ 唐利维除妻子莫里(Marion)之外,先后有过吉妮

---

① Rebort E. Park, Human: migration and marginal man, *The American Journal of Sociology*, 1928, p33.
② 叶克南,《边际人——大过渡时代的转型人格》,上海:上海人民出版社,1996,第7页。
③ 张军、张现红,《二战后美国犹太文学中的"边缘人母题"及其社会功能研究》,载《电影文学文本研究》2010年第6期,第11页。

(Ginny)、克里斯(Chris)、佛洛斯特小姐(Miss Frost)、玛丽(Mary)、酒吧女郎等多个情人。他有妻女,却从她们那里感受不到爱。他渴望爱情,向往灵与肉相融的两性关系,却一直不能如愿,其情感空虚可见一斑。在宗教信仰方面,丹杰是非国教徒,他对上帝充满了质疑。在与佛洛斯特小姐偷情后,他毫无良心上的愧疚。事后,佛洛斯特小姐的自责、忏悔、以泪洗面。这在丹杰看来非常孩子气。丹杰说:"上帝啊,尽管你有那么多的缺点,我还是爱你的……通往天堂的阶梯一定很长,爱尔兰是离天堂最近的,但是他们却在用这种公众性毁灭基督啊。"(*TGM* 208)由于情感和信仰的空虚,丹杰只好将自己交给酒精。他整日泡在酒馆里,混在嘈杂的人群中,享受酒精的麻醉、短暂的快乐,以忘却孤独、不安和沉郁。

小说中多次描写幽灵般"别人的眼睛"。丹杰总是在逃避房主斯库利(Skully)追要房租和赔偿。可是不管丹杰躲到哪里,他总能像影子一样阴森森地出现。此外,折磨丹杰的还有"大街上那些眼睛"、"我背后的那些眼睛"。作为边缘人,一方面,这些"眼睛"代表的是社会价值观念和无处不在的让人窒息的生活重压;另一方面,他并不能随心所欲、无视社会道德。相反,他急切地渴望得到社会的认可和周围人的尊重。这种不安全感、矛盾的情感、极度的自我意识及长期的神经紧张都是边缘人典型的症候。

2.3 唐利维的"垮掉的一代"主题小说

唐利维曾在一次采访中坦言,他的创作受到美国"垮掉的一代"代表作家亨利·米勒的影响。① 唐利维的小说作品中,《了不起的人》(*A Singular Man*)、《吃洋葱的人》(*The Onion Eaters*)、《纽约的童话》(*The Fairy Tale of New York*)、《塞缪·S 最悲伤的夏天》

---

① "Interview: The Art of Fiction. No. 53. 'J. P. Donleavy'", *The Paris Interview*, p29.

(*The Saddest Summer of Samuel S*)、《巴萨的如此至福》(*The Beastly Beatitudes of Balthazar B*)等小说表现出明显的"垮掉的一代"的风格。唐利维将个人的世界经验、经历、感受与夸张的事实、想象、记忆等融合,创作出一系列具有狂欢化艺术特征的后现代作品。"垮掉的一代"艺术家面对荒诞的社会现实,不再有"愤怒的青年"那种积极进取并力图改变现状的决心和斗争,他们更多的是以个人的方式消极地应对社会现实。

2.3.1 "垮掉的一代"的概念与内涵

"垮掉的一代"(The Beat Generation)是二战后美国文坛出现的一个文学流派。它最早发源于美国西部的旧金山,后迅速蔓延到美国东部的纽约等大城市。1948年,"Beat"这个词最早出现在凯鲁亚克(Jack Kerouac)的作品中。之后,"垮掉的一代"一词便被广泛借用。

"垮掉的一代"的出现有其深刻的社会背景。20世纪50年代美国文学"寂静的十年"反倒促成了"垮掉的一代"的产生和发展。① 二战后,美国社会原有的价值体系遭到前所未有的冲击。爱国主义和传统的道德体系受到年轻一代的质疑。政治上,麦肯锡主义的高压使社会各阶层出现强烈不满。于是,美国社会出现了一群身着奇装异服的年轻人,他们行为举止怪异、放纵、群居、吸毒,"只想勉勉强强混日子,追求麻醉、安慰和娱乐","吃饭、喝酒、聊天、跳舞、打架、恋爱、睡觉"②,表现出激烈的反传统和叛逆的个性。一时间,爵士乐、摇摆舞、吸大麻、性放纵、"背包革命"(即漫游旅行)风靡美国,乃至欧洲大陆。

作为一种文学流派,"垮掉的一代"的文学作品敢于突破一切传统禁忌,主张裸露坦诚。作品具有后现代多元性特征,"一方面

---

① 曾艳兵,《西方后现代主义文学研究》,北京:中国社会科学出版社,2006,第158页。
② 文楚安,《"垮掉的一代"及其他》,成都:四川大学出版社,2002,第364页。

显示现代主义文学的某些特点,另一方面它们不广征博引而随意写作,不强调非人格化而主张自我倾诉"①。"垮掉的一代"作家们在自己的作品中毫不忌惮地在文学作品中袒露自己心底最隐秘的情感、性欲、自杀等,他们提倡"自发性写作"或"自动写作",来描写梦境、幻想、吸毒后的幻觉、个人隐私等方面。他们反对规范的格式和选材,也不喜欢提前设计,注重"即兴创作"。"垮掉的一代"的创作风格体现了狂欢化的世界感受,幻觉、梦境、迷醉、癫狂状态都是巴赫金所说的狂欢状态,也是庄谐体的特征之一。

从身体到行为的全面垮掉

"垮掉的一代"最主要的思想特征是"从身体到行为的全面垮掉"。②"垮掉的一代"深受存在主义的影响,与"愤怒的青年"的积极选择、为自由奋力挣扎不同,"垮掉的一代"更加突出了存在主义软弱和绝望的一面。他们看到的是物质世界的荒诞和人与人之间的冷漠,于是他们将存在主义重视选择和行动的一面抛开,选择了消沉与堕落。

另一方面,"垮掉的一代"深受精神分析学说和禅宗的影响,强调人的精神活动的非理性,他们用虚无主义的哲学观来对抗生存危机。因此,"垮掉的一代"在思想倾向上表现出两个特点:第一,以虚无主义的目光看待一切,致使他们的人生观彻底垮掉,他们对政治、社会、理想、前途、人民的命运、人类的未来统统不关心;第二,他们用感官主义把握世界,导致中产阶级的生活方式的彻底垮掉,热衷于酗酒、吸毒、群居、漫游等放荡生活。③

"垮掉的一代"还受法国超现实主义的影响,推崇非理性和潜意识,经常描写梦魇、幻觉和错觉。他们常在酒后或吸毒后进行创

---

① 吴跃,《试比较"垮掉的一代"与"愤怒的青年"》,载《文学教育》2009 年 11 期,第 137 页。
② 刘象愚、杨恒达、曾艳兵,《从现代主义到后现代主义》,北京:高等教育出版社,2006 年,第 304 页。
③ 刘象愚、杨恒达、曾艳兵,《从现代主义到后现代主义》,北京:高等教育出版社,2006 年,第 304 页。

作。比如,"垮掉的一代"的代表人物金斯堡的许多诗都是在吸了麻醉品后创作的。他们的创作大多信笔写来,想象力丰富,感情奔放,但缺乏一定的逻辑性和系统性。

此外,马尔库塞的"新感性"主张恐怕也是影响"垮掉的一代"的思想之一。马尔库塞认为想象与幻想是艺术和审美特有的领域,所以艺术与审美具有非压抑性的目标和本性。他说,通过想象与幻想,艺术对现行理性原则提出了挑战,这是对理性的"统治逻辑的持久抗议,是对操作原则的批判"①,它使主体感性摆脱压抑状态,达到感觉与理智的会合,即"感性的解放"②。他认为一切行为如好玩、轻松、愉快等都是新感性的体验形式。这种新的体验主义思想对二战后美国"垮掉的一代"的思想和行为产生了一定的影响力。

荒诞行为的背后

"垮掉的一代"作家表现出来的强烈的反传统和叛逆的行为背后是有其深刻原因的。在看似颓废、堕落、疯狂等极端行为的背后,"垮掉的一代"首先表现出的是对现代工业文明和美国传统道德标准的反叛。"垮掉的一代"小说家通过"自发式写作"、"生活实录"等方式,对传统小说的情节、结构进行大胆的破除和创新,狂放漫游、沉思顿悟成为他们的艺术理想。其次,"垮掉的一代"在荒唐、纵欲的背后实际是追求一种自由本性与本真自我。他们在作品中袒露自己最隐秘的情感、欲望,毫不做作矫饰,随性而发,是一种向超然和生命自然的回归,从而实现人生意义上的真正狂欢。再次,"垮掉的一代"靠吸毒等产生迷幻状态进行创作,实际是为摆脱清醒时现实的困顿所带来的迷茫、痛苦,而靠药物产生极乐与狂喜的非常境界,故而创作出一系列融合了想象、幻想、迷狂、痴醉狂欢状态的新感性作品。最后,"垮掉的一代"对虚无主义和禅宗思想的吸纳弥补了二战后人们的精神危机和信仰缺乏,在看似消

---

① 马尔库塞,《爱欲与文明》,上海:上海译文出版社,1987,第104页。
② 马尔库塞,《爱欲与文明》,上海:上海译文出版社,1987,第134页。

极堕落的背后,通过这种方式替代西方宗教,实现精神救赎。

2.3.2 荒诞与幻灭的世界

在唐利维的作品中,《了不起的人》、《吃洋葱的人》、《纽约的童话》、《塞缪·S最悲伤的夏天》和《巴萨的兽性至福》具有明显的"垮掉的一代"的狂欢化写作风格。这些作品中的主人公无一不是面对荒诞的社会和幻灭的人生。唐利维本人成长于美国大都市的主流社会环境,但二战给了他终生难忘的特殊经历。美国动荡不安的社会环境和阶层意识也让他产生了噩梦般的感觉,让他感觉孤独、排外①,于是,唐利维很多作品的主题都反映的是"幻灭感和美国梦的破灭"。另外,唐利维深受美国20世纪50年代"垮掉的一代"的影响,承认"自动写作"是他的一个创作方法。②

在《了不起的人》中,唐利维塑造了一个事业有成的有钱人花费一生心血和财力为自己建造一个大陵墓的故事,反映了物化、非人性的荒诞现实。《纽约的童话》讲述的则是一个从欧洲回到纽约却遭到接连的失意、挫折和绝望最后幻灭的年轻人的故事。他用"童话"这个词对纽约现代大都市进行了讽刺。小说《塞缪·S最悲伤的夏天》中的主人公经过"垮掉的一代"生活方式之后,想重归传统,渴望娶妻生子、遵从社会道德规范,却发现遇到的女人们都只在意当时当下的感受,而拒绝走进婚姻生活。种种怪诞离奇均是那个时代造就的后果。

荒诞与幻灭是唐利维上述几部后现代作品的主题之一。在作品中,他将幻想、想象、沉思与白日梦等"垮掉的一代"风格融入,在主题和形式上表现出强烈的反传统倾向和叛逆的艺术特征,其狂欢化的世界感受被表现得淋漓尽致。《塞缪·S最悲伤的夏天》中的喜剧梦魇和《吃洋葱的人》中的贪欲和毁灭便是这类小说典型

---

① "Interview: The Art of Fiction. No. 53. 'J. P. Donleavy'", *The Paris Interview*, p41.
② "Interview: The Art of Fiction. No. 53. 'J. P. Donleavy'", *The Paris Interview*, p3.

的例证。

唐利维的中篇小说《塞缪·S最悲伤的夏天》反映了"垮掉的一代"的荒诞人生、虚无主义人生哲学和重视心理真实的艺术观和"垮掉"的根源。小说《塞缪·S最悲伤的夏天》中没有采用一贯的流浪体,而是把背景固定在了维也纳。浪子形象的塞缪在游遍欧洲后,意识到自己精神出了问题,他去看心理医师,希望心理医师帮助自己走出精神困境,以适应世俗社会生活。他渴望改变自己,娶妻生子,从此过上稳定安宁的生活,然而他遇到的女人却对婚姻都没有什么兴趣。在经受了一连串的打击和挫折后,塞缪最终意识到他所陷入的困境不是信仰或热情所能改变的。

荒诞人生

荒诞是一个哲学概念,是人面临的一种存在处境,或者说人生体验。在萨特那里,荒诞感是人类无法回避的现实,但面对荒诞的现实,个人有选择的自由,重在选择和行动。加缪的思想更是被尊为"荒诞哲学",他的主张与萨特不同,他主要强调世界荒诞且无法改变的一面。说到底,荒诞感是一种"自我"与"世界"的关系定位的脱节。"垮掉的一代"的作品摒弃了萨特存在主义哲学中重选择与行动的一面,而更多地凸显出个人与现实脱节、不相容的一面。于是"垮掉的一代"的荒诞感便多了一份无奈、苦涩、自嘲与自怜的味道。小说主人公塞缪下定决心改变自己,渴望重新走进"正常"的生活,这是他的选择,也表现了个人的自由意志。面对荒诞的现实,塞缪一心"改邪归正",然而这个"疯狂的社会"并没有给他出路——心理咨询师拿他的钱去投资军火生意和安全套企业;病人和医生的角色换位;心爱的姑娘只想跟他上床却不想走进婚姻;社会道德排斥他……在个人与世界的关系上,他把自己比作一个移动的小世界:"他就像一个移动着的小世界,肾脏里面有下水道、城市,肺里有森林,肝脏里有湖泊……不要低估人的脆弱性"①(TSS 34)。塞缪的内心就是一个世界,只不过是一个脆弱的世界。塞缪不得不面对双重荒诞感:来自外部现实世界的和来自自我内心的无可调和的荒诞感。外部的荒诞感来自社会习俗的压力、伦理和宗教,内部的荒诞感则是由于自己内心对是非、对错、标准的矛盾思索。孤独是唐利维小说作品中主人公的一个普遍性格特征,塞缪也不例外。他在熙攘的人群中咀嚼着自己的那份不为人理解的孤独心情。塞缪所处的是一个错乱的世界:身为病人,塞缪的心智无比清醒;心理医师拿着病人的钱去投资龌龊的生意;男人渴望成家,女人却只想"背包走世界",去寻找下一个旅伴;最后塞缪感觉到人生幻灭,选择了自杀。

虚无主义

"虚无主义"一词系德文"Nihilismus"的意译,源出拉丁文"nihil"(虚无),是指没有价值或没有人生目标的生存状态。尼采说"上帝已死",传统的价值观和宗教信仰已在人们心中瓦解。美国著名社会学家和政治哲学家丹尼尔·贝尔在研究后现代主义文化时指出,后现代主义的真正问题是信仰问题。"外部世界的迅速变化导致人在空间感和时间感方面的错乱,而宗教信仰的泯灭、超生希望的失落以及关于人生有限、死后万事空的新意识则铸成自我意识的沦丧。"因此,在后现代主义艺术"以破碎的艺术手法对抗破碎的世界时,就已经注定它无法将心灵的碎片重新聚合起来。这样,人们就走到一个生命意义匮乏的'空白荒地的边缘'"②。他主张用新宗教或一种新的文化学科来弥补这一空白,解决人们的精神信仰问题。贝尔看到了现代人精神危机的根源,但是他的新宗教理论似乎并不能解决现代人的精神困境。相反,"垮掉的一代"受精神分析学说和禅宗学说的影响,强调人的精神活动的非理性,用虚无主义的哲学观来对抗生存危机。他们以虚无主义的目

---

① J. P. Donleavy, *The Saddest Summer of Samuel S*, New York: Delacorte Press, 1966, p34.
② 朱立元,《当代西方文艺理论》第2版,上海:华东师范大学出版社,2005,第367页。

光看待一切,其人生观彻底垮掉。"垮掉的一代"对政治、社会、理想、前途、人民的命运、人类的未来统统不关心。

尼采认为虚无主义有三种形式:第一种是对目的的寻求及其失落;第二种是对统一的寻求及其失落;第三种是对世界的寻求及其失落。① 首先,在塞缪身上,对目的的寻求出现失落。他曾是一个花花公子,游历欧洲后,决心定居,找份工作,并娶妻生子过正常人的生活,但是他的这些人生目标很难实现。他找不到工作,也找不到合适的女人,因此过稳定正常的生活在常人眼里看来是如此简单的一件事情,在塞缪那里变为遥不可及。其次,塞缪意识到自己的人生出了问题,他寄希望于心理医生来解决自己的问题。塞缪并不信仰宗教,他说:"我是孩子的时候,我告诉我母亲,我不信上帝。人们太忙着自己的信仰了。"(TSS 26 - 27)在他看来,周围人都在忙着信仰和寻找信仰宗教,这显得非常可笑和可悲。"我学了一门关于人类关系的课程,我跟你说,糟透了,还有那些看起来很壮观的大教堂,在我看来也是糟糕透顶。"(TSS 42 - 43)人类关系的课程象征着人与人之间的关系,在塞缪看来,人与人之间的正常沟通无法实现,人与人之间只有冷漠、异化、无情,所以这样的课程在他看来实在滑稽可笑。教堂象征着宗教仪式和宗教信仰,这也令他鄙夷。他认为,"我宁可诚实地去看一下加油站里美德,甚至被踢出来,也不愿意看你劣质的脏兮兮的眼镜"(TSS 43)。在统一性这个方面出现了脱节,于是他陷入虚无主义。最后,在与世界的关系上,塞缪看到了世界的虚伪性,"道德家发明了完美的世界,哲学家发明了理性的世界,宗教家发明了神的世界。但人们终于发现真实世界的发明不过是人的心理需要,用统一、真理等来解释客观世界,就会有一种无价值感"②。在他看来宗教并不能解决人的精神问题,理性和真理都没有价值。他的行为举止与周遭人群

---

① 尼采,《权力意志重估一切价值的尝试》,张念东、凌素心译,北京:商务印书馆,1991,第278页。
② 高海艳、吴宁,《尼采对虚无主义的确认和超越》,载《湖南文理学院学报(社会科学版)》2009年第34卷第1期,第22页。

格格不入,塞缪由此被身边的人视为怪人。他不关心政治、社会、理想,他只在意当下的生活,希望真实地活着,体验有价值、有活力的生命感受,但是这样的想法却最终未能完全实现,生命失去意义,他彻底跌落到虚无主义的低谷。

《塞缪·S最悲伤的夏天》很容易被理解成为一个"垮掉的一代"青年追求爱情、家庭未果而自杀的简单故事。故事深层实际上是一个深受虚无主义精神影响的现代人的精神危机,由于丧失信仰而引起的内心焦虑和极度的精神空虚。不论财富、娱乐,还是性,都不能给塞缪带来真正的快乐。根本的原因在于其人生目标、对统一性的认识和与周围世界的关系上出现了严重脱节,从而使他的价值观受到重创。一切丧失其意义之后,塞缪的精神必然走向虚无主义。

心理真实

威廉·詹姆士所称的"意识流"、"思想流"和伯格森的"直觉心理的创化论"都对"心理真实"有过定义。弗洛伊德和荣格的精神分析学也对"心理真实"有过论述。在他们看来,"心理真实",包括潜意识、梦境、意识流、直觉、白日梦等,是人物的心理世界,它反映人物内心对客观世界的真实感受和体验。"垮掉的一代"并非毫无章法、行为和内心皆混乱。他们行为怪异、挑战习俗、叛逆夸张的背后实际有自己所坚持的原则,那就是"心理真实"。他们不迎合、不屈尊,更不随波主流,其行为完全是发自内心,出于性情。作为"垮掉的一代"小说代言人的唐利维在小说创作中也尊崇"心理真实"这一原则。他注重刻画人物的内心的真实感受和心理状态,通过聚焦人物心理、采用隐蔽的叙述者和对叙事时间的处理上反映其对生活的真实体验。

首先,唐利维通过内聚焦来反映人物的"心理真实"。内聚焦指的是叙事视角的内倾化,是相对叙事视角的外部聚焦而言的。在《塞缪·S最悲伤的夏天》中,唐利维将塞缪的内心世界推到主角的位置,叙事者时而隐退,着重刻画人物的心理感受和生活感悟。人物的思想、意识、幻想、想象与白日梦混在一起，比如在描写塞缪躺在床上的一段心理状态：

  盯着天花板，上面有块破碎的圆形塑料浮雕，在人升天时会被它吞没进去。我现在躺着，哪里也去不了，也没有什么可冒险的，反正什么都没有了。大脑不是被研究而是用来炒菜的，眼睛只是用来向内看而不是向外看事情，耳朵也很少听外面的世界。安吉悄悄地经过门口，在想我是否还值一文钱吧。电车吱吱嘎嘎地停了下来。睡过去。梦到一头暴怒的公牛踩着雏菊跳起来喊着我是百兽之王。自然有人来说管理这头牛，它追赶着我满院子跑，我颤抖着被赶进散发着草料香气的牲口棚……（*TSS* 62 – 63）

  在这段意识流里，有潜意识，有猜测，有梦境，还有现实。唐利维通过对塞缪的内心世界的客观陈述：一方面反映出他厌世、低沉、消极的一面；另一方面，又揭露了塞缪内心的恐惧、不安和紧张的情绪。这些内心世界的复杂情感印证了他对外部世界既无助又绝望的心理。

  其次，隐蔽的叙述者也体现了人物的"心理真实"。在《塞缪·S最悲伤的夏天》中，唐利维频繁变换叙述者，第一人称与第三人称经常互换，直接引语与间接引语穿插，通过一个潜在的叙述者的声音来表现人物的"心理真实"。唐利维通过转说人物的语言或思想，让读者仿佛可以听到人物所说的话，看到人物所想的事。例如，在描写塞缪的一段文字中是这样写的：

  塞缪·S僵在那里，严肃地站在一张对着一捆捆纸的临时书桌旁。抵达生命的前哨，梦想，雄心，憧憬……不活了算了，这唯一要紧的事情。在一个人还长着牙齿的时候小心体味吧，当心那种小花，它的根茎长在埋在地下的电线上，可以送你飞过绿草地。（*TSS* 55）

隐蔽的叙述者的出现似乎是在劝说主人公,又似在替主人公说出他的心里话,使得人物复杂的心理感受呈现在读者面前。

再次,唐利维还通过叙述时间并置的策略来把握人物的"心理真实"。在意识流小说中,时间是一个完全主观的概念。人物可以在几分钟时间内体验几年甚至几十年发生的事。过去、现在、将来的时间也常常被并置,故事情节也不一定按照顺序展开。塞缪在短短的时间内回忆了自己过去的生活。在回想一些生活片段时,时间甚至出现凝滞,叙述短路的现象时有发生,这真实地反映出主人公当时的心理状态:对当时的情景的难以描述表现出语言表达的艰涩。在塞缪意识中,回忆与现实、幻想与沉思经常并排出现。比如,唐利维在对塞缪和女伯爵的陈述中,就将现实的对话和塞缪的回忆融在了一起,语言上出现断断续续的不连贯性。塞缪结识女伯爵,她开出条件意图以金钱来换取塞缪的情感。他将女伯爵的盛情"视作不幸,因她开出的条件而拒绝了她",因为他"懂得人性"(*TSS* 30)。这前后似乎形不成必然的逻辑关系。他的意识中一度还出现空白,但却真实反映了塞缪当时的心情。他经历过生活的艰难,他知道物质对他这样一个找不到工作和结婚对象的人意味着什么,但是他又不想被收买、拿感情去换取物质。唐利维通过对叙述时间的处理拉长或缩短时间的距离,让人物的真实心理状态和感受得到充分再现。

"垮掉"的背后

塞缪"垮掉"的原因首先在于世界的荒诞性使得他的内心世界与外部世界的关系定位上出现脱节。这种不相容的脱节造成了其意识上的虚无主义和人生价值体系的坍塌。"垮掉的一代"的年轻人对自己有着清醒的认识,虽然这种认识有时带着自恋和自怜的成分。他遵循着"心理真实"为自己的准则,尽管这让人感觉滑稽可笑。塞缪说:

> 我忘记自己的原则了,试着不让自己看上去那么高大,而让别人显得渺小……至少在欧洲我曾是最不卑不亢的人。(*TSS* 52)

塞缪对新生活充满向往,渴望能建立一种和谐稳定的家庭关系,他在看医生时说:"至少我在临死前一定要得到那种乐趣。"(*TSS* 55)但是直到最后,他也没实现愿望。这是一个小人物的喜剧梦魇,是一个渴望单纯却一败涂地的现代人精神危机的真实再现,是"垮掉的一代"世界感受的狂欢式体验。

其次,在小说《吃洋葱的人》中,唐利维揭示了"垮掉的一代"纵欲和毁灭的根源。《吃洋葱的人》中的人物已经摆脱了丹杰那样为异化的现实而感到焦虑、痛苦、不安、挣扎的心境,他们在精神上更为超脱,甚至以虚无主义来对抗现实的荒诞。小说中的人物沉溺于眼前的感官纵乐,对人生抱着一种游戏的态度。在小说中,唐利维采用了一种相对冷漠、超然的叙述笔调和风格,他甚至采用戏谑的口吻来描写死亡、凶杀、暴力等令人毛骨悚然的事件。这种冷静与《姜人》中的愤怒、疾呼形成鲜明的对比。狂欢性的语言造成一种"语言爆炸"的效果:书面语、严肃语言、政治术语、经典语录、俚语、俗话、行话、黑话、甚至从电影《泰坦尼克号》借用来的台词,天马行空,无所不用其极。作者借助这样的形式意在塑造一个狂欢化的世界,揭示出小说中人物的贪欲和毁灭的根源在于"垮掉的一代"的反英雄人物、反理性的生活方式和反常规伦理行为作风。

反英雄人物

"反英雄"并非是"垮掉的一代"主题作品中专属的人物创作方法。只是"垮掉的一代"的人物与传统小说的主人公正面、积极、正义、智慧的形象不同,他们通常属于既无先天才能亦无后天美德的小人物。此外,二战后美国社会滋生出的"垮掉的一代"反英雄人物身上更具其独特之处,比如,不确定性、矛盾性、悲剧性、独特的个性等。"垮掉的一代"的"反英雄"与"愤怒的青年"作品中的"反英雄"不同。"愤怒的青年"的人物虽然在社会上属于平民阶层,但他们多受过良好的高等教育,有才华和理想,他们努力跻身上层社会,渴望社会给予他们认可和肯定。"垮掉的一代"的"反英雄"则多出身中产阶级,他们有才华却无理想,有能力却无目标,他们不愿迎合社会的主流价值观念,他们沉浸在自己的世界中,更在意自我实现和自我满足。《吃洋葱的人》的主人公克莱顿·克劳·克莱沃·克莱门墩(Clayton Claw Cleaver Clementine)就是这样一个"反英雄"人物形象。首先,他出身富裕家庭,继承了大笔遗产和庄园,有着中产阶级的生活的资本。他受过良好的教育,懂得多种语言。他彬彬有礼、举止儒雅,是个真正的"绅士"。他热爱艺术,是个有着高贵品味和鉴赏力的艺术家。但他却无真正的生活目标和事业进取心。他发现做生意难如登天,以至于他不能经营自家的生意,连庄园都打理不善。每日除应付那些滔滔不绝的食客,他并不知道自己该如何打发岁月。他对人生有着深刻的思考,对死亡的意义也有着自己独到的见解。这些性格特征造成了他的人生的不确定性,导致虚无主义意识渐渐在他思想深处萌芽。其次,矛盾性也是他性格的一个方面。克莱门墩善良、慷慨、有教养,但是他的性格也表现出懦弱无助的一面。面对汹涌而来的不速之客,他毫无招架之力。他既不能拒绝络绎不绝的食客的到来、干扰自己昔日的平静生活,也不能想出解决方案让这些客人们离去。他只能无助地看着那些客人们在自己的庄园肆意妄为、吃喝纵欲、打架斗殴,甚至差点害死自己的仆人。这表现出他应对这个世界的消极态度。面对荒诞的现实,他并不想反抗,反而用厌世、倦怠来对抗现实带给他的不公和不幸。另外,克莱门墩也是一个有着独特个性的人。他的个性体现在他不愿与世人同流合污、随波逐流。他看不惯食客无休止的破坏秩序、酗酒、贪吃、纵欲、乱交。有人告诉他,世界就是这个样子,一个"癫狂"的混乱时代。但他不愿妥协,他坚守着自己的信念,并不想成为他们中的一员。所以,克莱门墩性格上的这些特征决定了他的人生悲剧。"垮掉的一代"的人虽然叛逆、张狂,但他们的人生到底是悲剧的。

他们梦想中的超然和超脱,在现实的短暂辉煌、暂时极乐之后,留下的仍是人生的苦涩和不为社会所接纳的悲苦心境。克莱门墩的悲剧在于他不能找到目标,也无法找到真正理解他的人。他只能生活在自己的苦涩中,品味独属他自己的那份苦楚,体味自己艰难的人生,永远无法做到超脱和超然,除非走向死亡的极端。他的懦弱、无争与无助使他只能艰难地在理想和现实的夹缝中痛苦地活着,沦为庸常的生命个体存在。这种悲剧与荒谬的社会现实是密切相关的,是个人的悲剧,也是社会的悲剧。

反常规伦理

这里的常规伦理不是一个泛指概念,而是特指二战后美国主流的价值观,包括信仰、宗教、传统、道德等方面。"垮掉的一代"在伦理上大胆超前,挑战传统道德观念和宗教信仰,表现出强烈的反叛性。"垮掉的一代"主张以"自然"取代"上帝",他们反对"灵肉对立",拒绝禁欲主义,强调释放本能、性欲,强调自由、本我,从而重新确立了感官愉悦的合法地位。在审美上他们反对目的性、功利性,这点与康德的"审美共通感"和席勒的"游戏冲动"有共通之处。只是康德的"无目的的合目的性"主要强调的是人的审美自由,不受功利目的的拘束,而席勒则更进一步阐发了审美存在于人与自然之和谐关系的自由境界中。总的来说,"垮掉的一代"在伦理道德和宗教信仰上是崇尚自由、本性、开放、价值多元化的。《吃洋葱的人》在伦理上实现了对传统道德观念的突破。唐利维在小说叙述过程中尽可能做到客观自然地呈现人物的本来面貌和本性,而不做过多的评价和分析。主人公克莱门墩在自己的庄园城堡中见识了世界上最堕落、最道德败坏、最无法纪常规的人们的行为。小说中,感官愉悦被推到首要的地位。读者无法辨别究竟哪一个人物是正面的、积极的、合乎常规礼法的,所有的人似乎都是靠感官把握当下的快乐。在性叙事上,唐利维避开了以往传统的遮遮掩掩,而采用大胆直接的方式,将性事原始化、去道德化,并不以道德伦理来评判人的本能欲望。小说中曾提到一个姑娘的特殊

"爱好",那就是收集与她上过床的男子阴茎的照片并贴在墙上。在传统观念中,乱交会被谴责,而她非但没有任何"羞耻心",反而还炫耀地将照片贴到墙上。这给人的审美观念带来强烈的冲击和震撼。同样,在描述同性恋的问题上,唐利维也是毫不遮掩,用的语词也是充满了大胆夸张、出格的调子。《吃洋葱的人》中的食客们甚至借这些行为来证明自己的叛逆、个性,宣示他们的自由、本能。在宗教信仰上,这是一群毫无宗教信仰,也不想有精神追求的人。他们以嘲弄的态度来游戏人生。他们不再崇拜,甚至不再相信真理、科学和文明进步,唯一让他们能体验到"真"的就是活着的独立意识和当时当下的快乐。

反理性生活

二战结束后,美国社会处于躁动不安时期。社会的进步、科技的发展、工业文明带来的便利却反过来使人类成为高科技和政治的牺牲品。美国文坛出现"寂静的十年",在这十年中,人们的价值观念出现前所未有的转变。既然现实是荒诞的,人与社会之间出现脱节,人与人之间无法正常沟通,因此理性和逻辑在后现代社会就变得不堪一击。因此,应时而生的"垮掉的一代"主张以感性经验把握生活,反对理性主义;他们提倡直觉,反对理性逻辑;强调即兴,反对预先设计安排。他们用自己的亲身体验和实际行动践行被理性主义所遮蔽的自我价值。尽管这些自我价值的实现在常人看来是荒唐的、甚至是自毁或自戕的行为,比如吸毒、酗酒、群居等。他们靠这种生活来克服精神上的危机感。快乐至上、感官体验成为他们的行为准则。

《吃洋葱的人》很好地诠释了以直觉和感性把握生活的思想。小说中,追求个性和自由,满足个人欲望是食客们的共性。但是,对理性的反对和对原有秩序的践踏,并没有解决他们的问题和矛盾。本能与个性毫无顾忌地释放。但是,他们在暴力、发泄之余,又相互残杀、迫害,最终走向了极端的人格扭曲和彷徨。他们反理性的原因是个人自由的限制,而最后却导致大家都失去自由。昔日平静的庄园被毁灭为一堆废墟,美好的生活和富足的物质皆化为幻影。由此可见,过分的非理性导致人丧失本性和迷失自我,并不是真正意义上的个人价值的自我实现之路,单纯依靠感性和直觉把握生活是不切实际的空想。另外,"垮掉的一代"还注重即兴,反对计划。小说中的食客们也是如此。比如,食客们会突然想去航海,而无任何计划,以至于多人被困海中,险些丢掉性命。他们会冒险去庄园打猎、斗牛,发泄多余的精力。这些行为给庄园的主人克莱门墩带来无尽烦恼和困扰,也加重了他的精神紧张。最后,毫无事先知会的情况下,军队要来庄园驻扎,号称要来维护庄园的秩序,最后食客们彻底把庄园的秩序和平静破坏到无以复加的地步。一场大火之后,一切最终归于平静。毁灭的不只是庄园,更可怕的是,还有人性。

《吃洋葱的人》中无论主人公克莱门墩,还是食客们,都是感性的人、自由的人。他们又是庸常的人、小人物,他们反常规伦理、反对理性,他们要求解放自我、释放压抑的本性,得到自由和自我价值。但是,这一过程中,他们对秩序的破坏、对理性的践踏致使人性扭曲,走到极端"个人主义"和"利己主义"的边缘,最后导致毁灭。"垮掉的一代"在反叛传统、抛弃信仰、藐视理性、秩序、伦理、道德等的实践后,自我价值真正得到实现了吗?个人的自由在排斥社会的高压和荒诞现实后真正获得自由了吗?快乐至上、感官至上的生活模式最终带给了"垮掉的一代"快乐了吗?"垮掉的一代"的价值理念和行为方式在二战后的几十年中影响了整个美国一代甚至欧洲的年轻人,带给这一代人的究竟是精神的解脱,还是精神的困惑?是走出迷茫还是陷入更为茫然的精神危机?对于这些问题,唐利维在小说中没有给出明确的回答,他自己或许也不知道答案,只能留待历史和时间去见证。

2.4 小结：唐利维小说中世界经验狂欢化的意义

2.4.1 主题意义

唐利维前期和中期的小说作品就世界经验来讲可划分为"愤怒的青年"主题小说和"垮掉的一代"主题小说两个大类。唐利维前期的小说《姜人》是典型的"愤怒的青年"代表作品，而中期的《吃洋葱的人》《纽约的童话》《了不起的人》《塞缪·S最悲伤的夏天》等几部小说可归为"垮掉的一代"主题小说类别。

"愤怒的青年"小说的主题意义

在"愤怒的青年"主题作品中，唐利维揭露了异化的现实、主人公的反抗与挣扎，突出了那个时代有才华的"愤怒的青年"们渴望跻身上层主流社会并得到社会肯定与认可的积极心态与理想破灭、抱负无门后的心理落差之间的矛盾。"愤怒的青年"的主人公是反英雄、非英雄的小人物，主人公与传统小说中的主人公正面、高大、正义的形象有所不同，他们通常出身平民阶层，道德上也无特别过人之处，甚至在他们内心也都隐藏着卑劣的想法和见不得人的行径。以小说《姜人》为代表的唐利维的早期"愤怒的青年"作品在主题上首先反映了20世纪50年代欧洲"愤怒的青年"一代的迷茫、困惑、挣扎和无助的精神状态。主人公丹杰和他周围的朋友们的学业、事业、家庭都出现了各种矛盾，这在很大程度上是由于当时的社会原因造成的。这些有才华和抱负的人没有能够得到社会的足够认可和应有的尊重，于是社会给他们的精神上带来巨大压力，以致造成了他们的"愤怒"。其次，《姜人》还着重刻画了社会中的小人物，或者说"反英雄"的边缘处境，在一定程度上揭示了二战后作为殖民宗主国的英国人（或美国人）在殖民国家（爱尔兰)的后殖民时期话语权的改变,反映了来自殖民宗主国的那些昔日的特权和优越感正在无可避免地淡化以至于逐渐丧失的现实。独立后的爱尔兰虽然在经济上依然困乏,但是却有了自主的民族意识和独立的民族情感。再次,唐利维通过《姜人》这部小说揭露了欧洲社会异化的现实和各阶层的矛盾,从深层挖掘问题的根源,在当时颇具影响力。

"垮掉的一代"小说作品的主题意义

唐利维中期的大部分作品,包括《了不起的人》、《吃洋葱的人》、《塞缪·S最悲伤的夏天》、《纽约的童话》等,可归为"垮掉的一代"的主题小说。首先,唐利维在这些小说作品中突出了荒诞的主题,反映了现实的荒诞是人类异化、社会矛盾的原因。二战后,美国政治上的高压和战争的创伤动摇了人们传统的价值观念,中产阶级的生活方式受到质疑。在这种背景下诞生的"垮掉的一代"以叛逆、张扬、躁动的方式毫无顾忌地释放出虚无主义,重视自我价值,挑战传统的道德观念、宗教信仰、政治虚假等虚伪、非理性的价值体系。荒诞感的产生源于个人与社会关系的脱节、个体经验与世界的不相容而导致的夸张、变形,反映了个人存在的困境。《了不起的人》即是一个成功人士史密斯在接连遭受人生的挫败后,穷极一生的精力和财富为自己打造了一个死后可居住的奢华陵墓的怪诞故事。小说《吃洋葱的人》中,食客们终日体验非理性、纵欲、狂欢的节日盛宴。《塞缪·S最悲伤的夏天》揭示出塞缪的虚无主义与坚守"内心真实"不可兼得。《纽约的童话》中的主人公从事的是殡仪馆的职业,他宁可与死人打交道,也不愿意与活人沟通。这些作品反映了荒诞的世界中人们表现出的种种怪异、夸张、变形的行为,突出了非理性和反逻辑的主题。其次,"垮掉的一代"的作品可视为"愤怒的青年"主题的延伸。在主题上,"愤怒的青年"反映的是异化,"垮掉的一代"反映的是荒诞;"愤怒的青年"突出的是主人公的愤怒、彷徨、挣扎和反抗,"垮掉的一代"突出的是主人公的无助、迷茫、叛逆和精神虚无倾向。"垮掉的一代"作品可称得上是由于"愤怒的青年"面对异化后反抗无望而转入面对荒诞现实的绝望心境。可以说,唐利维中期的作品与早期"愤怒的青年"作品的主题表现出一定的承续性。再次,唐利维的"垮掉的一代"主题小说虽然在主题思想上反映出"垮掉的一代"的特征,但是作者也对"垮掉的一代"的生活行为方式、价值观念等进行了反思。在冲击传统价值观念和颠覆秩序、理性的同时,"垮掉的一代"也因其个性的极端张扬和过度的破坏力走向了自由的反面,给社会和他人均造成了一定的负面影响。最后,唐利维作为一名后现代艺术家,他并没有沉迷于"文字游戏"、"为艺术而艺术",而是有着高度的自觉意识、具有深刻的社会批判性,其小说创作承载了时代的特征,在一定程度上反映了美国和欧洲社会现实。

2.4.2 艺术特征

在艺术手法上,唐利维的"愤怒的青年"主题小说在艺术风格上有现实主义小说创作的痕迹,而"垮掉的一代"主题小说的艺术风格则主要是后现代主义艺术特征。

"愤怒的青年"作品的艺术特征

早期唐利维的"愤怒的青年"作品(以《姜人》为例)首先体现了现实主义的艺术特征。他在作品中针砭时弊,反映当时欧洲社会的矛盾和问题,揭露"愤怒的青年"一代的生活现状和社会异化的现实。他以白描的手法再现极具张力、挣扎在尘世与灵魂、爱情与欲望之间的人物形象。唐利维以其独特的"愤怒的青年"式书写描绘出处在文化夹隙和社会过渡空档期的边缘人形象及他们在宗教信仰上的迷茫,反映了当时社会中这一特殊群体的焦虑、孤独、困惑和无安全感,表现了作者的人文主义情怀和对社会现实的深刻关注。其次,唐利维早期的作品的在叙述方式上平铺直叙,语言平实粗淡,具有大众化的亲和力。在场景的选择上,他采用现实主义背景选取的做法,比如注重描写一些破败、肮脏的地方,如下水道、城市中的贫民窟等。在笔调上,唐利维的叙述基调灰暗、沉郁、嘈杂,突出了那个年代的人们困顿、迷茫、彷徨和躁乱的精神状态。

  唐利维将自己的世界感受与作品中的人物形象融合在一起,他早期的作品带有浓厚的个人化倾向。在现代主义和后现代主义创作手法大行其道的艺术潮流下,作为一名公认的后现代主义小说家,他突破创作局限,在艺术手法上根据小说创作的需要转向传统小说艺术,体现了他作为一个作家的时代感和社会责任感。从这个意义上可以说,唐利维是一个有着强烈社会责任感的自觉作家,他用细腻的笔触书写着文字游戏、语言实验、"为艺术而艺术"等层出不穷的后现代创作手法之外的人道主义情怀。

"垮掉的一代"作品的艺术特征

  唐利维的"垮掉的一代"主题小说在艺术风格上具有明显的后现代主义的艺术特征。首先,他将影响"垮掉的一代"创作的超现实主义的手法融入自己作品:幻想、想象、意识流、沉思、白日梦等与现实混杂在一起。其次,小说的叙述方式突破了"愤怒的青年"的那种中规中矩的现实主义手法,在形式上表现出一定的反传统倾向。唐利维通过内聚焦、隐蔽的叙述者和对叙述时间的处理上,揭示人物的"心理真实"。他注重刻画人物的内心真实感受和心理状态,对"垮掉的一代"极力推崇的"即兴创作"和"自动写作"也都有所借鉴。再次,在人物的塑造上,唐利维中期的小说依然侧重刻画"小人物"、"反英雄"角色。但是"垮掉的一代"作品中的"反英雄"与早期"愤怒的青年"作品中的"反英雄"在角色塑造上出现较大变动。他不再用早期的白描手法塑造典型人物,而是更加侧重描写"一群人"的性格特征,人物个体的性格变得模糊、不清晰。例如,在《吃洋葱的人》中,唐利维就是着力塑造了聚集到一起的食客们的共同特征,而作品中人物各自的个性、特点、甚至名字都很难给人留下清晰的印象去区分。他不再侧重具象而是着力于抽象的、一般的、大众的、甚至脸谱化的人物形象塑造,这是典型的后现代主义人物塑造手法。最后,在语言上,唐利维从早期的"愤怒的青年"作品中的现实主义风格中跳出,语言不再平铺直叙、简单明朗,而是多了含混、不确定性、似是而非、或此或彼的游离特征,像是一个梦呓的孩童,漫不经心地将与己无关的故事吐露出来。

总的来说,从早期到中期的小说作品,唐利维从主题思想上和艺术风格上实现了从"愤怒的青年"到"垮掉的一代"创作模式的跨越。在这一过程中,唐利维的创作有明显的个人化倾向。这是一种世界经验的狂欢,一个从世界观到世界感受的狂欢化过程。

第 3 章　唐利维小说中文学体裁的狂欢化

3.1　文学体裁的狂欢化

3.1.1　文学体裁狂欢化的概念与内涵

西方对于体裁的研究起源于亚里士多德关于文学"类型"、"种类"的观念。在文学批评历史中,亦有很多文论家对体裁进行过探讨,但是比较系统论述当属近代巴赫金对体裁的研究。巴赫金认为,体裁应该具有作家的个性、现实性和社会性,应将狂欢的世界感受与作品结合。

文学体裁的狂欢化的根源是民间狂欢文化。巴赫金认为小说体裁有三个基本来源:史诗、雄辩术和狂欢节,它们对应着三种小说形态:叙事、雄辩和狂欢体。① 狂欢体比较早的两种形式是"苏格拉底对话"和"梅尼普讽刺"。"苏格拉底对话"强调对话、沟通,通常采用对照法和引发法来使人们思想碰撞,其发展奠定了"复调"小说形成的基础。而"梅尼普讽刺"根植于狂欢体民间文学,它最大的特点是"有极大自由进行情节和哲理上的虚构"②,它的典型场面可以是闹剧、古怪行径、有悖常理的事物、行为准则、语言

---

① 巴赫金,《巴赫金全集》第五卷,钱中文译,石家庄:河北教育出版社,2009,第 140 页。
② 同上,第 147 页。

礼貌等种种表现。因此,虚构和幻想便可得到最大程度的发挥,它与哲理、对世界的敏锐观察结合在一起,通过精神心理实验来描写一些不寻常的甚至不正常的精神和心理状态,比如个性分裂、耽于幻想、异常梦境、发狂的欲望、自杀、与死人谈话等。另外,狂欢体还可以插入各种文体,如故事、书信、演说等。这些插入的文体多具有讽刺性的特征,具有讽刺模拟的性质。再次,狂欢化的核心精神是平等对话、交替变更,因此体裁的稳定性是相对的,应该不断处于创新中。巴赫金指出,文学体裁形式应该"又老又新",即文学体裁既要遵守传统,又要突破传统。遵守传统可以保持文学体裁的相对稳定性,而突破传统则是文学体裁的动力和活力所在。文学体裁的狂欢化是体裁的狂欢盛宴,既坚持传统,又突破传统,既遵循语言规范,又勇于打破常规,是实现体裁创新的一个思路。比如,它可以将喜剧与惊险情节、尖锐的社会现实问题结合,可以使高雅文学与日常的普通生活相容,也可以让严肃文学与粗鄙的民间文学混杂。

3.1.2　后现代语境下文学体裁的狂欢

后现代主义文学打破了传统的高雅文学与低俗文学之间的界限,甚至突破了文学与文学批评、文学与哲学、文学与历史、文学与政治等之间的边界。"一切皆是文本"、"互文性"、"文本间性"等这些文学术语都是对体裁边界的创新性认识。后现代文学"反中心性、整体性、体系性,重过程轻目的,重活动本身而轻构架体系"[1],后现代文学对未来是开放的,它在自身不断的否定中形成新的形式、生成新的意义。它旨在通过语言而揭示人的存在之维,并"在读者和文本间激起无止境的对话"[2]。揭示存在的差异性是后现代文学的内在冲动。因此,后现代文学总是致力于差异、不

---

[1] 王岳川,《后现代主义文化研究》,北京:北京大学出版社,1996,第15页。
[2] 斯潘诺斯,《解构和后现代文学问题:走向一种定义》,载《平等关系》1979年第2期,第115页。

同、变化、创新。在谈到后现代体裁时,当代美国文论家伊哈布·哈桑认为,"按照传统说法,体裁以在一个同时具有持久性与变化性的范围内的可认识的特征为先决条件,这是批评家们常常推测的一个有用的同一性的假设。但这个假设在我们这个违反常规的时代似乎更难持存。现在,甚至探讨体裁的理论家们也欢迎我们超越体裁。"① 但是,后现代形式具有不稳定的特点,因此很难用一种模式或定义去界定何为后现代体裁。后现代主义的写作模式实际是一种无体裁写作。随着后现代写作边界的消失,其内容也必然走向杰姆逊所说的"平面化"。

  后现代体裁追求大众化,打破权威和传统,这就是狂欢的魅力所在。狂欢化包含矛盾对立和亵渎圣物。矛盾对立意味着一个形象上往往出现彼此矛盾的对立面,比如死亡和新生。死亡在狂欢化文学中就是双重性的形象,"哪里有死亡,哪里就有降生,就有交替,就有革新"②。狂欢化把所有崇高的、精神性的、理想的东西转移到物质和肉体的层次上,是"一整套的狂欢的降格,降之于地,与世上和人体生殖力相关联的淫词秽语狂欢式的嬉戏……神圣与粗俗、崇高与卑下、伟大同渺小、聪颖与愚钝等接近起来或融为一体"③。狂欢节的小丑、傻瓜和骗子的形象就是把崇高的东西加以讽刺、鄙俗化,供人玩乐戏耍,但它们不仅包含讽刺,还包括对生命的尊重和对自然循环的崇拜。因此,在鄙俗化、大众化方面,后现代文学与狂欢化理论的精髓不谋而合。后现代文学的体裁形式,无论黑色幽默,还是怪诞夸张,抑或庄谐并存、讽刺戏仿,都体现出体裁的创新性和狂欢化特征。后现代小说家在创作中真实与虚构并置、现实与幻想并存、历史与想象混杂,名目多样,花样繁多,种类混杂,通过矛盾之美与亵渎圣物实现体裁形式上的狂欢化。

---

  ① 伊哈布·哈桑,《后现代转折》,第174页。Hassan, Ihab. *The Postmodern Turn*: *Essays in Postmodern, Theory and Culture*(《后现代转折:后现代理论与文化论文集》),The Ohio State University Press, 1987.
  ② 巴赫金,《巴赫金文选》,佟景韩译,北京:中国社会科学出版社,1996,第453页。
  ③ 夏忠宪,《巴赫金狂欢化诗学研究》,北京:北京师范大学出版社,2000,第80页。

3.2 唐利维小说中的体裁鄙俗化倾向

鄙俗化倾向是一种趋向大众化、降格的而不同于高雅、崇高、严肃文学的创作思路。巴赫金狂欢式的第四个范畴"粗鄙"——冒渎不敬、一整套降低格调、转向平实的做法与世上和人体生殖能力相关联的不洁秽语、对神圣文学和箴言的模仿讽刺等给文学体裁以重大影响。在这一过程中,加冕与脱冕的狂欢节仪式体现在死亡与新生交替与变更精神的双重性本质是体裁鄙俗化倾向的基础,通过一个"翻了个的世界"实现文学形式的突破。

作为一名后现代作家,唐利维的写作有着明显的体裁鄙俗化倾向。他突破创作文体的边界,在形式上进行了一系列创新和实验,书写着文字和语言后面的"沉默"。正如后现代的其他作家一样,唐利维也在自己的写作中践行着自己不过是个从事否定和颠覆的"写作者",他通过语言文字在写作中将自己作品的意义不断消解。在写作过程中,不断揭示作者不过是一个存在于世界之中的"常人",一个身处历史中说话的人。文本的琐屑平凡、体裁的大众化、鄙俗化使作者头上的"诗人"光晕消失,他不是"超人"、"先知",他不是无所不知、预见未来、全知全能,也不是真理的见证者或福音的传播者。唐利维在鄙俗化中重构了作者的"写作者"身份,以反体裁和真实与虚构并置,创造了一个狂欢化的后现代文本世界。

3.2.1 反体裁写作模式

在后现代社会,语言处于深刻的危机中。知识的合法性受到前所未有的质疑,真理、逻辑、意识形态都遭到解构主义者无情地颠覆,作者的主体性被巴尔特否定,大众文化以铺天盖地的姿态席卷而来。在这样一个如此让人眼花缭乱又如此让人不知所措的社会中,伊格尔顿不禁急切地追问:在一个话语已经沦为科学、商业、广告和官僚机构的后现代社会,一个人该如何从事写作?在读者群体被丧失个性的、以追求利润为目的的文化所毒害之时,个人究竟又能为怎样的读者写作呢?也许正是写作的这一历史困境使巴尔特抛弃了传统的写作为了某人有关某事而落笔的观念,他认为写作本身就是目的。在当今时代,"世界和个体生命双重异化了,历史失去了方向也丧失了意义,社会结构却依然故我,难以颠覆,所能颠覆的只有语言结构。因此,知识分子们只剩下话语可以作为写作者肆意妄为的领地。后现代写作消解内容,转向自身,在一种走向极端中立性,即所谓的零度写作中完成从历史到语言的流亡。写作成为知识分子最后一个尚未被侵犯的领地,从而可以尽情享受能指词带来的欢乐。"①

  反体裁被认为是现代主义的写作模式,而后现代主义被认为是无体裁写作。因为现代主义重视形式,而到了后现代主义那里,形式也不重要了,语言变成主体。事实上,后现代主义文学并非一味随心所欲、任意创作、游戏文本,他们不过是通过表面的"平面化"、"无历史感"、"无深度"造成语言的扭曲和变形,通过消解自身来诉说言语之外的意义。因此,不能武断地说后现代写作已经是无体裁写作了。它只是一种不刻意追求形式、不是"为形式而形式"的写作方式而已。因而,反体裁是后现代作家的创作中采用的一个普遍的创作模式。"体裁不是一个纯粹的抽象概念,而是更多地与创作实际中的'变体'相结合,更靠近言语的交际经验和对作品具体的美学分析及其历史成因的探索。"②唐利维的小说创作呈现很多形式的体裁"变体",突出鄙俗化倾向,他在小说《纽约的童话》中建构了一个后现代神话,在《吃洋葱的人》中以散乱的结

---

  ① 见罗兰·巴尔特的《文本的快乐》(1973)以及巴尔特的《就职讲演》(1978):旧价值不再传承,不再流通,不再引人注意。文学已非神圣化了,文学机构无力为文学辩护,并强行使它成为人类生活的潜在楷模……这既是一个颓废的时代,又是一个预言的时代,一个温和的启示录的时代,一个获得最大可能欢悦的历史时代。

  ② 马理,《边界与体裁——试析巴赫金诗学元方法问题》,载《四川大学学报(哲学社会科学版)》2003年第3期,第76页。

构实现文学形式的"变体",反映了鄙俗化的写作倾向,实现了后现代意义上体裁的狂欢化。

第一,《纽约的童话》:一部后现代神话

美国文学家杰拉尔德·格拉夫指出,在后现代,"虚构"的概念已经扩大,"它虽然仍旧表示文学作品的行为或情节,但又被用来表示其他的一些东西:由行为或情节体现的一些思想、主题、信念等。人们已不仅仅把文学中的事件当作虚构,这些事件在得到表达时所传出的'意指'或'对世界的看法'也被当作虚构。批评家们提出文学意义也是虚构,因为一切意义都是虚构……断言'生活'与'现实'本身都是虚构"①因此,文学作品中"所诉诸的听众、所表达的感情、所涉及的事件等均属虚构,但这些都不重要,那言说、指谓、表达以及指涉行为本身都是虚构的语言行为"②。美国批评家保尔·德曼声称文学虚构"不是神话,因为它知道而且把自己命名为虚构"③。他实际是说,神话试图掩饰自己的虚构性和不确定性,虚构却竭力展示这一点。这就是后现代文学虚构展示虚构的观点。但是,正如格拉夫所指出的那样,"当我们从中发现现实本身是一个虚构以后,我们又重新认定,文学虚构在虚构的同时又揭示了真实。"这是因为"现代文学的自我反应和反现实主义等成规惯例本身也是一种模仿,但它模仿的是现代显示变化而成的不真实的现实。不过,这里的非现实不是一个虚构,而是我们生活其中的基本构成。"④唐利维的小说可被看作不完全是真实、也不完全是虚构的作品。20 世纪 60 年代,唐利维在其小说作品中将真

---

① 杰拉尔德·格拉夫,《如何才能不谈虚构》,《从现代主义到后现代主义》,柳鸣九编,北京:中国社会科学出版社,1994,第 359 - 360 页。
② 芭芭拉·H. 史密斯,《作为虚构的诗》,《新批评史》第 2 卷第 2 号,第 27 页;转引自《从现代主义到后现代主义》,第 363 - 364 页。
③ 保尔·德曼,《盲目与洞见》,纽约:牛津大学出版社,1971,第 17 - 18 页;转引自《从现代主义到后现代主义》,第 383 页。
④ 芭芭拉·H. 史密斯,《作为虚构的诗》,《新批评史》第 2 卷第 2 号,第 27 页;转引自《从现代主义到后现代主义》,第 390 页。

实与虚构交织在一起,编造了一个个当代神话,创造了一种后现代主义文学代码。一方面,他暴露了20世纪60年代美国纽约的权利机制和社会制度的丑恶,揭示了现实的虚构性;另一方面也表明虚构文本的真实性在于它真实地揭示现实的虚构性。

对法律制度的解构

《纽约的童话》(*The Fairy Tale of New York*,1961)讲的是在美国出生,到欧洲求学、工作、结婚,后又怀着梦想回到美国的主人公克里斯田(Cornelius Christian)的人生经历。小说一开篇是主人公带着妻子海伦(Helen)的遗体回到美国的阴郁场面,充满了哥特式的恐怖。在气氛的营造上,唐利维似乎采用的是传统哥特式小说的写法。但是他很快打破了读者的期待,用戏谑和滑稽模仿一扫先前苦心孤诣营造的开篇气氛,带读者走进他的游戏文本世界。克里斯田带着美好的愿望携妻子回美国,不幸的是,妻子在海上生病致死。妻子海伦并没有真实出场,然而她的形象就像一个游魂,隐现在文本的各个角落。这简直就是德里达的"不在场的在场"。海伦是纯洁、美好的象征,她的存在是跨越时间和空间的,她的出现和消隐预示着美国梦的悲剧。更具戏剧性的是,原本打算回美国施展抱负的克里斯田却因无力支付妻子丧仪费用而被迫留在了殡仪馆开始了他回到美国后的第一份工作——为死者整理遗容。对克里斯田来说,跟死人打交道要远比与活人交往更容易些。克里斯田在给死者整理仪容和恢复死者年轻的容貌方面很有天赋。在他看来这是对死者尊严的一种尊重,让他们在死后仍可维持体面。这给阴森的殡仪工作增添了喜剧色彩。唐利维并没有故意刻画美国人粗鄙、邪恶、野蛮或是残暴的一面,而是采用描写克里斯田的感受"宁可与死人打交道"来一语道破美国社会中人与人之间的冷漠、异化、疏离和陌生感。这样,通过游戏式的语言,唐利维消解了标榜"自由、博爱"的美国社会的价值体系。

在叙述中,唐利维尽量使用纽约的真实地点,比如布鲁克林、中央花园、第五大道等具体的地点,在客观上貌似营造一种逼真的效果。同时,他又有意暴露了虚构的操作痕迹,比如,克里斯田因业务"过于精湛"而将一位老太太的丈夫面容整理得像"狂欢节玩偶"(*AFT* 210),连她自己都认不出丈夫。于是老太太将克里斯田告上了法庭。庭审的场面简直让人匪夷所思、啼笑皆非:法官心不在焉,陪审团各自想着自己的心事,受审的克里斯田仿佛在听一个别人的故事,大篇幅的陈词滥调和与案件无关的描述使庭审变得冗长、拖沓、空洞,这在语言上消解了法律的时效性和严肃性。法律制度并没有保护弱者或伸张正义,法官也没有足够的证据来支撑对方的辩词,最后判罚的依据居然是"那位女士过度伤心"。在对这一事件的描述中,唐利维故意使用了大量的修辞戏仿、不合文法的语言表达、深奥难懂的双关语、甚至字谜游戏,仿佛唐利维并非是在描述事件、情形本身,而是在描写、表现"另一种语言"。事件的缘由和结果不再重要,相反,唐利维着重突出了被告克里斯田的异化感、压迫感、局外感以及与现实脱节的荒诞感。唐利维利用这种戏谑的手法使一场本该严肃的法律事件变得荒唐可笑。这样,唐利维在小说中将真实与虚构交织,有力地嘲讽了美国的法律制度。

对意识形态的质疑

伊格尔顿认为,资产阶级意识形态的目的在于使资产阶级统治合法化,使生活在痛苦压抑现实中的人获得一种迷醉和谐的假象,通过复制一个个美好的神话,使人们忍受当下的苦闷压制,并把这种支配的生活当作愉悦的生活,把意识的灌输当作自我自觉的意识,把社会强加于个体的控制错看成个人的自由必然体现。在后现代社会,这种趋势有愈演愈烈之势,因此必须进行意识形态的批判,以解除现代社会意识形态的异化状态,瓦解那种不断强加的压抑人、操纵人的中心权力话语,使人重获得"解放"[①]。唐利维

[①] 马尔库塞,《论解放》(Herberrt Marcuse. *An Essay on Liberation*. Boston: Beacon Press, 1969)。

在写作中并非随意创作,他的创作活动本身就是一种言说,一种意识形态的选择。他的嬉笑怒骂、玩世不恭并非只是为了玩弄游戏,而是以这种特殊的方式对异化进行反抗。克里斯田在面试第二份工作时,面试官问他:

"那是什么工厂。"
"事实。"
"是的,讲实际的。"
"那曾是一个叫 Vine 的人,我猜是合并的。"
"是怎样的。"
"Vine。"
"简单说一下他的产品。"
"死亡。"
"什么样的。"
"死亡。"
"什么。"
"就是我跟你说的,死亡,一个词。"(*AFT* 185)

从克里斯田与面试官的对话中,唐利维似乎在玩弄文字游戏,在进行一种随心所欲的写作。实际上,这段话看似废话连篇,好像在陈述克里斯田的上一份工作的具体内容,可是唐利维真正呈现出的却是"死亡"这两个字。他以漫不经心的方式似乎有意无意间说出这两个字,以玩世不恭的游戏态度举重若轻地将"死亡"这个压抑人、毁灭人的意象推到读者面前。因此,正如伊格尔顿所说,"后现代的'偶然写作'奥秘并不在于作家随意心理流动的'自动写作',甚至也不是逢场作戏般的临时拼凑而成的,而是在通过无法预见的形式不断发现必然发生的事情这种情况下写成的"①。

在应聘过程中,两位面试官意见相左,一个认为克里斯田有创

---

① 王岳川,《后现代主义文化研究》,北京:北京大学出版社,1996,第 312 页。

意,颇具天赋,另一个则认为他一无是处。整个面试过程变成了两位面试官的辩论场,克里斯田跟局外人一样傻傻地站在那里"观战",场面相当滑稽。直到克里斯田说"我不想因我而破坏了你们俩的友谊","论战"这才收场。于是克里斯田莫名其妙地得到了这份工作。他们教克里斯田获得灵感的方法是"想着钱,钱,孩子,想着钱"、"智巧创造产业"(AFT 187)。可是克里斯田没有天赋,广告语夸大其词,夸夸其谈,颠倒黑白的做法让他痛苦不堪。这比给死者整理遗容更让他难过。广告公司是美国社会的一个缩影,为赚钱而创造的广告词是美国意识形态的隐喻。从这个意义上说,克里斯田挣扎、排斥、反抗,是因为他拒绝接受那些强加给他的意识形态。他是一个自觉自醒的人,他意识到广告公司的问题,但是他无力改变。于是克里斯田变得暴力、烦躁。他与人打架,学过拳击的他在打架中一定要让对方跪地求饶,但自己也因此经常受伤。生活的压迫和社会的歧视让他觉得似乎只有在暴力中才能得到酣畅淋漓的解脱。意识形态的压抑造成了克里斯田性格上的反弹。在这个意义上可以说,压抑并没有完全解除,"作品中的压抑扩散成一种新的冲击波,表现为率性认真与遭受控制的冲突性结合"①。

对信仰的亵渎

"'神话'指的是任何一种真实或虚假的故事或情节。"② 由此可见,神话是一种叙述、一种故事。神话试图掩饰自己的虚构性和不确定性,而虚构却竭力展示自身的虚假性。在信仰的问题上,唐利维也以玩世不恭的戏谑语言消解了上帝的神圣性。当医生问克里斯田"你知道什么是上帝吗",克里斯田说"不知道"。他说:"上帝就是你的欲望。你想要的就是很多女人和很多钱,所以上帝就

---

① 马尔库塞,《论解放》(Herberrt Marcuse. *An Essay On Liberation*. Boston: Beacon Press, 1969)。
② 林骧华,《神话派文艺批评》,《文艺新学科新方法手册》,林骧华等主编,上海:上海文艺出版社,1987,第 490 页。

是女人和金钱。"(*AFT* 216)这种世俗化、日常化将上帝的神圣性彻底颠覆。克里斯田在信仰上是迷茫的。他不知道人为什么要活着。"谋杀不是为了显示暴力,而是为了欲望、贪心、甚至快乐……只有死亡是我们的领地。我们获得舒适。那么我们死了,也让别人死(We die and let die)。"(*AFT* 125)这显然是对谚语"Live and let live"的戏仿。再如,"死要比垂死挣扎好"(Death is better than dying)(*AFT* 256)。死亡在这里拥有了比生命更高的价值。当生的意义被质疑,死亡变得更加令人向往时,生命可贵的神话又如何继续演绎?这与后现代"重估一切价值"的精神似乎不谋而合。由此可见,井然有序的世界已不复存在,人处在一个不可理喻的疯狂世界里,生活在梦魇中。

大卫·洛奇曾就后现代小说的特点做了六点归纳:矛盾、排列、中断、随意、过分和短路。① 其中,矛盾和随意是唐利维在叙述中常用的手法,叙述的反常造成真实与虚假之间的界限模糊。在信仰上,关于生活真理和人生真谛,克里斯田与他的医生之间有这样一番对话:

"你是如何活下来的。"

"我?简单。我唱歌,我拉小提琴。我没有什么梦想,我也不抱什么希望。每天早上6点钟我起床跟动物园里的每只动物打招呼。中午我不吃午饭而是睡一小觉锻炼自己。其他时间我太忙了,顾不上去死。秘诀就是你付出一点,你得到一点。当然你要是很壮,你肯定要得多。"(*AFT* 299)

这种叙述的随意性使本来严肃的有关生活真理的讨论显得轻松可笑。"忙得顾不上去死"竟然是医生的人生哲学之一。"没有梦想"、"不抱希望"也是一个人活下去的道理。在处事之道上,唐

---

① 参见:David Lodge, *The Modes of Modern Writing*. Edward Armold, 1979, pp229 – 241 和 *Working with Structuralism*, Routledge & Kegan Paul, 1981, pp13 – 16.

第 3 章 唐利维小说中文学体裁的狂欢化 ‖ 091

利维这样描述克里斯田看病的场景：

"我说我的睾丸出问题了,他说你张开嘴巴。我说到我嗓子出问题时,他说你拉开前门。"

"根据你的喉咙来判断,我可以告诉你是你的阴茎惹出的问题。你去了趟熟食店,拿回来的可能不是一块蛋糕而是一块屁股。"(*AFT* 298)

这段话前后矛盾,毫无逻辑可言。在这里,语言的作用不是用来陈述事实或解释道理,而纯粹是自我指涉的文字游戏。由此可见,"意义不能'先于'语言而存在,而是语言在其'行进'中创造出来的;因此,语言的意义所指并不是语言以外的现实或真实,而是指由语言所产生的那个认为的'现实'"①。这样唐利维就以戏谑、戏仿、矛盾和随意性的语言彻底将宗教信仰、生活真理等完全颠覆了。在一个充满荒诞的世界里任何探究真理、寻求人生意义的企图都是枉然的,现实即虚构,虚构亦真实。

第二,《吃洋葱的人》中散乱的结构

后现代小说打破了传统小说以模仿客观现实为创作准则,按照现实的时间和空间来安排情节,并推动事件的发展,以体现一定的因果逻辑关系那种做法。后现代主义小说家不再以追求客观、模仿现实为创作准则。他们认为传统的时空结构局限于布局匀称、和谐、完满的几何空间内的做法在现实中是不存在的。事实上,空间和时间都具有很大的人为感知的主观性特征。现实世界也并非井然有序,而是杂乱无章的,没有必然的因果关系和固定的意义。正如巴赫金所说的那样,"在大多数情况下,创作想象的一个基本出发点便是确定一个完全具体的地方。不过这不是贯穿观

---

① 雷蒙德·菲德尔曼,《超小说:今日与明日的虚构》,芝加哥:春燕出版社,1975,第8页。转引自《从现代主义到后现代主义》,第381页。

察者情绪的一种抽象的景观,绝对不是。这是人类历史的一隅,是浓缩在空间中的历史时间。"① 实际上,人的主观内心世界不受现实时间和空间的束缚。时间和空间的形式可以现实的,也可以是幻想的、回忆的、梦境的。在后现代,人们对时空概念的新认识突破了小说创作的局限,传统小说的规范化结构被打破,表现出散乱、不连贯、空白等特点。唐利维在叙述结构上突破了传统小说的结构,呈现出散乱、不匀称、不连续等特点。

时间断片

传统小说是按照时间、地点来推动事件的线性发展,唐利维没有沿用这种小说推演模式,而是采用意识流般的时间断片和脱节的形式,以多个时间点为轴心向前或向后跳跃来完成非线性叙事。小说《吃洋葱的人》中的第一个时间点是第一章,叙述者引出主人公出场,交代他的身份背景,充满哥特式的神秘;第二个时间点在第四章,主人公克莱门墩回忆幼时生活,母亲死后,他一下子长大了;第三个时间点在第八章,食客们开始接连到来,军队也要驻扎,出现多个叙述者;第四个时间点在第十二章,克莱门墩回忆与情人楚黛(Lady Trudy Macfugger)的往事和对将来生活的畅想,无聊的食客去海里冲浪,差点丧命;第五个时间点在第二十章,隐藏的叙述者再次出现,讲述食客们的狂欢盛宴和化装舞会以及城堡的毁灭。这种叙述结构安排以一种新的时间观念去讲述故事,给读者以更大的空间去想象和揣摩文本之外的其他事情。时间安排顺序的常规被打破之后,读者就会被引导至脱离常规线性思维而是进入一种横向的思维并与作者对话、交流的情境之中。在事实之外,想象这一媒介被更好地释放出来。《吃洋葱的人》中断片式叙述结构有如下两个特点:

首先,叙述时间并非故事发展的顺序时间,而是叙述者主观感

---

① 巴赫金,"小说的时间形式和时空体形式",《巴赫金全集》第三卷,白春仁、晓河译,石家庄:河北教育出版社,1998,第267页。

受的时间,因而带有极大的跳跃性和穿越性。克莱门墩的叙述是按他的意识流动进行的,穿插了大量的回忆、想象、感受、幻觉、直觉、猜测、推断等。时间的跳跃不受客观现实的限制,克莱门墩一日之间可以穿梭在十几年前的童年、当下对周围事件的看法、此时的心境感悟、未来的生活渴望。这在传统小说中按照故事发展的顺序来展开叙事的方式是不可能做到的。而且,在意识的流动中,叙述者不受篇幅的限制,在《吃洋葱的人》中,叙述者对有些事件的叙述详尽到几章的篇幅,而对某些事件叙述的处理经常一笔带过。篇幅的长短不取决于故事的顺序或情节轻重,而是根据叙述者当时、当下的感受。因而某些点在意识中就会像被放大镜放大数倍一样,使叙述者的感受弥漫开来,而有些人物的意识活动又会相对较少表现或提及。在这个过程中,作者唐利维消隐到文本后,让叙述者的思维自然流动,任意穿梭,做到尽量呈现而不是描述故事。克莱门墩作为故事的叙述者和主人公,讲述发生在"昨天"的自己和食客们的故事。前面章节中提到自己的身世,但是直到后面的章节中其身世才慢慢明朗。由此可见,对于叙述者来讲,身世的讲述并非简单、顺畅,也从另一个侧面说明克莱门墩的不幸遭遇带给他的创伤在岁月的流逝中依旧隐隐作痛。

其次,小说叙述的时间与现实时间出现断层。《吃洋葱的人》中的现实时间是"现在",而叙述的却是"过去"的一个故事。故事的结尾与开始仿佛原地画了一个圆圈,从克莱门墩开始拥有城堡到城堡毁灭,是一个从"无"到"无"的过程。在叙述中,过去时间与现实时间穿插在一起,造成往事与现实的混杂、现实与梦幻的并置。在小说第十二章,叙述者克莱门墩讲述自己与情人楚黛的相会经过,这显然是过去的回忆,但这一回忆很快被眼前的现实时间打断,出现现实的对话,接着又是对童年在海边的往事回忆,而后又出现他对未来简单舒适生活的畅想。这样,现实时间与叙述时间之间就出现了脱节和断裂。唐利维通过不停地在时间上凝止,造成断裂,使两个或多个发生在不同空间的事件得以同时呈现。空间的交错依赖于时间的断层。唐利维对叙述时间与现实时间的这种处理方式是典型的意识流做法:通过价值不确定的目标追求,实现小说隐喻功能的实验。

空白结构

20世纪70年代,接受美学的代表人物伊瑟尔提出了"文本的召唤结构"。他认为:首先,"文学作品是一种交流形式"①;其次,"审美反应论根植于文本之中"②。伊瑟尔的"文本召唤结构"指文本具有一种召唤读者阅读的结构机制,他改造了英伽登的作品存在理论和伽达默尔的视域融合理论,形成了这一理论。在英伽登看来作品是一个布满了未定点和空白的图式化纲要结构,作品的现实化需要读者在阅读中对未定点的确定和对空白的填补。③ 伊瑟尔接受了这一看法,并且强调空白本身就是文本召唤读者阅读的结构机制。伊瑟尔指出,文学文本不断唤起读者基于既有视域的阅读期待,但唤起它是为了打破它,使读者获得新的视域,能够"填补空白、连接空缺、更新视域"④。唐利维小说中不连续的时间和空间必然破坏文本的完整性,出现情节的中断和叙事的省略。这样的做法实际是为了产生空白。"叙事上的空白不仅是对读者接受想象的尊重和鼓励,而且也是对于叙述者局限性的肯定。"⑤这样,读者在阅读过程中不断填补空白,连接空缺,更新自己的阅读视域,参与创作与解释的过程,从而进入文本,寻找一种后现代意义上的行动与参与的艺术。

《吃洋葱的人》中由于作者唐利维在时间结构安排上的断片和不连续,造成了叙事时间上的空白、情节上的空白、人物意识的空白等。小说第十九章中,小说中断了对食客们疯狂行为的叙述,回到克莱门墩对往事的回忆,造成了时间上的空白,读者可能会揣测

---

① 伊瑟尔,《阅读行为》英文版序言,长沙:湖南文艺出版社,1991,第26页。
② 伊瑟尔,《阅读行为》英文版序言,长沙:湖南文艺出版社,1991,第27页。
③ 朱立元,《当代西方文艺理论》,上海:华东师范大学出版社,2002,第295页。
④ 朱立元,《当代西方文艺理论》,上海:华东师范大学出版社,2002,第295页。
⑤ 陈世丹,《美国后现代主义小说详解》中文版,天津:南开大学出版社,2010,第237页。

在这期间发生了什么?食客们在舞会的房间里做些什么呢?这同时也造成了情节上的空白。从仆人对食客们抱怨的言辞中,读者可以感受克莱门墩当时承受的巨大压力,可他的意识流却转向小时候在医院的一段往事,"当年在医院他们没有弄死我,现在坐在我的城堡里独享"(TOE 271)。读者不禁会问:当年克莱门墩因为什么原因进医院,而医院又是如何对待他呢?出院后又发生了什么事情?作者均未交代,而是让克莱门墩的意识又回到对时间观念的哲学问题的思考。这样就形成了人物意识的大段空白,引发读者从字里行间、前后文的逻辑去推敲事件的原委,甚至还要发挥想象去填充那些空白之处。唐利维将空白留在了那里,直到小说结束也没有来填补它,给读者留下了想象的空间。在第二十章,作者消隐到幕后,让克莱门墩充当叙述者和主人公来叙述。唐利维交代了布拉德蒙(Bloodmourn)这位食客有一天夜里突然消失了,就如他突然的到来。读者看到这里会不由发问:布拉德蒙去了哪里?为什么会突然消失?叙述中断后,布拉德蒙又出现了,他大谈特谈自己爱妻子和孩子,然后到悔罪室忏悔。在这中间,作者完全没有交代布拉德蒙消失期间去做了什么,也没有解释何以布拉德蒙在悔罪过程中的滑稽表现,接着叙述就转向化装舞会闹哄哄的现场。这中间似乎缺乏过渡,忏悔是件严肃的事情,而化装舞会是极其热闹轻松的场面,在这两者间的叙述空白和逻辑推理只能靠读者自己去揣摩了。后现代文论家巴尔特在《文本的乐趣》中将阅读分为"一般的乐趣"和"狂喜":符合读者所处文化习惯的阅读只能产生"一般的乐趣";只有突破并动摇读者现在的历史、文化、心理设想(即读者意识形态系统)的阅读才能达到"狂喜"①。《吃洋葱的人》中空白的出现打破读者原有的期待视域和阅读惯例,参与文本的创造和写作,于是得到巴尔特意义上的阅读的"狂喜"。空白在结构上的安排正是"在写作中,结构意义可以暂时被一种自由

---

① 刘象愚、杨恒达、曾艳兵,《从现代主义到后现代主义》,北京:高等教育出版社,2006,第283页。

的语言运用破坏和打乱；而写作和阅读的主体也可以摆脱某种个人统一性的束缚，进入一种狂喜的、分散的自我"①。

不匀称空间

小说的空间可分为：小说人物活动、故事展开的第一空间；小说文字所占版面的第二空间；小说的包容量、隐喻能力的第三空间。② 其中第三空间，又称为"涵义空间"或"情绪空间"，是后现代小说家在文本处理上区别于传统小说而着意突出的空间结构形式。在后现代小说文本中，第三空间有极大的不确定性，导致第二空间相应出现不确定的构成。唐利维在小说空间结构的安排上突破了传统小说按照人物和故事情节展开空间篇幅的固有做法，有意偏移至第三空间，从而破坏了传统小说空间对称之美，形成结构上的混乱，突出"情绪空间"的张力，从而使得喜剧与梦魇、幽默与恐怖交织表现出一个虚幻、黑暗的现实世界和个体对后现代现实的绝望和极端痛苦的心境。

小说《吃洋葱的人》的故事发生在克莱门墩的庄园中，这可以视作承载小说人物活动和情节发展的第一空间。可是这个背景显得那么模糊、不确定。这个庄园位于什么位置？它的用途是什么？在庄园中充满神秘和阴森气氛的城堡里面住的是什么人？唐利维都没有交代这些背景，这消解了传统小说第一空间具体、确定、逼真的特点，也就是说，第一空间的承载人物活动和情节发展的功能让位给情绪或者氛围的因素。读者看完所谓交代故事背景的第一章后，对于气氛的感受可能要远比现实场景的定位更为强烈。全书可分为22个章节，唐利维用了几乎2/3的章节讲述食客们吃喝、打架、胡闹、破坏等，语言拖沓、冗长、乏味、无具体内容，而用不到1/3的篇幅通过克莱门墩的心理去感知所发生的一切。这样通过版面空间的肆意侵占，无疑突出了食客们的无聊、空虚、躁动的

---

① 伊格尔顿，《当代西方文学理论》，北京：中国社会科学出版社，1988，第205页。
② 季进、吴义勤，《文本：实验与操作》，载《生命游戏的水圈》，张国义编，北京：北京大学出版社，1994，第242页。

精神状态,而主人公和叙述者所占篇幅因为被那些食客们的大量篇幅挤占后所剩空间无几,凸显了叙述者克莱门墩的心理压抑、受排挤、无奈、紧张、窒息甚至绝望的情绪状态。作为庄园的主人和城堡的继承者,克莱门墩被挤到边缘的位置,这样的空间结构安排,突出了他身不由己、被边缘化的第三空间感受,这便是小说的包容量或者隐喻空间。唐利维在第二空间处理上严重的不对称貌似造成了一种空间上的混乱和版面篇幅的错乱,给人眼花缭乱、不知所云的感觉,实际打破传统小说中空间的对称和比例和谐之后,更加突显了第三空间的张力,让读者时刻体验到叙述者的紧张、压抑的心绪,揣摩主人公的边缘化、局外人状态,感受荒诞、梦魇的现实。

总之,唐利维利用时间的断片、空间的不对称和空白结构打破了传统小说的叙述范式,造成结构上的错乱、不确定和不稳定,表明小说的目的不再是为了讲故事或者塑造人物,也不以追求形式美、对称美、和谐统一为写作目的。因为在后现代作家眼里现实是不可能被模仿和再现的,所以作者放弃结构的齐整、时间的连贯、空间的对称、叙事的链接,而代之以断片、跳跃、空白、模糊、含混的结构安排。《吃洋葱的人》中散乱的结构符合后现代意义上对价值和意义的舍弃,从而更加突出了作品形而上的哲学主题和人生感悟。

3.2.2 真实与虚构并置

文学体裁的鄙俗化倾向在后现代文学中尤为突出。后现代文学追求通俗化、大众化,拒绝高雅、中心、权威。后现代文学语言是一种颠覆了传统语法和逻辑的语言,这种文学在语言与对象之间确立一种新的关系,从而取消了"真"与"假"的区别。它相信自己的真实,并建立真实的标准。后现代文学被认为是走向平面化,无深度化。实际上,后现代作品以别出心裁的方式在"平面"上生产自己的"深度",它以无意义而展现无穷多的意义,它以"沉默"的方式"言说",以排斥意识形态的方式呈现意识形态。作品貌似是沉浸在自己的语言游戏中与周遭事物隔绝,但是它在语言游戏的玩弄中不断间接地、漫不经心地提及它有意避开的那些事物。所以说,后现代作品同样在意识形态、语言与社会构成的复杂关系中生存。只是,作家在言说的时候,作家"想"说的话受到意识形态的限制因而曲解和变形,作品力求表达一种含义时,发现自己在意识形态上受到限制,必须要表达另一种含义。这就造成作品内部出现一系列的裂缝。也就是说,作者想要说的与实际说出的话相违背。这就造成解读作品时的差异性,不同的人根据自身阅读视域会对作者"沉默"和"未言说"的内容进行不同于他人的解读。后现代文本因而变得"难解"、真假难辨。后现代文学以自我揭露的方式不断进行自我消解,从而揭开意识形态本身固有的更大的欺骗性。唐利维的作品《普林斯顿的错误消息》中通过神秘的叙述者将历史与真实、艺术与生活并置。《姜人》通过政治的文学化使真实与虚构交织,创造了一个狂欢化的后现代文本世界。

第一,《普林斯顿的错误消息》中的"真假消息"

唐利维最新的小说作品《普林斯顿的错误消息》(*Wrong Information Is Given Out at Princeton*,1998)延续了唐利维作品中一贯的"死亡"主题,讲述了主人公史蒂芬·欧克利欧(Stephen O'Kelly'O)在美国寻梦的经历。史蒂芬曾参与二战,是一名有过作战经历的退伍海军,也是一位才华横溢的作曲家。战后,他回到纽约,却无法融入纽约大都市的节奏,也无法理解人们对于艺术的淡漠。他找不到工作,过着窘迫的生活。他娶了富家养女塞尔瓦(Sylvia)为妻,甚至与塞尔瓦的养母——全世界最有钱的女人——维持着一种情人关系。在见识了有钱人的生活后,他感到更加穷困、空虚、迷茫和恐惧,对生的向往和对死的恐惧始终在史蒂芬心中不断挣扎。唐利维通过一系列关于宿命、死亡、战争、文化等主题刻画出史蒂芬这样一个身在"局内"的"局外人"形象。"普林斯顿的错误消息"到底是什么错了?缘何出错?到底何为"真",何为"假"？在小说《普林斯顿的错误消息》中生命和意识的深度业已消失,作品以其内在的沉沦性不断消解自身,构造了一个虚假与真实的后现代迷宫。

历史与真实

法国著名文论家米歇尔·福柯(Michel Foucault)认为,"写作是一种虚构,自己写的一切都是虚构。虚构话语可能产生真理的效果,真实可以产生或制造尚未存在的潜在话语,并对它加以现行虚构。"①《普林斯顿的错误消息》虽然没有正面描述战争的残酷、战场的厮杀场面,但是它从战后战争遗留的问题侧面地揭露了战争的无情,在真实和虚构的交织中揭示了小人物无法逃脱历史的命运。

小说开篇就提到"人们已经开始忘却我们曾是二战退役归来的老兵,政府也不觉得他们有责任帮助我们生活"。二战作为一段真实的历史,被唐利维作为小说的大背景陈述了出来。史蒂芬和他的朋友们退役后,纷纷打算成家,过正常人的日子。现实却击碎了他们的美好愿望。史蒂芬是一个天才的作曲家,战后他却成了无业游民,依靠低廉的救济金生活。这是作者虚构的第一个普通人物。他的朋友麦克斯(Max)退伍后娶了一位有钱的妻子,过上了上层社会的生活,但精神空虚。他前往英国购买枪支,渴望有一天再回到欧洲,回到以前军舰上的生活。这是作者虚构的第二个经历战争的人物。这两个人物都经历过二战,在物质上,一个贫困,一个富裕,可他们都不如意,精神极度空虚,无法适应美国现代社会。从这个意义上可以说唐利维从另一个角度揭示了战争的残酷。战争虽然过去,但是参与战争的人们却无法平息,无法再重新回到原本属于他们的社会,成为社会的游魂和彻底的局外人。这归根于二战这段残酷的历史现实。

让人唏嘘的是,与现实的生活相比,史蒂芬和他的朋友麦克斯

---

① 王岳川,《后殖民主义与新历史主义文论》,济南:山东教育出版社,1999,第32页。

更渴望回到过去,回归战争年代。战争经历对史蒂芬和麦克斯来说反倒是一种精神寄托,一种对逝去岁月的缅怀。战争让他们觉得自己是有价值的,生活是有希望的,人与人之间是有交流的。相比之下,战后美国纽约大都市的生活更加让人窒息、茫然。这是另外一种现实,一种比战争还要残酷的现实,战后的美国不自由、假民主的历史通过战争的反衬而愈发凸显。这是第二层现实与虚构。更可悲的是,战争的历史创伤和美国现代社会的双重压迫断送了这些年轻人的出路。这也是千千万万与史蒂芬有过相同经历的普通人的共同命运,是整整一代美国年轻人的遭遇。意识形态国家机器的宣传将这些人送到前线,又将他们无情地甩出历史的轨道,这是唐利维揭露的第三层虚假与现实的合谋。到底是国家出了问题还是个人出了问题,这是史蒂芬一直思索的问题。在被抢劫后,路人与史蒂芬有一段对话:

"你打了那个孩子,你该去蹲监狱。"
"好啊,因为他打算抢劫我并且用刀捅死我,我就应该去蹲监狱。"
"那个是这个国家的问题。你却是以大欺小。"(*WII* 85)

唐利维指出,美国社会是自由的:

一个人可以在城市里随便把自己的阴茎示人、相互拿枪杀人、用刀捅人,但是,仍有涌动的生生的人性之潮,还有了不起的民主,导向凶杀的复仇,每个人都有蔑视、厌恶、痛恨其他所有人的自由。(*WII* 115)

到底何为民主?何为自由?唐利维这段话极大地讽刺了美国社会自由和民主的虚伪性。的确,到了和平年代,谁还记得他们曾经创造过历史?他们"像苍蝇一样垂死挣扎着"(*WII* 131)。在历史的长河中,这些无名小人物终究被淹没,甚至不曾留下存在过的痕迹。

艺术与生活

西方马克思主义文论家阿多诺认为"艺术是对现实世界的否定的认识"①。他把艺术看作完全不同于现实的、非实存的幻象，认为现代艺术所追求的是那种尚不存在的东西，是对现实中尚未存在之物的提前把握，因而艺术是现实世界的"反题"。《普林斯顿的错误消息》是一曲后现代世界的乐章。

史蒂芬是位出色的作曲家，音乐给他的人生带来灵感和快乐。战后，他除了音乐方面的才华外，并无其他谋生特长。然而在现代社会的美国，艺术却不被尊重。

> 这就是问题所在，对什么都不会欣赏，他们不尊重有才华的人。他们不关心。今天在美国受追捧的是大众化的愚昧，还有亲吻名流的屁股。（*WII* 92）

而音乐却是"那些受挫的和被遗忘的人最后的无望的避难所"（*WII* 93）。战后的美国社会滋生着一种大众文化的媚俗和对上流社会风尚的追捧，真正的艺术早被人遗忘：

> 在那个旧世界音乐家和作曲家可很好地保持自己的尊严。现在即便在维也纳观众们也不过是等着看你笑话，等着那可怜的穷小提琴手丢掉一个音符或拉错一个音符，然后就向整个乐团发出蔑视的嘘声。（*WII* 182–183）

从这段话中，可以看出作为一名现代艺术家的苦闷和无助。阿多诺认为艺术是生活的"反题"，唐利维揭示的是"生活是艺术的反题"。

---

① 阿多诺，《美学原理》，王柯平译，成都：四川人民出版社，1998，第 122 页。

在写作上,唐利维充分发挥自己的音乐造诣,根据渲染气氛不同采用相应的音乐语汇,以这种特别的方式将艺术和生活杂糅在一起又分离开来。他用慢板、叹咏调、协奏曲、组曲、狂想曲、奏鸣曲、变奏曲等来体现叙述者不同的心理和精神状态,但他并不一味追求华丽高雅的音乐效果,而是将交响乐、歌剧与民谣、流行乐等混杂在一起。面对身份高贵的岳母,史蒂芬会演奏拉赫玛尼诺夫的 D 小调第二钢琴协奏曲(*WII* 105);在亲眼看见"长着苹果脸"一样的女孩莫名开枪自杀后,史蒂芬的心绪也陷入凌乱,他听到的是拉赫玛尼诺夫的 E 小调第二交响乐。拉赫玛尼诺夫的音乐充满对故国的深爱、对故园的眷恋以及他在异国的漂泊的无奈。史蒂芬心灵也处于漂泊状态,他甚至不明白自己为之卖命的美国是自己的家园,还是欧洲才是自己的乐土。他这种无法安顿的心灵创伤,带着对现实迷茫的失望,通过拉赫玛尼诺夫的音乐很好地表现了出来。女孩自杀后,史蒂芬感到震惊、困惑,仿佛死去的是自己的灵魂,史蒂芬回忆女孩向他问路的声音,头脑中浮现的是德沃夏克的 E 小调第九交响乐。德沃夏克的第九交响乐"自新大陆"充满家园乡土情感。由此可见,自杀的女孩变成了一个象征,萦绕在史蒂芬心头,她代表一种逝去的岁月和美好的家园构想。在现实和虚构的交织中,生活与艺术之间是如此接近又如此遥远,它表征了一个人的梦想与现实之间的纠结难辨的关系。

神秘的叙述者

《普林斯顿的错误消息》的叙述者具有某种神秘和超然的特点。从表面来看,小说采用了第一人称叙述,也就是叙述者大于人物的全知全能叙述视角。在这种叙述视角下,人物内外的一切事件、秘密、活动都一览无遗。但是这样的视角在现实中是不可能存在的。无论作者以多么逼真的场景、精确的历史日期或者确凿的地点名词都无法掩饰他所营造的不过是一个虚幻的世界,一个非真实的世界。比如,小说开篇是这样的:

人们已经开始忘却我们是二战的退伍老兵,政府也不再觉得他们欠了我们生计。抬起头,换个发型,挺胸,都不足带来生气,人们仍相信还有其他让人满足的地方。尤其当电视开始以愉悦让整个民族瘫痪。商业化的力量和我们这些底层人生存的艰难。在我倦怠的情绪边缘,你也可以说,在圣诞节前的一个寒冷的蓝色冬天,她走进了我的生活。(*WII* 1)

叙述者好像对他所叙述的人与事都非常熟悉,并给读者一种亲近感。"我们"这个代词在文本中出现,暗示在叙述过程中有一位熟悉自己文化和过去事件的美国读者。此外,小说开篇的这段话给人的感觉似乎是一位朋友在回忆往事,带读者走进他的故事年代,一个战后大众文化开始作为主流文化肆虐美国的年代。

可是很快读者就会发现第一人称"我"的出现:

那是一个星期天的下午,我正站在一个朋友的灰暗的嘎门社区第西34街道的摇摇欲坠的公寓里。拐角不远处是纽约最大的旅店,在林肯隧道上面是向西流去的哈得孙河,在入口不远处是通往加利福尼亚的高速公路。我对自己总能知悉身在纽约何处满心欢喜……(*WII* 1)

"我"的出现代替了开篇的"我们",并且在这段话中,作者用极为详细确凿的地点传递出叙述者对美国纽约非常熟知的信息。接着叙述者开始了自我身份的建构:他参加过海军;他遇见塞尔瓦(Sylvia)并与之结婚;他的朋友马克西米连(Maximilian)有过短暂的婚姻,现在也来到纽约碰运气;他是位作曲家;他身份卑微。叙述者史蒂芬透过自己的不同身份,呈现给读者丰富的、复杂的信息和直觉感受。叙述者参加海军的经历多是通过回忆和梦境般意识流的形式叙述出来,在真实和梦幻之间叙述者艰难地讲述自己的亲身经历。在叙述与妻子塞尔瓦的关系时,则是通过第一人称和第三人称交替的手法,表现出与妻子既相爱又相互不理解的又近又远的距离感和对婚姻又向往又困惑的复杂情感。作为朋友,叙述者在分析马克西米连的遭遇时,多借助对话形式,做到尽量"客观"地让马克西米连与自己对话,形成一种复调,借马克西米连来反照自己的处境。而作为自己最本真的身份——穷困的作曲家时,叙述者变成了"我"。读者可以看到叙述者身兼数种身份,而唐利维对史蒂芬的不同身份在语言处理上有明显差别。现实中,一个人不可能做到既了解自己的想法又通晓别人的处境,既在事件之内又在事件之外的局内人和旁观者双重身份,因此叙述者信息的来源就变得可疑。这位神秘的叙述者依靠想象力,拥有了一种小说的特权意识。在叙述普林斯顿火车站的一幕时,却出现了叙述的短路。在普林斯顿火车站每个人都说着同样的话"传下去,普林斯顿的消息错了"(*WII* 185)。

可是究竟这个消息是什么消息,如何弄错的?叙述者没有交代,他看到的只是急匆匆地茫然传递着消息的赶路人。"我"遇到了一个女孩,她说她要去普林斯顿,"我"告诉她普林斯顿的消息出问题了,然后"我站在那里非常尴尬,不知道该走开还是该留下来"(*WII* 187),不久,"我"听到了开枪的声音和人们喊叫声及救护车的声音……那个"长着苹果脸"的女孩开枪自杀了,女孩倒在血泊中,甚至还有人企图上前抢劫女孩子遗物。至于女孩为何会自杀,不得而知。"我"陷入深深的自责和悔恨之中。这时,叙述者明显小于人物,叙述视角通过"我"的眼睛和耳朵观察感知世界,但是"我"只能把事情的经过陈述出来,却不明白事情发生的原因,既不知道"普林斯顿的错消息"到底是什么,也不理解美貌的年轻女子为何自杀,更不清楚在那样的情境下自己该何去何从。这个令人不解的事件产生了一种恐怖的气氛,或者说,这种不安是来自叙述者从全知全能的视角转到叙述者小于人物的"零聚焦"视角所造成的叙述短路造成的。这样的事情每天都在纽约这个大都市重复上演,小说遍布复制和循环的意象来凸显现实的残酷。

在真实和虚假之间,唐利维通过历史与真实、艺术与生活和神秘的叙述者将二战这段真实的历史与虚构的小人物的命运结合在一起。小说的写作目的不是为了再现历史,也不是为了塑造人物,更没有进行道德说教或明辨是非,唐利维仅作为一个"写作者",没有了昔日作者的权威和光环,他通过自己的文字,传递给读者的是一种世界感受,一种在文字和语言之外的体验。

第二,《姜人》中政治的文学化

新历史主义奠基人斯蒂芬·格林布拉特认为,在作家的人格力量与意识形态权力之间存在着非一致性倾向,即特定的时代社会中占统治地位的意识形态话语并非都必然地成为作家和人们实际生存中的主要方式。尽管整个权力话语体系规定了个体权力的行为方向,但规约强制的话语与人们尤其是作家内在自我不会完全吻合,有时甚至会在统治权力话语规范与人们行为模式的缝隙中存在彻底的反叛和挑战。他将这种反叛和挑战称为"颠覆"①。与此同时,格林布拉特还指出,这种"颠覆"的力量被控制在许可的范围之内,使之无法取得实质性效果,他将这种控制力量称为"抑制"②。唐利维的小说《姜人》颠倒了传统文学与人生、文学与权力话语的关系,塑造了一群生活在爱尔兰社会的"边缘人物"形象,表现出社会底层的"边缘人"游离在主流社会价值之外的生存状态,更为重要的是他们竭力想通过某种方式来确立自己的身份和地位,这表达了唐利维对资产阶级价值观念的质疑。

殖民话语

唐利维的第一部小说作品《姜人》创作于 20 世纪 50 年代于都柏林三一学院求学期间。小说将爱尔兰当时的社会现状和类似于主人公丹杰的"边缘人物"的命运联系在一起。1922 年,以农业为经济基础的爱尔兰取得独立。在与英国的关系上,爱尔兰由于过去曾属于英国殖民地,在经济、文化和宗教上受英国影响很大。同

---

① 朱刚,《二十世纪西方文论》,北京:北京大学出版社,2006,第 388 页。
② 同 1。

时,爱尔兰传统的农业社会的经济方式使独立后的爱尔兰发展缓慢。在文化上,唐利维在一次采访中说:"在爱尔兰,50年前的报纸与今天你看到的报纸不会有多大差别。"①

小说《姜人》在一定程度上反映了后殖民时代的话语体系。虽然是美国人,但在爱尔兰人眼里,丹杰和他的朋友们跟英国人没有什么分别,他们都属于第一序列的帝国主义国家。丹杰的身份意识显然受到美国主流文化和意识形态的熏陶,代表的是殖民一方的话语。这体现在主人公丹杰自认为在教育、国籍、宗教等方面都要高爱尔兰人一等。在种族方面,丹杰也认为爱尔兰需要外国的统治。② 而且相对欧洲其他国家的现代文明,丹杰认为爱尔兰的文化是落后的。丹杰的朋友欧克佛(O'Keefe)说:"在美国我拥有很多好东西,至少从不用担心热水的问题。"(TGM 110)在失去遗产继承机会时,丹杰跟朋友马克当(MacDoon)抱怨:

"我并不是多愁善感,但是我得告诉他那里的生活是怎样的。树叶摇摆,月光明亮。新英格兰的空气是富有和干净的。女人们都有的吃喝,夏天被晒成小麦色,走路摇摆着屁股,哇。但是马克,只是表明目的而已,勿踏草地。难道你看不出生活把我折磨得跪下哭泣?我想回去,到哈得孙河谷或者康涅狄格州的休斯敦周边定居。但是,不,我是八月,永远要面对寒冬。我不能回去。"(TGM 320)

在这段话中,丹杰显然以美国的富足对比眼下爱尔兰的贫穷,凸显出爱尔兰的落后和不开化。在离开爱尔兰的时候,丹杰抱怨说:"爱尔兰已经给了我太多困扰和屈辱。我要往东去,去更文明些的地方。"(TGM 281-282)。虽然丹杰在爱尔兰期间心理上就

---

① "The Art of Fiction No. 53 J. P. Donleavy", in: *The Paris Interview*, p23.
② Thomas F. Halloran, Strangers in the Postcolonial World (A Dissertation), 2009, submitted to the Graduate Faculty of the Louisiana State University and Agricultural and Mechanical College, p21.

去留的问题有过多次挣扎,但是最终他还是决定离开爱尔兰,去英国寻找天地。丹杰对他的朋友欧克佛·可奈斯说:

"我要去那里,可奈斯,跨过爱尔兰海峡,对岸便是美好的生活……有阳光和舞蹈,可能还有歌声。"(TGM 222)

这表现出了在英国会有一种身份的认同和对主流价值观念的趋同。丹杰和他的朋友们抱怨在爱尔兰的贫困生活和不公待遇,却不愿像普通人一样去谋一份"下等"的差事养家糊口。在爱尔兰,丹杰内心深处有种天然的优越感和特权意识,他认为自己在爱尔兰应该得到上层社会的地位、富裕的物质生活和社会的尊重。比如,可奈斯说:

"爱尔兰人不管到了哪里都是一个德行。脸上总是痛苦皱缩的表情。抱怨和找借口。爱尔兰人动不动就争执、吵架、斗嘴。听见没有?我厌倦了,我恨透了。"(TGM 217)

他们骨子里看不起爱尔兰人,认为爱尔兰人粗野、脏、懒。对身份和种族的强调是殖民心态的典型的特征。

小说《姜人》中,爱尔兰人是作为"失语"的"他者"被描述出来的。读者对爱尔兰人的印象和看法深受丹杰的影响,丹杰是带着"殖民者"的有色眼镜来看待爱尔兰人的。尽管唐利维极力摆脱个人偏见和政治的束缚,作为社会的一员,他还是在不知不觉中建立了一套先进与落后、文明与野蛮、理性与非理性二元对立的特权视角。在丹杰看来,美国是先进与文明的代表,而爱尔兰则是落后、野蛮和不开化的化身。这种力图摆脱个人偏见和政治束缚的尝试证明了唐利维对美国资产阶级价值观念的质疑,尤其表现在丹杰对爱尔兰思想和情感上的摇摆不定。尽管丹杰在美国可以拥有富裕的物质生活,但他还是不想回到美国,可他又因在爱尔兰所遭受的精神和物质的双重边缘化,又不止一次幻想离开,并且最终离开了爱尔兰,去了"更加文明"的英国。这可以看出唐利维在写作中的挣扎、在思想上表现出的斗争和怀疑,他的人格力量与他所处的社会意识形态之间难以化解、难以超越的矛盾。

中产阶级意识形态权力话语

后现代文学以冷漠和虚构为特征,这种冷漠指的是对意识形态的冷漠。作品会"折射"而不是"再创造"意识形态。因此,作品不是模拟现实,而是使之变形。于是在作品内部就会出现一些空隙,这表明意识形态同真实历史的冲突关系,所以读者不能简单地停留在作品表面,不能仅限于其字面的冷漠。小说《姜人》除了主人公丹杰外,还有一个重要的人物,那就是丹杰的朋友可奈斯。他是唐利维塑造的一个边缘人物形象。他卑微、挫败、邋遢、消极、渺小,甚至滑稽可笑。丹杰的英国妻子莫里(Marion)鄙视粗野的爱尔兰人,她将可奈斯也看作与爱尔兰人一样粗俗、无教养的人。她说:"只要看到他看到那种猫一样的下流眼神就能知道他心里的下作。一见他进到这个房间,我就能感觉到他在心理上对我的侮辱。"(TGM 53)她于是得出的结论是:"这就是一个让人讨厌的、好色的爱尔兰农夫。"(TGM 53)在跟丹杰争吵时,会称丹杰的朋友可奈斯是"烂透的人"、"说谎的人"、"骗子"、"废物"、"脏贼",这些语汇都是英国人对爱尔兰人的偏见。这显然是英国中产阶级意识形态的权力话语勾勒出的对下层平民的普遍看法。中产阶级对这些"小人物"或者"边缘人物"蔑视和贬损的态度从某种程度上表明他们想利用"边缘人物"的卑微来进一步确立自己的阶级身份,以凸显自身的优越性。[①] 然而作者唐利维并没有站在莫里的一边,他在小说中也给了她惩罚:让她为生活所迫而不得不穿丈夫的内衣,吃让人反胃的羊头,洗女儿的脏屁股,还要被丈夫丹杰痛打,忍受与丈夫感情破裂……这反映了唐利维对当时西方国家中产阶

---

① Arlene Young, "Virtue Domesticated: Dickens and the LowerMiddle", in: *Victorian Studies* 1996 (39. 4), p491.

级意识形态话语权的质疑和否定,体现了他对处于社会和文化语境边缘的小人物的同情和关怀。

但是,可奈斯并不是莫里所认为的那样一无是处。他是丹杰的好朋友,与丹杰有着相似的价值观。他热爱爱尔兰,却因生活窘迫在爱尔兰和法国过着贫困的生活。他渴望得到爱却招来女人的嘲笑,以致他只好从同性恋男人那里寻求安慰。他的生活一团糟,可笑又辛酸地生活在那样一个社会。他的形象是主人公丹杰的陪衬和影子。唐利维对这样一个可悲又可笑的人物的塑造是为了衬托丹杰的形象。他谈吐笨拙、粗俗来衬托丹杰的"银舌头";他追求女人无果来衬托丹杰身边女人如云;他的滑稽可笑衬托丹杰的高明智慧。在他们俩的关系上,唐利维显然把可奈斯描写为比丹杰还要"边缘"的人物,以此凸显丹杰。正如唐利维借丹杰所说的:

"你是一个从旧时代来的人。不要再在女人身上浪费时间了。我觉得我们生来就是贵族,生不逢时。生来就是要被他们用眼睛和嘴巴侮辱的。像我这类人,被排斥在这一阶层之外,他们嘲笑我,把我赶出去,把我的内裤撕成布条,挂在杆子上,写着'丹杰死了'的标语示众。这就是他们想听到和想看到的。但是我不恨他们,我只有爱。我就是要让他们知道,我期待的就是嘲笑和侮辱。但总有那么一些人能听到我的话,那就值了。"(*TGM* 221)

然而在爱尔兰,丹杰和可奈斯又同属异国边缘人物这一群体。丹杰既是西方文化的代表,骨子里有着西方帝国殖民的优越感,同时他在爱尔兰又是社会底层的不名一文的平民,这两种身份使得他的性格充满了矛盾和复杂性。在爱尔兰的生活经历让他彻底在物质和社会地位上变成了下层的边缘人物。他要忍受来自爱尔兰上层的中产阶级的意识观念的影响和嘲弄。"莫里也就成了不明智的中产英国女子与爱尔兰人结合的不睦证明。"①莫里的遭遇是英国中产阶层与"爱尔兰"下层平民结合的悲剧,丹杰的形象则是"东方主义"的意识形态与处于社会和文化语境边缘的底层平民意识形态的矛盾结合体。丹杰游离于当时的几个阶级之外,他不属于贵族阶层,也不在中产阶级和无产阶级之列。尽管他渴望进入上层社会,但是身为外国移民,又无正当职业,且无经济根基,他只能成为边缘人物。丹杰身份的多重性和所处环境的不协调造就了这个人物形象的张力和超乎寻常的喜剧效果。唐利维对于边缘人物的塑造契合了他的喜剧性写作风格。表面上让人忍俊不禁,实际通过对事实的想象和变形,唐利维所塑造出的主人公丹杰和他的朋友可奈斯都具有一种夸张的喜剧效果,而这种喜剧效果又以近乎冷漠的方式传达出隐藏在文本背后的作者难以言说的意识形态话语权的存在。通过对边缘人物形象的塑造,描写他们在当时社会的挣扎和试图改变命运的尝试。唐利维颠覆了当时社会中的主流意识形态话语体系,让这些边缘人物也能发出自己的声音,实现了格林布拉特的"颠覆"。

唐利维试图在中产阶级和下层阶级的夹隙间给丹杰这样一群边缘人物寻找一条出路,进而批判当时欧洲社会的话语权和等级观念,因而他赋予丹杰身份的复杂性和争议性。但唐利维本身并没有完全跳出当时社会的主流意识观念,这反映在小说中的边缘人物尽管挣扎努力,但是终究不可避免失败并且不得不迎合当时社会价值体系的评判标准。可以说,丹杰的复杂性体现出唐利维在这一问题认识上的矛盾。他对社会意识形态既持反叛质疑态度,又不得不依赖借助的矛盾处境,体现了历史和文本的相生关系。因此,可以说,唐利维"颠覆"力量被控制在许可的范围之内,无法取得实质性效果,这就是格林布拉特所称为"抑制"的控制力量。

---

① Johann A. Norstedt, "Irishmen and Irish-Americans in the Fiction of J. P. Donleavy", in: *Irish-American Fiction Essays in Criticism*, edited by Daniel J. Casey and Robert E. Rhodes. New York: AMS Press, Inc., 1979, p121.

"我们的历史"

小说《姜人》中文学的政治化和政治的文学化还表现在爱尔兰人的"我们的历史"如何受到西方技术和经济影响上。爱尔兰长期以来受到西方的殖民压迫和经济制约,以至于独立后在经济上和政治上仍然在很大程度上不能完全自由。作为农业社会的爱尔兰,在现代工业文明的冲击下,变得岌岌可危,传统的生活方式面临被淘汰的窘境。依赖土地生活的爱尔兰人在现代工业文明铺天盖地的攻势下变得无所适从。爱尔兰是农业社会与原生态文明的代表,与之相对的美国是工业社会和现代科技。"我们对外生产、对外倾销、对外输出、对外打仗"(*TGM* 332)。丹杰只要重回美国便可摆脱爱尔兰的贫困生活,过上舒适安逸的日子,他却宁死不归。他的朋友可奈斯(Kenneth)和克罗科兰(Clocklan)的家庭也都是美国上层社会中的名门望族,但他们却宁可在爱尔兰忍饥挨饿。这些人留在爱尔兰唯一的寄托就是依然能触摸到行将逝去的农业文明,体验作为一个"人"最本真的原始状态。值得一提的是,丹杰既厌恶美国现代文明又不屑做"不体面"工作,精神空虚,无所寄托。其原因在于被边缘化的自然不仅会惩罚人们的肉体,使其忍受饥饿,还会使人们精神流浪。丹杰的饥饿是双重性的:既是由于经济困乏而导致的肉体饥饿,也是因为精神失去依托而极度空虚。自然成为"他者",于是人们失去昔日田园生活的恬淡欢乐,又在现代文明冲击的夹隙中难以找到自我,从而陷入无尽的迷失。

生态女性主义认为,由西方现代世界观引申出的父权——资本主义,使白人男性与自然疏离,他们把自然/女性作为殖民的对象,作为接近自然之补偿。《姜人》中,丹杰大部分时间都在追逐女人和酗酒,忽视他本该尽义务的妻女;他在三一学院功课一塌糊涂;他渴望获得上层社会的身份和尊重,却被迫整日挨饿受冻。他唯一的成就便是得到了很多女性的爱情和帮助。作为"他者"的女性,在他的眼里,可以提供住所、食物、温暖、平静、爱情等物质和精神来满足他一切需要。他幻想"若是玛丽(Mary)做仆人,克里斯

(Chris)负责食宿,弗罗斯特小姐(Miss Frost)做秘书,妻子莫里(Marion)负责总协调,我们在一起将会很棒"(*TGM* 180)。他自己则不需任何付出,便可享受她们周到体贴的服务。丹杰对身边女性进行精神和肉体的双重压迫:他用粗话辱骂妻子,责怪哇哇哭闹的女儿,他命令妻子把女儿锁到车库,他用暴力殴打为赚钱养活他的情人玛丽以发泄怒火。丹杰的行为表明这些女性存在的意义就在于满足他生理和心理需求。性别统治和男权是最古老的压迫形式,现在它以新的和更加暴力的形式表现出来。丹杰身上体现出的男权思想实际是西方资本主义引申出来的。而受其压迫的女性形象则是爱尔兰的化身。性别统治的根源是西方资本主义对爱尔兰长期的殖民奴役,从而使其失去"我们的历史"的见证。

  以农业为主的爱尔兰,以其博大和自然化的属性,与被统治和压迫的女性意象有共通之处。爱尔兰人在小说中处于"失语"地位,爱尔兰人的历史是丹杰描述出来的"历史"。读者看到的是爱尔兰的落后和不开化,体察到的是爱尔兰农民的粗俗和懒惰。丹杰的眼睛代表着西方殖民者在殖民地的优越感。比如,在谈论婚姻问题上,可奈斯认为,"跟爱尔兰人结婚,就是自找贫穷"(*TGM* 17),女性作为被描述出来的"他者"意象受到质疑:洗衣女工克里斯在洗衣房从事繁重的体力劳动,玛丽年纪轻轻便负责起整个家庭的经济来源,却时常受到父亲的责打。爱尔兰人以他者身份忍受歧视。比如,在大街上一群小孩子见到丹杰和可奈斯恶作剧地喊"犹太人,犹太人",可奈斯回敬他们"爱尔兰人,爱尔兰人"。然后这些孩子就因此"光着脚站在那里,不出声了"(stood barefooted in silence)(*TGM* 44)。由此可见,种族歧视和民族歧视的确存在。

  在文本语言背后,唐利维试图以貌似冷漠的语言诉说爱尔兰人生活的艰难和在经济上的尴尬处境,颠覆了西方话语对爱尔兰的成见。在《姜人》中,自然和女性作为爱尔兰的意象在被统治、被索取、被奴役的过程中失去了其本该具有的主体性。"自然被客体化、被征服,成为与统治者有着本质差异的'他者'。"①女性这一意象代表了爱尔兰这个民族在后殖民时代的尴尬处境,在西方资本主义社会的后殖民话语中,被等同于自然和弱势的女性被客体化、被征服。在此意义上,在西方的话语体系下,爱尔兰也就成了最原始的'他者'。"我们的历史"变成了"他者"的历史。

小说《姜人》反映了美籍爱尔兰人这一边缘人群在爱尔兰的心路历程:从对爱尔兰最初的浪漫寻根、诗意田园的幻想,到意识到爱尔兰物质文明落后的失落感,再到最终使自己的心灵与爱尔兰达成谅解、调和的过程。在这个过程中,他们对爱尔兰的情感可谓又爱又恨、矛盾复杂。这种复杂的情感是边缘人的身份、后殖民时代的权力话语和中产阶级意识形态等多重合力的结果。

唐利维在小说《姜人》中塑造的边缘人物群体通过殖民话语、中产阶级意识形态权力话语和"我们的历史"对当时社会的意识形态和主流价值观念进行挑战和质疑,以看似冷漠和旁观者的笔调,于迂回曲折中诉说文本背后的权力话语的存在,实现了文学的政治化和政治的文学化。然而,作为一个写作者,受到个体社会经验和当时社会意识形态的影响,唐利维也不能完全跳出个人和历史的局限。因而,他的这种"颠覆"仍然是在新历史主义学家格林布拉特所称为的"抑制"的范围内。

唐利维对文学的政治化和政治的文学化的写作处理在体裁上突破了传统的文学体裁的局限,打破了文学与政治、文学与历史之间的边界,在真实与虚构中重构了一个后现代狂欢化的文本世界。在这个过程中,文学、政治和历史成为一体:历史本身也是文本,政治是权力话语,而权力话语又是意识形态的反映,他们与文学一样,都是语言的构造物,都是文本。而作为写作者的作者不再拥有不可动摇的权威和传播真理和拯救世界的能力。唐利维便是这样:他只能在有限的范围内,以文字游戏的方式,在迂回曲折中,以

---

① Ynestra King, "The Ecology of Feminism and the Feminism of Ecology", in: *Healing the Wounds: The Promise of Ecofeminism*, edited by Judith Plant, Lillooet: New Society Publishers, 1989, p21.

看似冷漠的口吻进行他的狂欢化小说创作。

3.3 唐利维小说中体裁的杂糅

狂欢化把一切表面稳定、成型的东西相对化了,绝对性已然不存在。在狂欢化文学中,笑的同时绝不排斥在作品内部出现阴郁的色调。正如在狂欢化文学作品中,经常出现的傻瓜和小丑便是处于生活和艺术的交界线上。他们不是一般的怪人或傻子,也不是喜剧演员。他们的性格体现出矛盾的两极。狂欢化文学作品的体裁也呈现出矛盾之美,通常带有怪诞现实主义的特点,呈现出贬低化、世俗化和肉体化的特征。巴赫金认为,狂欢节的笑文化具有深刻的双重性,是怪诞离奇与悖谬矛盾的结合,蕴含死亡与新生的要素。矛盾之美意味着一个形象上往往出现彼此矛盾的对立面,比如死亡和新生。狂欢化为传统文学所认为的鄙陋的、卑微的、世俗的、甚至消极的东西正名,赋予它们新生和积极的意义,也让黑色沉郁的文学题材体现出生机,或者让喜剧色彩浓厚的文学作品蕴含悲观绝望的宿命感。美和丑也是相对的,喜剧和悲剧往往交杂混合,怪诞和反常交加也就不足为奇。狂欢化在解构文学意象的同时,又在貌似漫不经心的嬉笑怒骂中重构了新的文学形象。比如,"死亡"在狂欢化文学中就是一个双重性的形象。在狂欢化理论中,人体下部、排泄、消化、怀孕、分娩是孕育生命的大地和人体的怀抱,是生命的起点,所以"上"与"下"可以颠倒,旧与新、垂死与新生都是相对的。

唐利维的小说作品在体裁上的杂糅体现出矛盾之美。他的作品《姜人》、《普林斯顿的错误消息》、《了不起的人》等作品在笑的同时,作品内部也出现阴郁的色调。实际上,唐利维的作品以其幽默、风趣和讽刺著称,唐利维本人却声称他的作品实际受詹姆士·乔伊斯、托马斯·沃尔夫、亨利·米勒和弗兰兹·卡夫卡①四位作家的影响。在语言风格上,唐利维的小说受到爱尔兰作家贝克特和乔伊斯喜剧风格的影响,而其作品的深层则体现出卡夫卡式的悲观、绝望、荒诞的艺术观。同时,他大胆借鉴了"垮掉的一代"的代表作家亨利·米勒对欲望和身体描写的前卫风格,有鄙俗化的倾向。在身份上,唐利维又有与托马斯·沃尔夫相类似的背景。于是在作品中,他表达了处在两个不同社会夹隙中的文化断裂感及边缘人身份等困惑。这些都使唐利维的作品呈现出笑中有泪的效果。他描写的笑文化以喜剧、黑色幽默的狂欢方式来解放权力机制的压制,他试图改变死极世界中荒诞压抑的现实,最终却意识到卡夫卡式的人类生存现状是无法挣脱的牢笼,感染上了托马斯·沃尔夫的异乡情结和边缘人症状。这些反映在体裁上体现出狂欢式的矛盾悖谬的美。

3.3.1 黑色喜剧

在狂欢化文学中,笑的同时绝不排斥在作品内部出现阴郁的色调。在狂欢节,生活本身在表演,而表演时暂时又变成了生活本身。"这是没有舞台、没有栏杆、没有演员、没有观众,即没有任何戏剧特点的演出。"②它的主角就是生活本身,带有节庆性和乌托邦的性质,处在生活和艺术的交界线上。

美国后现代作家约翰·巴思在发表小说《路的尽头》后受到批评界的高度赞誉,他们坚持认为巴思进入了未被探索的小说领域,称它的"体裁尚待命名……《路的尽头》是一种特殊类型的作品,似可被称为思想的滑稽戏。"③"这里我们可能见到了一种新的体

---

① *The Paris Review*, Paris: The Paris Review foundation, inc., 2004, p29.
② 巴赫金,《巴赫金全集》第六卷,钱中文译,石家庄:河北教育出版社,2009,第9页。
③ David Kerner, "Psychodrama in Eden", in: *Chicago Review 13*, No.1, Winter-Spring 1959, pp59–60.

裁的出现——严肃的滑稽戏。"[①]国内学者陈世丹教授认为,"这两段评论并不令人满意……我们认为,称小说《路的尽头》为黑色喜剧可能比较合适"[②]。于是,一种新的体裁命名产生了,那就是黑色喜剧。

  黑色喜剧又被称为"黑色幽默"、"绞刑架下的幽默"、"绝望喜剧"等。"黑色"含有"绝望"、"痛苦"、"恐怖"和"残酷"的意思。"黑色喜剧"与传统正常的喜剧区别在于:传统喜剧的思想基础是乐观主义的,人们相信善最终能战胜恶,从而引发轻松、欢快、明朗的笑;黑色喜剧的思想基础却是悲观主义的,既然面对的是死亡、荒诞,那只能痛极而笑、化痛为笑,只能不以为然地拿痛苦开玩笑,以喜剧的方式去表现悲剧的内涵,从而酿就了苦涩阴郁的笑。小说的喜剧化就是运用讽刺、幽默、夸张的艺术手法,描绘和揭露主人公行为上的错误、品质的恶劣、性格上的丑陋及庸俗、落后的社会现象,从而肯定美好的事物。喜剧性的主人公一般都是被否定的负面人物,愚蠢、丑恶或性格上有缺点,是喜剧性小说鞭挞的对象。喜剧的结局总是以恶人被揭露或有缺点的人到处碰壁或正面人物获得胜利而告终,因而是令人欣喜的。喜剧小说在事件叙述和人物表现过程中经常会引起读者发笑,这是读者审美愉悦的自然流露,是喜剧小说的突出特征。唐利维的小说《姜人》以对几个主要的滑稽的反英雄人物的塑造使小说部分表面上充满了喜剧性,而当读者读完小说后,体会到的满是心酸、阴沉、痛苦的情感,因此这部小说可被称为黑色喜剧。

  小说的主要人物丹杰的喜剧性表现在他愚蠢可笑的过于理性和非理性的对立上。丹杰作为叙述者表现出非常理性和见解独到的一面。物质是他非常关心的实际问题,如在婚姻问题上,丹杰娶了英国小姐莫里为妻,理性地认为这桩婚事可以使他的经济状况

[①] George Bluestone, "John Wain and John Barth: The Angry and the Accurate", in: *Massachusetts Review* 1, No. 3, May 1960, p588.
[②] 陈世丹,《美国后现代主义小说详解》中文版,天津:南开大学出版社,2010,第299页。

得到改善。然而事与愿违,岳父并没有在经济上支援他们。在一次吵架中,丹杰对妻子嚷道:"你父母以为我有很多钱,我呢,还以为他们有很多钱呢。我们两方都没钱,不关心对方,没爱。"(*TGM* 61)婚后,他不得不与妻子过着窘迫的生活。丹杰艳遇不断,在妻子之外,他不断追逐不同的女性并且从她们那里得到食物、庇护和温暖。矛盾的是,他渴望稳定的生活,却把家庭看作束缚个人自由的枷锁。丹杰的喜剧性还表现在他自以为是地认为自己是有文化的人,并时常发表一些貌似高深的大理论,他说:"我有教养……我长相出众,讲皇家英语,衣着得体……"(*TGM* 66)然而在妻子看来,丹杰只是一个混吃混喝的无赖,并后悔当初嫁给他。丹杰的喜剧性夸张地表现在他对自身行为和外表超出寻常的在意。丹杰常常为衣服上的某个褶皱或者污点而耿耿于怀,表现出异乎寻常的自我意识。丹杰过分在意别人如何看待他,小说中出现最多的就是"那些眼睛"——邻居的眼神、大街上的盯梢、房东的追索、警察的巡查等。可笑的是,他自身的行为却又表现出挑战世俗和权威、蔑视"他者"的矛盾之处。一方面,他对爱尔兰的道德、规范厌恶透顶;另一方面,他又想通过调整自己以适应社会从而获得认可。最滑稽的是,丹杰和朋友带着袋鼠出门,给袋鼠穿上人的衣服和鞋子,人和动物换装,引起一片骚乱,充满喜感。丹杰在朋友和妻子面前表现出理性的一面,而自己独处和面对情人时却表现出非理性的一面。比如,丹杰的意识中突然出现:

> 明天莫里就回来了。我们俩会一起坐在这里甩动着我们的美国大腿。莫里,晚些回来吧。我不想那些家庭琐事缠身:油腻腻的盘子,孩子的脏屁股。我只想看他们航海……可能你会和孩子一起丧生海中,你的父亲会付葬礼费,我一个月后去巴黎,住在塞纳河安静的旅馆里,用河水清洗新鲜水果。冰冷的裸体躺在棺材里,试想我触摸你死去的乳房。一定要在可奈斯离开前向他要点钱……(*TGM* 21)

在这段非理性的意识中,出现了美国的意象,丹杰对家庭的厌弃,自己年轻时当海军的经历,幻想妻子和孩子丧生,吝啬的岳父付葬礼费用,梦想自己去法国的浪漫生活,妻子死去的样子,然后丹杰的意识又跳跃到现实中的物质问题"向他要点钱"。由此可见,当丹杰独处时,他并不像自己标榜的那样正直、理性,他对妻子和孩子的厌恶之情自然流露出。他甚至希望妻子丧生,幻想妻子冰冷的裸尸。丹杰的意识不断流动,不同的意象接连出现,反映出他潜意识中的好恶和非理性,表现出夸张好笑的一面。丹杰性格中理性与非理性矛盾之处还体现在他对金钱的态度上。丹杰在独处时会说:"我想要的就是更多的钱(All I want is more money)。"但丹杰无力偿还向朋友可奈斯所借的钱时,他会说:"记得贫穷是神圣的(And remember poverty is sacred)。"(*TGM* 217)这样的"理性"给读者的印象就不再有说服力,反而让人忍俊不禁。

丹杰的朋友欧克佛正相反,他是一个配角,犹如一个当街小丑,他生活上的不顺和感情上的失意反衬出丹杰的生活的平坦和情感上的得意。欧克佛与丹杰不同,在他身上少了对身份的要求和在意。他经常也会说出一些理性的话来,比如,欧克佛认为,

"没有钱的时候,人要解决吃饭问题;有钱后,会想要性;若这两者都有了,就会想着有个好身体。人总是会有这样或那样的烦恼。如果什么都有了,就又会担心死亡。你看看这些过往面庞,他们都在为第一个问题忙活,并且余生也都将为此奔波。"

丹杰问欧克佛对自己的看法,欧克佛接着说:

"你就是划着你的理想小船。你觉得你因为生在富裕之家,因此你就会一直拥有那样的生活。你看看多少人像我这样等待着上升的机会。拿你学位吧,弄到安全护照,用避孕套。要是有了孩子,那你就被绑住了。"

第 3 章　唐利维小说中文学体裁的狂欢化

欧克佛这通逻辑清晰、见解独到的话语不无道理。他还认为自己目前不顺利的原因是自己的"口音"。他认为说一口正宗的英语是一个人可以在社会上上升的先决条件。在说上面那番话时，欧克佛俨然就以一个长者或一个经历丰富的人的口气来教育自命不凡的丹杰。甚至连丹杰都认为他说的话"说到点子上"了。作为丹杰的陪衬，这个小丑一样的角色所说的这些道理不得不让人叹服。这可谓巴赫金意义上的"国王"和"小丑"的换装，也就是"加冕"。作为滑稽和充满喜剧色彩的配角，可奈斯·欧克佛成功实现了身份的转变。

与丹杰不同，欧克佛更在意实际的东西，而不是道貌岸然的君子做派。这又表现出他世俗甚至卑鄙的一面。他在手头紧的时候会想尽各种办法去"找钱"，让读者在字里行间感受他的幽默，他甚至会给牧师写信：

> 这就是我现在的处境：我没有衣服穿，两天没有吃过饭了。我在法国有份工作，可我没旅费到那里去。现在这种处境下，我肯定不会再顾虑欧克佛这个名字的尊严了。因此，我会去美国领事馆要求他们将我驱逐出境，这个消息将在《爱尔兰报》或者《爱尔兰独立报》上登出，让大家看看一个美国人在异国连一分钱都没有也没亲戚管他，这件事是多么有趣和有意思。要是我这周末前拿到钱可以去法国，那你就再也不会听到我的声音了。坦白说，我可能还会想其他办法，但是我必须要考虑我的亲戚们和邻居们怎么看我，这么丢人一定会要了我母亲的命。(*TGM* 42)

牧师给他这样的回复：

> 我发现自己甚至都不能提笔给你写这封信，这是我所收到的最卑鄙最让人不快的信了，这简直就是敲诈。很难相信

> 你是出身于一个良好的天主教家庭,所以,侄子呀,你是美国人的耻辱。但是总有那么一回事:体面的人们奉献他们的生命和血汗去养育一些不知感恩的混蛋,这些混蛋是阴沟里滋生出的邪恶思想,对于好人却是一个威胁。你居然敢那么无礼的威胁我呀。只是因为你是姐妹的儿子,我才没有把这封卑鄙的信交给警察。随信寄去 30 块钱,再也别来烦我。作为客人,你糟蹋了我的盛情和我在这个教区习惯了的尊重。我还要提醒你别染指凯斯家的女儿。还有再次提醒你,你要是再来烦我,我就告诉你母亲。(*TGM* 43)

可以想象牧师在接到欧克佛这封厚颜敲诈的信件时的表情,一个正常人很难想到的"找钱"途径,但在欧克佛这里实现了。他没有什么宗教信仰,在老板得知他既非天主教徒亦非新教徒时,说:"人人都该有宗教信仰以拯救他不完善的灵魂。"(*TGM* 213)欧克佛回答:"我的灵魂已经很完善了,因此,教堂对我来说毫无用处。"(*TGM* 214)他还说:"宗教的事情会把问题呈现出。我对那些总是对拯救他人灵魂感兴趣的人表示怀疑。我的钱呢?"(*TGM*214)对他来说不饿肚子来得更实际一些。因此,欧克佛这样一个充满喜感的小丑一样的人物比丹杰更知道自己想要什么。他渴望爱情,也更注重实际的物质。他受过高等教育,行为举止却狂放不羁,以至于丹杰的妻子将他与爱尔兰人的粗野联系在一起。她不断追求女性,却接连遭遇挫折。更为滑稽的是,他在追求异性不果之后,居然在法国与一位男性同性恋者同居了一段时间,直到他厌弃了,放弃了对爱情的追求。欧克佛热爱爱尔兰这个国度,宁肯受穷挨饿,也不愿意回到美国过富足的生活。他说:"该死的,尽管有诸多不如意,我还是爱这个国家……这个该死的国家能气死人,但是就只有都柏林让我感到兴奋。"(*TGM* 222)他最后还是未能生活下去,被迫回国。他总是很乐观,充满激情,可是接连的挫败沉重地打击了他。唐利维用幽默、夸张的手法塑造了欧克佛这个人物形象。他不是高大的、正派的形象,相反,他的性格表现出卑琐、厚颜、邋遢的一面。他在生活中四处碰壁，他的笨拙和不切实际的执着令读者忍俊不禁，他满怀热情却最终遭遇挫败和失意的结局。这个读来让人发笑的人物的背后满是心酸，可谓黑色喜剧人物形象的典型。

小说《姜人》在人物对话语言的处理上表现出幽默、夸张、风趣、甚至有意卖弄的一面。唐利维在嬉笑怒骂中塑造出丹杰和欧克佛这样的喜剧人物形象。然而小说中人物命运多舛，可谓"含泪的笑"：丹杰忍受精神和物质的双重重压，最终也没有找到出路；欧克佛寻找爱情的执着也最终落空，回到他所痛恨的美国。一直到小说结尾，没有一个人得到他们渴望的东西。生活如一个怪圈，转了一圈后又回到起点。丹杰和欧克佛依旧迷茫、困惑，最后都难以摆脱现实的荒诞。因此，语言的夸张和冲突产生的喜剧效果被黑色的社会现实淹没，以至于小说中的人物显得既滑稽可笑又令人悲悯。在笑过之后，留给读者的是严肃、深沉的思考，这也正是黑色喜剧的魅力所在。

3.3.2 后现代寓言

唐利维在他的作品中一贯关注人类生存现状、后现代社会中人与人之间的关系和人类非理性所带来的恶果。在他的作品中，唐利维巧妙地传承了被同时代很多作家摒弃的寓言这种文学样式。他的寓言形样式来源于传统又超越了传统，其寓言化特征和小说的主题在后现代语境下重构了一个预言性的狂欢化世界。唐利维的后期作品《生存和风度手册》(The Unexpurgated Code: A Complete Manual of Survival And Manners，1975)、《阿尔方网球》(De Alfonce Tennis，1984)、《唐利维的岛屿》(J. P. Dunleavy's Ireland: In All Her Sins And in Some of Her Graces，1986)、《了不起的国家》(A Singular Country，1989)等多数采用了轶事、神话、寓言、散文等传统体裁，呈现出一种别样的审美效果。他早期的长篇小说《姜人》也暗含寓言故事。

寓言式的结构

从结构上看,传统寓言短小精悍,一般由三段式组成:开头是时间背景的介绍,时间和地点一般是抽象的、概括的,结尾一般会有一个寓意深刻的训诫。小说《姜人》的开始虽然没有像传统寓言故事开篇那种"很久很久以前"或"从前",但第一段和第二段的开头与此有暗合之处:"今天是难得有太阳的春日……"(*TGM* 9),"欧克佛拿着工具爬上来,看着对面的塞巴斯蒂安·丹杰"(*TGM* 9)。由此可见,唐利维有意采用了寓言文学开篇的传统。接下来唐利维将主人公的故事娓娓道来:塞巴斯蒂安·丹杰离开自己的祖国美国,遇到后来成为他妻子的英国女子莫里。夫妻二人蜜月后到爱尔兰安家,幻想天堂一般的生活。到了爱尔兰后,丹杰到三一学院学习,并有了一个名叫"幸福"的智障女儿(Felicity)。作为一个外乡人,丹杰在陌生社会中艰难地探索和寻求爱情及人生意义。他因生活的拮据、房东的追索、大街上的盯梢、警察的追捕、不幸的命运而不断挣扎、奔波、逃亡。小说《姜人》的时间是抽象的,开篇只是交代"难得有太阳的春日"。故事的地点是欧洲,也是概括的。

在题目的选择上,唐利维有意影射"小姜饼人"的寓言故事。"小姜饼人"讲的是一对老夫妻烘烤出了一个小姜饼人,小姜饼人不想被吃掉,就跑了,路上遇到了吃草的牛、马、打谷的人们、割草的人们,他们想吃掉小姜饼人,但是小姜饼人都成功地逃脱了。故事中最经典的是小姜饼人骄傲的话"我还能跑过你,我跑!跑!跑!快快跑!我是姜饼人,谁也追不到!"可是小姜饼人最终却因轻信狐狸帮他过河,而被狐狸吃掉了。小说《姜人》的主人公丹杰也是一直生活在奔波、逃亡之中,只不过他想逃离的是家庭的束缚、房东的追索、生活的重负、社会的排斥、道德的约束。丹杰渴望自由,正如小姜饼人一样,不想被现实"吃掉"。但是最终丹杰不得不妥协:

"我们是这个种族中天生的贵族,生不逢时。生来就被他们用嘴巴和眼睛侮辱。但是,可奈斯,像我这类的人,得到的侮辱确实最直接。我该属于有职业的阶层。但是这个阶层的人却对我百般嘲笑并把我赶了出来。他们把我的内衣撕成条,当众挂在一个杆子上,上面写着'丹杰死了'。那就是他们想听到的。但是我已经不感到痛苦了。我内心只有爱。我就是要做给他们看:我正想得到嘲笑和侮辱。"(*TGM* 221)

丹杰正是这样一点点退却、折服,他的坚持和棱角被现实一点点磨掉,最后也像小姜饼人落到狡猾的狐狸嘴巴里一样,丹杰也在不知不觉中放弃了自己的理想和信念,最终被社会的价值观所同化。丹杰说:"我这一生想要的不过就是本该属于我的位置,别人可以有他们的,回归到属于自己的地方去。"(*TGM* 221)但是丹杰如小姜饼人一样,无数次地挣扎,力求改变命运,但是最终并没有逃离宿命和异化的现实。正如唐利维在第十六节结尾处写到的那样:

> 曾经有一个人
> 打造了一艘船
> 想去远航
> 船沉了。(*TGM* 187)

寓言故事的结尾一般都有一个训诫。但是小姜饼人的寓言没有明确的训诫。读完后,作者似乎要告诉读者不要轻信别人的花言巧语,或者是想说即使再有本领的人也不能骄傲,要提防他人,更或者是想警示小姜饼人的悲惨下场或许是性格注定……总之,训诫并不是非常明确。唐利维的《姜人》的故事结尾也非常含糊。作者似乎并不在意讲了一个什么样的故事,或者告诉读者一个什么么道理。唐利维似乎就是在为讲故事而讲故事,并且只在意这个过程。故事讲完就完了,主人公的境况没有丝毫改变,好像原地转了一个圈,又回到了起点。唐利维将空白留给读者自己去揣摩、思考。这也正是后现代小说的一个明显特征:作者不再充当救世主或福音传播者,也不传递价值观或讲道理。作者只是一个"写作者",不再具有诗人的桂冠。

寓言化的语言

寓言旨在把寓意传达给读者或听众,所以其语言通常简洁、直白、朗朗上口,句式短小,通俗易懂,这也正是小说《姜人》的语言特色。小说中的单词多数在三个音节以下,句式以短小的简单句为主,甚至独立使用分词形式构成一个句子。类似下面这样简单、短小的文字是《姜人》主要的语言风格:

"Say this thing really works. If we had something to eat we'd be able to use it. They've got one of those big shops down there in the town, why don't you pop down with that English accent of yours and get some credit. As much as I like your company, Dangerfield, I'd prefer it on a full stomach." (*TGM* 11)

另外,唐利维非常注意语言的韵律美,尤其擅长使用押韵和诗歌语言。在每一小节结束之处,都有一段简短的诗句。比如:

All the way
From the land
Of Kerry
Is a man
From the dead
Gone merry.

This man
Stood in the street

And stamped his feet

And no one heard him. (*TGM* 217)

第一节中的"way","Kerry","merry"押尾韵,第二小节中的"street"和"feet"押尾韵。唐利维非常注重语言的韵律美,读者甚至能从字里行间看出作者有意卖弄的痕迹。

寓言化语言的另一特征是:故事是否真实不重要,寓意的传达才是作品的主旨。《姜人》采用了第三人称和第一人称交替叙事的语气。叙述者客观地讲述着人物的行为,很少进行主观评论。唐利维在小说《姜人》中主要通过人物对话和行动细节来阐述故事,人物的内心世界隐藏在文字的表象之下,没有刻意进行说教,直到小说最后:

他经过破败的建筑走在大桥的斜坡上,一个背部挺直、黑色身影的陌生人。过来,我告诉你:有一个地方海面高涨,温暖而潮湿的和风吹拂,有时被落日浸染,平和至极,堪比你所曾听过抑或所能描述的任何地方。冬夜,我听到马群飞奔在乡间小路,蹄子踏在石头上迸出火花。我知道,他们正穿过大地,消逝而去,唯有巨响萦绕耳际。我自语道,他们的灵魂正在死去,眼神发疯,牙齿暴露。

上帝保佑

这个狂野的

姜人吧。(*TGM* 347)

结尾也充满了寓意,读者通过这个结尾文字可以看到理想、无奈、恐怖、梦碎、愿望……在整个文本中,直到结尾处才第一次出现了"姜人"这个字眼,与题目吻合,这也是典型的寓言化的叙事策略。

另外,反讽是寓言不可或缺的要素,它可以避免说教。唐利维在《姜人》中也使用了反讽的艺术手法。沙玛(R. K. Sharma)认为,小说《姜人》"揭露了像贪得、纵欲、无爱之性等个人主义的罪恶,颠覆了人与人之间的关系,撼动西方价值观的根基"①。但是唐利维对现实的揭露并非用批判现实主义的艺术手法,而是"与现实主义作家不同,唐利维与后现代其他作家一样,只是表述抽象的世界经验,而非某一社会群体之行为,亦非描写细节之真实。他所谓'现实主义'的手法体现在他对社会现实、政治的质疑。这些并没有直接反映在他的小说中。相反,他在小说中所表现出的是一种情感真实,因而他的主人公都是情感主导:表现出恐惧、焦虑、忧伤、孤独等情绪化特征,通过对人物心理、意识折射出主人公对死的恐惧和对生的向往及对爱的渴望。"②在小说《姜人》中,唐利维对情感真实和个人主义罪恶的揭露正是通过反讽的艺术手法实现的。比如,丹杰的智障孩子取名为"Felicity"(幸福),备受冷眼的丹杰名字叫"Venerable Sebastian Dangerfield"(让人尊敬的危险之地)。还有,在西方,羊头通常是用来祭神的,丹杰与莫里生活困顿,偶尔只能吃一顿羊头改善生活,充满了对上帝和西方价值体系的讽刺。沙玛认为,丹杰"代表了西方价值危机:纵欲是他的信仰,破坏人类价值观是他的道德,追求财富和享受是他的人生终极目标"③。丹杰住所的天花板掉下的场景让人忍俊不禁,天花板和粪便从天而降,使得妻子气急败坏,象征人类无处寻求庇护所。丹杰不喜欢洗澡,沙玛认为这代表的是丹杰"肮脏的思想和灵魂"④。但是他又极力"放弃身体的洁净而达到灵魂的洁净。为另一个世界做准备……灵魂的干净是我的座右铭。"(*TGM* 57)唐利维甚至讽刺丹杰在性爱后是"世界上最干净的人了,洒掉了他的种子,去

---

① R. K. Sharma, *Isolation and Protest: A Case Study of J. P. Donleavy's Fiction*, U. S. Humanities Press, 1983, p20.

② Charles G. Masinton, *J. P. Donleavy: The Style of His Sadness and Humor*, Ohio: Bowling Green University Popular Press, 1975, pp1 - 2.

③ R. K. Sharma, *Isolation and Protest: A Case Study of J. P. Donleavy's Fiction*, U. S. Humanities Press, 1983, p20.

④ R. K. Sharma, *Isolation and Protest: A Case Study of J. P. Donleavy's Fiction*, U. S. Humanities Press, 1983, p22.

掉了他的思想"(*TGM* 96)。

小说《姜人》在语言上的内外矛盾充满讽刺性的喜剧效果。丹杰靠着高雅的举止和纯正的英语混到不少好处,包括赊账。唐利维通过丹杰与朋友可奈斯的对话讽刺了徒有举止和口音的丹杰。比如,可奈斯最大的梦想就是有朝一日成为富人,他说:

"你知道我若有钱了最大的梦想是什么吗?我要大摇大摆地把车开到舍宝酒店,从前门下车,告诉搬运工请你帮我把我的戴姆勒①泊好。"

丹杰纠正他说:

"不这样说,可奈斯。请泊好我的车。"

可奈斯开心地说:

"老天,对啊,对了。我的车。请泊好我的车。"

(*TGM* 218)

这样的语言处理方式充满了喜剧性的讽刺效果,让人忍俊不禁。

丹杰的遭遇也是对小姜饼人寓言故事的反讽性对照。丹杰虽然也像小姜饼人一样一路逃跑奔命,但是小姜饼人的结局是令人同情的,因为他是被动地掉进了狐狸花言巧语的陷阱而丢掉了性命,丹杰却是主动地将自己的生活和学业搞得一团糟,掉进了一个自己拼命想逃离的社会的怪圈。没有人蛊惑他,丹杰自己看清了社会的现实。身在异乡的孤独感、压迫感使得他极力想挣脱婚姻和社会道德的束缚。唐利维以"gingerman"(姜人)来指代丹杰充满了喜剧性讽刺。故事的结尾处,唐利维写道:"愿上帝保佑这个野性的姜人吧。"(*TGM* 347)透露出作者的无奈、唏嘘和感慨,正如丹杰自己所说的那样,"我累了,对前景担忧,我必须要大笑"

---

① 戴姆勒股份公司(Daimler AG)的总部位于德国斯图加特,是全球最大的商用车制造商,全球第二大豪华车生产商、第二大卡车生产商。这里戴姆勒指的是英国的高级汽车。

（*TGM* 335）。

唐利维抛弃了传统现实主义的手法，在《姜人》中他通过淡化的情节、异化的人物、弥漫的情绪隐晦而又深刻地传达道德隐喻，揭露西方价值体系所面临的危机。唐利维关注现代社会中异化冷漠的人与人之间的关系，探寻现代文明的症结：物化的现实，金钱的支配，亲情的缺失，信仰的失去，人生目标的堕落。唐利维通过寓言化的写作技巧和略带嘲讽的冷漠语气，揭露了现代社会中人性的弱点、亲情的匮乏和物质对人的异化。丹杰这个当代的"姜饼人"，不能得到他想要的运气。

神秘色彩

故事充满神秘色彩是寓言的另一明显特征。寓言的场景多较为抽象，没有确切的时间和空间，使得故事多了些传奇色彩。小说《姜人》中也没有太多现实场景的描写。小说的开篇没有确切的时空标志词交代故事所发生的具体时间和场景。在读者看来，故事似乎发生在一个超自然的奇妙世界里。故事开始交代的时间背景是"难得有太阳的春日"（*TGM* 9），场景是"欧克佛拿着工具爬上山来"（*TGM* 9）。可是故事究竟是在哪年、哪月、哪座山上发生的？读者一无所知。随着小说剧情的发展，读者才能从字里行间判断出小说发生的地点是在欧洲的爱尔兰，具体的时间依旧不明确，让人倍感神秘。

后现代因素的加入增加了小说的神秘色彩。唐利维并没有像传统寓言故事那样创造一个完全虚幻的小说世界。相反，现实和虚幻的并置、现实与想象的结合使得小说充满了传奇色彩。丹杰生活的状况和与家人的关系是通过分析型的语气讲述的，而由于经济拮据所导致的丹杰精神上的困苦所造成的紧张和挣扎的气氛是通过抽象和感性的感知烘托的。另外，传统寓言故事中的角色多以拟人化的动物或者植物来讽喻人类。在《姜人》中也有这样的片段。小说第二十六章中，丹杰和朋友带着袋鼠上街、挤车、去饭馆，让袋鼠穿人类的衣服：

第3章　唐利维小说中文学体裁的狂欢化

在阿克车站,他们上了车。一个女人碰到了它耷拉下来的毛茸茸的长耳朵,转过头看到这个动物坐在她身后,她尖叫起来,然后车上所有人开始注意这只动物……袋鼠在酒吧说着话,大声唱着歌。

> 告诉我英国人
> 你怎么知道
> 你喜欢这个
> 在搜豪议区

> 无乐无饮
> 你们这些无用的猪
> 我想知道
> 你觉得这个如何
> 在搜豪议区。(*TGM* 300)

唐利维借袋鼠的嘴巴讽喻时政,将动物赋予人的行为特征。而人却像动物一样,

> In this sad room
> In this dark gloom
> We live like beasts. (*TGM* 19)

诗歌的大意是:在这伤心之地,在这黑色忧伤之中,我们像畜生一样活着。这样,虚虚实实、真真假假的穿插叙事增添了小说的神秘感。

寓言体小说中"明显的怪诞总费人思量,寓言似乎天生与象征结缘。神灵鬼怪不必实有,而其所隐射的人情世态已昭然在目。

寓言于此特具伸缩性,给人留下无穷回味"①。小说《姜人》中,作者思考现代社会的诸多问题,揭露人类异化、物化所造成的扭曲和怪诞。因此,可以说唐利维借用传统寓言的形式突破了传统。后现代的创新元素使唐利维超越了现实主义结构的局限,创造了这种独特且更具包容性的文体。

小说的神秘性还体现在关于生死问题的讨论上。主人公丹杰多次想象自己死后的场景,并对生死等人生重大问题有自己独到的见解。丹杰的美国女友死于车祸;传说溺死在海中的好友又重新出现,并变成了大款;丹杰幻想妻子莫里溺水;父亲的死讯;充满隐喻的赴死马群,恐怖狰狞……死亡是唐利维小说中一贯的主题,而主人公对待死亡的态度决定了他的命运。丹杰是"不想死",他不想屈服于社会的高压和道德的束缚,他拼命挣扎力求挣脱,但最后的结局却让人费解,一切照旧,犹如一个无法逃离的生命怪圈。这与巴赫金所提出的狂欢体不谋而合。狂欢体的其中一个特点就是赤裸裸地提出并讨论关于生与死的最后的问题,它不是通过宗教或抽象的哲学来把握而是通过狂欢仪式和形象的具体感性形式,把最后的问题通过狂欢化的世界感受,转移到形象和事件的具体感性领域中去。在这个意义上可以说,小说《姜人》是一部天启式的后现代寓言。

3.3.3 叙述中的复调

复调小说理论是巴赫金在《陀思妥耶夫斯基诗学问题》一书中提出的。他指出,"有着众多的各自独立而不相融合的声音和意识,由具有充分价值的不同声音组成真正的复调……在他的作品里,不是众多性格和命运构成的一个统一的客观世界,在作者统一的意识支配下层层展开;这里恰是众多地位平等的意识连同它们

---

① 邱红光,《当代寓言体小说的人物及情节结构模式》,载《武汉理工大学学报(社会科学版)》2004年第2期,第123页。

各自的世界,结合在某个统一的事件中,而相互间不发生融合。"①巴赫金借用音乐学中的术语"复调"来说明这种小说创造中的"多声部"现象。他认为这种复调小说是一种新的体裁(genre)。"巴赫金指的体裁与一般文学理论的体裁定义有所不同。他这里的体裁不是指悲剧、喜剧、抒情诗、小说。他认为体裁的真实意义有二:(1)它'构思'现实;(2)它如何同其他文学体裁发生关系。"由此可见,复调是一种新的体裁变体,根植于狂欢化的世界感受。复调小说由互不相容的各种独立意识、各具完整价值的多个声音构成。一般说来,复调小说中不存在一个至高无上的作者的统一认识,小说是为了展现具有相同价值的不同意识的世界,而非按照一个统一意识展开情节、人物命运或形象性格塑造。因此,复调小说的主人公是有着明显自我意识的主体。巴赫金曾指出,"整个主人公不过是文艺作品的一个成分,因此他自始至终完全是由作者创造出来的……我们确认的主人公的自由是在艺术构思范围内的自由"②。其实,巴赫金所谓的主人公是具有自我意识的主体,这并不意味着作家就没有自己的艺术构思和审美理想,而是作家在创作中给人物以充分的自由,并没有跳出作者意识的框架。

由于在复调小说中作者是横向而不是纵向展现各个独立的意识,所以一个意识,哪怕是非常重要的意识,也不可能成为集中描写的对象,于是就会有各种独立意识的横向间相互作用。主人公的每一想法和感受都具有内在对话性,充满矛盾斗争或辩论的性质。这样,"小说中每一个人的思想都仅仅只是一场未完成的对话中的一个话语,不同话语间的对话就形成了复调小说的结构"③。可以说,开放性、共时性、未终结和没有统一定论的话语是巴赫金复调理论的核心。唐利维的小说《了不起的人》(*A Singular Man*,1963)所采用的共时性叙述视角、开放性的对话和多重叙述结构上

---

① 巴赫金,《陀思妥耶夫斯基诗学问题》,北京:三联书店,1988,第29页。
② 巴赫金,《陀思妥耶夫斯基诗学问题》,北京:三联书店,1988,第105页。
③ 朱立元,《当代西方文艺理论》第二版,上海:华东师范大学出版社,2005,第263页。

等艺术手法具有明显的复调小说的艺术特征。

共时性的叙述视角

在叙事视角上,唐利维摒弃了传统的全知全能的无焦点观察和从外部描写世界的叙述方法。在小说《了不起的人》中,叙述人兼主人公史密斯(George Smith)处于观察的中心,主要叙述他的所见、所闻、所忆,淡化其他事件的处理。在叙事的处理上,唐利维为避免叙述者单一化的局限,他采用了多重叙述视角,叙述者的意识流中会突然涌入往事、自由联想和内心独白。事件和意识的穿插叙述弥补了叙述者记忆的局限,并轻松地将过去、现在和将来的时间并置在同一时间的瞬间。在人称的使用上,叙述者在第一人称和第三人称之间视叙述的需要而来回跳跃。比如:

> 史密斯穿上一件蓝衬衣,戴上一条黑底上有金色星星的领带。少了汤姆森小姐伸出手弹下领带,说鸟才这样穿戴呢。你大概会说接下来我在办公室里会流露出些许自由的表情并拿起我新换的电话。要是谈话变得不好应付,我会把声音渐渐变小,让电话线传达电话坏了的讯息。冲动时,我会带红点的白鞋作为正装打扮。我在说谎呢。办公室现在变成了一个多么空虚的地方啊!人们都在回家路上,人行道上挤满了人。我手托着脑袋,太难过了,不想抬头、向外或向前看。今晚晚些时候我要坐火车去。(*ASM* 33)

在这里唐利维先以旁观叙述者的身份客观地介绍"史密斯",然后又以全知全能的无聚焦方式描写史密斯的内心"少了汤姆森小姐伸出手去弹领带,说鸟才这样穿戴呢"。这显然是对史密斯的意识和回忆进行了描述。接着出现了一个第二人称"你",仿佛是在和读者诉说,拉近了叙述人和读者的距离。这种直接呼唤读者的场面使读者仿佛身临其境,就坐在史密斯的对面,看到他"在办公室里流露出些许自由的表情和打电话的无聊"。这样的呼唤可以赢得读者对主人公的同情和内心的共鸣。后面是史密斯心理的意识流,读者通过这段描写可以看出史密斯因为汤姆森小姐不在场而感觉空虚无聊的心理。他打电话的想象反映出对公事的厌倦。他甚至想到穿红点白鞋作为正装装扮,想象那种滑稽的场面。办公室的空虚反衬出史密斯内心的不如意。"人们都在回家路上,人行道上挤满了人",这一视角又恢复了叙述者大于人物的方式,更衬托出史密斯无家可归的孤独心境。

接着又出现了"我手托着脑袋……火车去",叙述者是第一人称的"我"极其厌倦、空虚、孤独的心理状态。在时间上,这段话覆盖了过去(汤姆森小姐会伸出手弹领带,并说鸟才这样穿戴)、现在(史密斯在办公室里一个人无聊的心境)和将来未发生的(今晚晚些时候我要去坐火车)。在意识上,出现了史密斯的回忆(过去汤姆森小姐的行为)、联想(看到电话,想到应付公事的场景)、幻想(想象自己穿红点白鞋出席正装场合)、独白(内心太难过了,连脑袋都懒得动)。这样,多个场景和状态在同一时间被并置,出现时间上的凝止、断裂和交叉,于是使发生在不同时间的事件在同一时间内共时性叙述成为可能。在空间上,这段意识中,出现了办公室、家和火车三个字眼。这几个地方的出现让读者感到扑朔迷离。逻辑上可以这样理解:史密斯在办公室里,看到人行道上挤满的回家的人们,于是自己打算去乘火车。这三个事件发生的时间有先后,并且不是发生在同一个空间。只有在文本细读和通过上下文的逻辑推断主人公的行动,才能让读者在作者的语言游戏中找到更多乐趣。这样,唐利维在叙述时将多个空间并置的做法,增加了作品的复杂性和可读性。

开放性的对话

巴赫金认为,复调小说对话有两种基本方式:人物之间的对话和人物自身内心的对话。后一种又表现为自己内心矛盾的冲突和把他人意识作为内心的一个对立的话语进行对话。这类对话是复调小说中的主要艺术手段,表现为暗辩体、带辩论色彩的自由体和隐蔽的对话体等形式。①

在小说《了不起的人》中，主人公史密斯的内心充满了与自己以及其他人物的双声语对话。这非常明显地反映在他的叙述语言之中。他常常喜欢用"你"字和自己说话。他爱挑逗自己，折磨、挖苦甚至嘲弄自己。在孩子的问题上，史密斯回家后被关在门外，他内心出现了一系列对话：

> 如果你跟孩子们住在一起，他们在成长过程中会渐渐讨厌你。如果你不跟他们住在一起，孩子们就更讨厌你了。一点点尊重都没有。我被关在理论上是"我的家"的大门外。就那么一个晚上，鬼迷心窍，一不小心，乔治来拉一下我的头发坐到你的膝盖上。然后就有了现在这样站在冰冷的外面，不让进门的待遇。（ASM55-56）

史密斯的这段内心独白中用"你"来跟自己对话。他在被孩子关在门外时非但没有对自己进行安慰，反而去刺激、挖苦、嘲弄自己。这是一种隐蔽的对话体形式。从这段史密斯与自己的对话中可见他内心世界充满了他人的语言，有孩子的话，有妻子的话，有他人的声音。这样，人物自我意识的自足打破了以往作品中作者作为权威的声音的局面，人物的声音、人物内心的声音、作者的声音在平等的对话和互动中形成了复杂的复调响应。史密斯在冰冷的雪地里站了一会后，

> 再这样下去，我要扭头走了，回到宾馆去打包，要是必要的话，徒步走回城里去。但是我已经在雪里走了几英里过来的，心脏都过劳了。所以我不得不站在这里忍着。可以看得到开阔的乡间，夏天绿色的草地和树荫以及给孩子选的清澈

---

① 朱立元，《当代西方文艺理论》第二版，上海：华东师范大学出版社，2005，第263页。

见底的湖面。把他们惯野了。(*ASM* 56)

他的内心进行着一系列的争辩和斗争。他想走回宾馆,但是由于之前走过几英里的路,已经累了,所以只能待在门外忍着、等着。他又想到自己为孩子们打造的乐园,却让孩子们变成了野孩子。他想到解决问题的办法,但是很快被自己给否定了,因为这个解决办法与他自己做出的决定相对立。这样每个话语都触及他的痛处。这些话语同处于史密斯的内心意识中,相互渗透、交叉、交锋。史密斯内心活动的轨迹就蕴含在这些话语的争辩之中,形成双声语对话:

> 乔治向后斜倚了一下,看着这一家子。她的一把棕色的头发啊。我从没要求孩子尊我为神,甚至连圣人都算不上。我曾内疚呢。该闭嘴时我张嘴嚷,该嚷时我又不说话了。这些我都承认。孩子们毫无恶意地在我腰上来一小拳时,我揍了他们。孩子玩时,我拿着玩具蹲下,孩子们说你走开,别来破坏我们的游戏。我说好吧,我不介意,孩子们喜欢跟自己一般大小的孩子玩。小孩子长得很快。我试着把小货车放在屁股上推着跟他们玩,他们推开了我。我为什么介意啊,孩子。我难道不是对你们真心的吗。到底是怎么了?难道我饿着你们了,还是让你们没能拥有最好的东西?我小时候可没有这么好的玩具。他们抬头看了我一眼冷冷地说,别来责备我们,我们又不是你父亲。伤感情啊,好吧,就这样吧。但是不要做错误的事情,我也是有感情的啊。(*ASM* 57–58)

史密斯这段意识流再现了往日与孩子们相处的方式。可见他并不是一个很好的父亲,没有学会与孩子们相处,遭到了孩子们报复性地冷漠对待。在这段独白中,可以看到史密斯的后悔、自责、抱怨、伤心等心情。他安慰自己"不介意",后面他又说"我为什么介意啊,孩子",前后内心矛盾和挣扎。唐利维有意让人物自由暴露自己内心深处的各种情感,形成复调式对话,体现了作者与人物平等互动的关系。

唐利维使用这种开放性的文本对话表达了他不想让人物成为客体的愿望。不论是史密斯,还是他的妻子和孩子,所有人物都没有定型。这些人的意识就像在日常生活中的饮食男女的饮食起居那样具有未完成性和向未来发展的潜势。利用人物间的对话和人物内心的对话所构成的双声语表现了唐利维积极的审美态度。唐利维在塑造人物时尊重人物的主体意识,而不是仅仅作为作者意识的对象。

多重叙述结构

巴赫金认为,在复调小说的这个复杂的世界中,一切都可以共存于同一空间,相互作用。这样,作家就可以让文本有多重叙述结构。复调小说的作者可以不阐明原因和缘起,把多个不同的事件放置在同一时空或者使多个线索并行发展,而不总是做顺序的思考和排列。在小说《了不起的人》中,唐利维也采用了多重叙述结构的艺术方法。

《了不起的人》的主题是孤独和异化。小说讲述的是主人公乔治·史密斯一生的爱恨纠葛。他是一个商业上的成功人士,但却要忍受来自各方的敲诈、勒索、匿名信威胁。他接连遭遇婚姻失败、爱情受挫,家庭和金钱成了自己的拖累。小说围绕三条线索展开。史密斯与妻子、佣人及两个女秘书的感情生活为主线。史密斯商业上的成功和他所遭到的来自社会各方的压力与主线索并行展开。还有一条是史密斯的心路变化过程:从最开始对人生充满信心到对人生价值发生质疑,再到因人生的不幸导致的希望破灭和消极遁世思想。史密斯一生所做的事情只有三件:追逐女人、经营商业帝国和打造奢华陵墓。这三条线索并行、交叉、相互联系,形成结构上的"多声部"。最终史密斯变得一无所有:他的家庭将他排斥在外,他心爱的女人嫁给别人,后又因车祸丧生,他辛苦赚来的钱财被自己不小心散掉,唯一留下的就是他打造的奢华陵墓。

唐利维在文章结构布局上并没有遵从顺序的排列,而是采用了多条线索、多个场景同时并置的办法。在情节的安排上,闪回、倒叙和插叙穿插进行。比如,在讲述对孩子的教育和家庭关系的淡漠时,史密斯的意识中会闪回到与妻子恋爱时的时光和女友的声音。在行文风格上,唐利维也采用多种戏剧化的处理,使用了较为严肃的文学体、报纸风格的报道、书信体、俚语等夹杂,形成体裁叙事上的狂欢。

小说《了不起的人》通过共时性的叙述视角、开放性的对话和多重叙述结构的复调艺术手法实现了体裁上的狂欢。唐利维尊重他所创造的人物的主体意识,让人物发出自己的声音。这种人物与作家平等互动的新型关系改变了传统小说中作家作为全知全能的权威形象,从而变成了整个审美过程中一个参与者的声音。在叙述视角上的多声部手法增加了文本的可读性和复杂性,让读者参与其中,从而获得巴尔特所说的阅读的"狂喜"。文本的多重叙述结构的安排使多条叙述线索并行排列,突破了单一线索的权威,体现了文本阐释的多元性。唐利维通过复调的艺术手法,把表面稳定、成型的东西相对化了,反映了现代人的精神困境,实现文学体裁上的狂欢化,体现了平等、开放、多元的后现代精神。

3.4 小结:唐利维作品中体裁狂欢化的意义

巴赫金在分析庄谐体时发现庄谐体叙事常采用插入性的体裁,如书信、发现的手稿、复述出来的对话、对崇高文体的讽刺性模仿、对引文的讽刺性解释等。在它们之中的一些体裁里还可看到散文与诗歌语言的混杂、方言词语和行话。"巴赫金指的体裁与一般文学理论的体裁定义有所不同。他这里的体裁不是指悲剧、喜剧、抒情诗、小说。他认为体裁的真实意义有:(1)它'构思'现实;(2)它如何同其他文学体裁发生关系。"①体裁的狂欢化是指在文学形式上既遵守传统,又要突破传统。遵守传统可以保持文学体裁的相对稳定性,而突破传统则是文学体裁的动力和活力所在。唐利维在创作手法上打破了传统的高雅文学与低俗文学之间的界限,甚至突破了文学与文学批评、文学与哲学、文学与历史、文学与政治等之间的边界,体现了后现代文学"反中心性、整体性、体系性,重过程轻目的,重活动本身而轻构架体系"②的精神。后现代文学对未来是开放的,它在自身不断的否定中形成新的形式,生成新的意义。因此,它具有不稳固的特点,很难用一种模式或定义去规范它。纽曼认为,后现代主义的写作模式是一种无体裁写作。随着写作边界的消失,其内容也必然走向杰姆逊所说的"平面化"。

唐利维的小说在体裁上实现了鄙俗化和矛盾之美的狂欢化体裁特征。他一改高雅、严肃文学的创作思路,通过体裁上的戏仿、复调、真实与虚构并置、反体裁写作模式等艺术手法,利用加冕与脱冕的狂欢节仪式,体现了死亡与新生、交替与变更精神的双重性,通过"翻了个的世界"实现文学形式的突破。在这个审美活动过程中,唐利维也并非一味地随心所欲、任意创作或游戏文本,他通过文本表面的"平面化"、"无历史感"、"无深度"等造成语言的扭曲和变形,来消解自身并诉说言语之外的意义。因此,他的创作不能被视为无体裁写作,相反,唐利维不刻意追求形式,不"为形式而形式"进行写作。唐利维的小说创作呈现的形式上的"变体"是一种突破和创新。这样,作者走下"超人"或"先知"的神坛,告诉读者他不过是一个普通的写作者,不能预见未来、全知全能,作者不再是真理的见证者或福音的传播者。

唐利维从后现代的重构性出发,建构了一个狂欢的小说世界。唐利维的小说创作反映了后现代狂欢化的特征。唐利维通过小说

---

① 刘波,《论〈喧哗与骚动〉的复调结构》,载《外语教学与研究》1998年第2期,第35页。

② 王岳川,《后现代主义文化研究》,北京:北京大学出版社,1996,第15页。

语言的狂欢化、世界经验的狂欢化和文学体裁的狂欢化表现了狂欢节的死亡与新生、交替与变更、矛盾之美、鄙俗化和亵渎圣物等后现代重构的狂欢化的精神内核。反体裁写作、戏仿与多领域游戏、真实与虚构方面契合鄙俗化概念；黑色喜剧、寓言、复调、形式与内容不对称等应和矛盾之美的内涵；对高雅文学、世俗规范、宗教信仰和传统权威的亵渎对照亵渎圣物的狂欢化精神。在这个意义上，可以说以喜剧、幽默的特点著称的唐利维在创作手法上实现了后现代狂欢化重构。

第 4 章　唐利维狂欢化写作的精神实质

4.1　酒神与死神共舞的狂欢

4.1.1　酒神精神与死神精神

酒神精神

酒神狄奥尼索斯是西方的葡萄种植业和酿酒业之神。在古希腊悲剧中,酒神精神上升到理论高度,德国哲学家尼采更是使这种精神得以升华。在《悲剧的诞生》中,尼采运用"酒神"和"日神"[①]解释古希腊文明。日神阿波罗象征理性和秩序,酒神狄奥尼索斯则与狂热、过度和不稳定联系在一起。尼采将古希腊的艺术分为梦与醉的世界。尼采认为,梦是日神状态,醉是酒神状态,并从哲学上进行了形而上的阐发,酒神精神是尼采哲学的中心思想。在尼采之前,黑格尔在《精神现象学》中认为酒神崇拜是艺术发展的一个标志性阶段。此外,雅可比、布克哈特、荷尔德林、弗·施莱格尔及瓦格纳也都谈过作为一种审美状态的酒神现象或醉的激情。

---

① 日神即阿波罗(Apollo),希腊神话中的太阳神,主管光明、青春、医药、畜牧、音乐、诗歌等。

人生的悲剧是一切人生哲学都不能回避的问题。叔本华①承认人生的悲剧性,但是他又屈服于人生的悲剧性,从而得出了否定人生的结论。尼采承认人生的悲剧性,但与叔本华的悲观主义不同,他认为人应战胜人生的悲剧性。为此,他提出了酒神精神。从本质上来说,酒神精神所要解决的就是在承认人生悲剧性的前提下如何用积极的态度肯定人生的问题。尼采认为,酒神精神喻示着情绪的发泄,是抛弃传统束缚回归原始状态的生存体验。酒神的存在使人类在消失个体与世界合一的绝望痛苦中获得生的快意。

在艺术的王国里,酒神精神可谓无处不在。"希腊人不只是迷恋于美的外观的日神民族,他们的天性中还隐藏着另一种更强烈的冲动,就是打破外观的幻觉,破除日常生活的一切界限,摆脱个体化的束缚,回归自然之母永恒生命的怀抱。"②与叔本华所不同的是,尼采肯定日神的表象,又肯定了酒神的意志。日神与现象有关,酒神则与世界本质相关。在艺术创作上,他认为音乐是酒神艺术,造型艺术和史诗是日神艺术,悲剧和抒情诗是诉诸日神形式、酒神本质的艺术。

死神精神

死神是一个古老又熟悉的话题,很多外国文学作品都以死神为题材。在文学作品中,作者对死神表现出的态度大致可以分为三类:一类是对其怀有极大恐惧并极力摆脱的态度,这类死神的意象有坟墓、乌鸦、毒酒、乌云、黑夜等,它总是与绝望、悲哀、恐怖、窒息、黑暗、邪恶、阴森、凄凉等情感和感觉相连。它的色调是苍白的、灰暗的、冰冷的、枯槁的。死神一旦出现,就意味着生命终结、死亡和厄运到来。比如,爱伦坡的《厄舍古屋的倒塌》中充满不祥

---

① 叔本华(Arthur Schopenhauer,1788-1860),德国哲学家,有强烈的悲观主义倾向,主要著作是《作为意志和表象的世界》。在写作《悲剧的诞生》时,尼采一方面深受他的悲观主义的影响,另一方面也在抗争中形成自己的独立思想。

② 尼采,《悲剧的诞生:"译者导言:艺术拯救人生"》,周国平译,南京:译林出版社,2011,第8-9页。

寓意的乌鸦和血色月光渲染成的令人毛骨悚然的吸血鬼形象就是这类死神精神的代表之作。

另一类是对死神充满向往和眷恋,作者表现出宁可舍弃生命去追索的心态。在这类作品中,生命被认为是短暂的,肉体的爱欲更是稍纵即逝。死神的到来意味着肉欲爱情的抛却和尘世肉身的消逝,从而升华到更加无限、永恒和不朽的境界。死神在这类作者笔下突破了个人感伤,铸就更加唯美的世界。艾米莉·狄金森的著名诗篇《因为我不能等待死神》就别出心裁地将死神赋予生命的气息,把它塑造成一位温和的恋人形象,全然没有了传统意义上死神那种恐怖与狰狞,演绎了一段充满诗意和温情的爱情童话。

还有一类是作者对死神充满了矛盾的情感,对其又爱又恨的态度。在这类文学作品中,作者用独特而敏感的心灵感受"生"与"死",而作品的意境多是寓言式和超现实主义的。死神的阴森和恐怖夹杂在虚无和超验的情感中,一方面表现出对死亡的恐惧,另一方面又充满无法驱逐的死亡欲望。死神通常在作者笔下被渲染得十分神秘和富有象征意味,成为充满诱惑和致命力量的命题。这类作者通常是既描写"生"也描写"死",死神带来的是孤独、迷茫、落魄、困顿、挣扎等复杂的情感体验。很多"自白派"诗人都属于这类,他们对生的眷恋、对生命的嘲讽和对死欲的"毫无羞耻感"夹杂在他们创作的诗歌中。"自白派"诗人普拉斯和塞克斯顿都属于这类作家的代表,他们认为只有在死亡面前,存在才能展示其意义。因此,他们宁可用生命去反抗生存的虚无和世界的荒诞。

4.1.2 唐利维小说中酒神与死神的共舞

唐利维的小说摒弃了建立在乐观主义之上的现代文化的根基,思索文化断裂背后的现代人苦恼之根源。唐利维的小说反映的绝非只是严肃、忧愁、悲怆、阴暗的景象,他对突然的压抑、命运的捉弄、焦虑的等待等都有所思索。唐利维的小说世界是酒神与死神共舞的狂欢。酒神体现在唐利维小说人物身上的激情、本能释放和宣泄性上,表现在小说世界中的丰收大地、狂欢广场和后现代迷宫中;死神则体现在唐利维小说人物身上的施害、暴力、破坏性和自我中心等方面,表现了现实中的战争、宿命、死亡等毁灭性的社会力量。唐利维的主人公形象不同于狂欢节上嬉笑怒骂、纵情欢乐的"小丑",他们通常既是"局内人"又是"局外人",既是受害者又是施害者,既是社会的牺牲品也是社会的反叛者。唐利维笔下的小说世界也不是单纯的狂欢节的欢乐海洋、节日乐园,他的世界通常既是人物赖以生存的土壤,又是人物拼命逃离的牢笼。唐利维的小说在塑造人物和揭示现实方面有深刻的丰富性和复杂性。

酒神因素

酒神学说是尼采美学思想的重要组成部分,尼采认为酒神是悲剧诞生之神。酒神代表癫狂、迷醉与艺术。酒神象征丰收、激情、本能、欢乐、纵欲、狂喜。早在两千多年前,柏拉图从酒神祭拜仪式中得到启发并提出了著名的"迷狂说"。尼采所认为的酒神精神包含三层意思:第一,由个体化的解除而认识万物本是一体的真理,回归世界意志,重建人与人之间、人与自然之间的统一;第二,世界意志是坚不可摧和充满欢乐的永恒生命,领会其永远创造的快乐,并且把个体的痛苦和毁灭当作创造的必需部分加以肯定;第三,再进而用审美的眼光去看世界意志的创造活动,把他想象为一个宇宙艺术家,把我们的人生想象为它的作品,以此来为人生辩护。①

唐利维的小说所构筑的狂欢化世界体现了酒神精神中的诸多方面,比如《姜人》中作为垂死酒神的主人公对生命之无意义与无恒的领悟和他的迷醉与宣泄、蜕变与新生等方面。即便是对待生命最异样、最艰难的问题,他也如酒神或酒神祭祀者那样保持一种乐观向上的人生态度。在后现代社会文化断裂和信仰缺失的年代,唐利维所塑造的人物生命意志如酒神一般肯定生命、进行宣

---

① 尼采,《悲剧的诞生:"译者导言:艺术拯救人生"》,周国平译,南京:译林出版社,2011,第 21-22 页。

泄,即使放弃生命,也为自身的不可穷竭而欢欣鼓舞,充满生命不竭的力感。

威廉姆·大卫·舍曼(William David Sherman)认为唐利维是"垂死的无政府主义酒神"(J. P. Donleavy: Anarchic Man as Dying Dionysian)①。他认为《姜人》中的主人公丹杰拒不相信人的内心恒存,他所看到的只是垂死和将死的芸芸众生。生活是贫穷、无聊、残酷、短暂、无恒的。在意识到这一点后,丹杰这样看待生活:

> 我问自己:人的内心是什么。我的解释是它是一种变化——是一种正在发生着和将要发生的状态。我对自己说你就认了吧,大男孩,这就是生活的真谛。它就如同姜饼里的小姜饼人,包在馅饼里的那点苹果馅,或是将死蚊子的蹦跶,或者老马能踢出去的腿。造物弄人。这就是我的信仰所至。我那被诅咒了的宿命。(*TGM* 113)

这就是酒神精神,在体会到生命的无常和无恒后,个体生命领悟到必须用积极的态度对待人生的痛苦。在突然的顿悟和惊骇之余,酒神从天性中升起生命意志的狂喜。这与尼采所认为的在"现象的漩涡"下,并不存在川流不息的"永恒生命",存在的只是"黑暗苦海",那无意义的永恒生成变化过程,而人的生命连同人类生活于其中的整个现实世界也属于这个过程。因此,人类才需要科学、日神艺术、酒神艺术、形而上学、宗教,它们是幻象和兴奋剂,亦即谎言的不同形式,其作用是诱使人们能够生活下去。丹杰上面那段话与尼采所说的"永恒生成变化的宇宙过程"②,这个过程本身是无意义的,没有一个精神实体作为它意义的源头。当人意识到人生之无意义和无恒之后,就会产生惊骇,感到无法继续生存下

---

① William David Sherman, "J. P. Donleavy: Anarchic Man as Dying Dionysian", in: *Twentieth Century Literature*, Volume 13, 1968(01), pp216 – 228.
② 尼采,《悲剧的诞生"译者导言:艺术拯救人生"》,周国平译,南京:译林出版社,2011,第23页。

去,这时就需要艺术或其他谎言形式来拯救。对于丹杰来说,面对死亡的威胁和诱惑,只有"开心地活在梦幻中"(*TGM* 151)并且只为"少数的欢乐时光活着"(*TGM* 210)。

丹杰(Dangerfield)的名字本身就意味着"生活在危险之地",是一个值得尊敬的人。

"赛巴斯底,有趣的名字。"
"尊敬的。"
"什么?"
"就是名字的意思。值得尊敬和尊重。"
"你真有趣。"(*TGM* 156)

从词源上来讲,"Sebastian"(赛巴斯底)来自希腊语"Sebastos",是"值得尊敬"的意思。这是唐利维同小说主人公开的一个玩笑。但是这个玩笑却又有深意。在唐利维看来,这个嗜酒如命的人,正如酒神身上所具有的狂喜和暴力的双向性,在春日光辉照临、万物欣欣向荣的季节,酒神的激情苏醒了,主观化为浑然忘我之境,载歌载舞,进行生命的狂欢。在这里丹杰这个屡被命运捉弄的小人物被加冕为"酒神",生命的自由意志被赋予了最为积极的肯定。

时间的断片感和世界的非连续性体现在人与人之间关系的疏离、陌生化。唐利维通过语言的狂欢化处理方式,使主观世界和客观世界之间的联系消解。丹杰需要各种人生的幻象来获取活下去的勇气。他迎娶英国妻子,在三一学院学习法律。而英国人的身份和法律学习都被认为是"体面的上等人"的身份象征。这些都是日神的外观,是表象,是用美来神话人生。但是他的婚姻和学业都是一团糟。日神艺术的荣光究竟掩盖不了酒神意义上悲剧人生的本质。正如希腊艺术的繁荣不是源于希腊人内心的和谐,而是因为他们内心的痛苦和冲突。这种内心的痛苦和冲突是对世界意志的永恒痛苦和冲突的敏锐感应和深刻认识。丹杰内心的痛苦和挣扎源于他对悲剧人生意义的认识。唐利维认为丹杰作为来自美国

的现代酒神,他满怀激情要重新改造爱尔兰的旧世界:

> 我认为我是他们的父亲,走在人间小巷,给他们送去安慰。告诉人们如何生活得更好。不要让孩子们看见公牛为牛。我给银溪涂满圣油,在圆塔唱着挽歌。我从爱荷华州①带来草种,让他们的草原重放生机。我就是他们的父亲。我知道我是……我是他们的父亲。我让草肥土沃,我用钾肥滋养植物根茎,使人们口口相传。我是来自北欧的海盗,我滋养所有的皇室贵族。我是在塔糖山②上跳着山羊舞、在圻西汶城的大街上跳着狐步的铁樵夫③。赛巴斯底·丹杰,永远的旅者。
> (*TGM* 72)

在这里唐利维将丹杰这个被命运和生活双重折磨的小丑人物加冕为酒神意义上的上帝:他给人们送去福音、圣油。他把自己当作来自美国的救世主,带来草种肥沃爱尔兰的草原。他甚至觉得自己是勇猛的海盗,没有心脏的铁樵夫。唐利维将丹杰视为酒神:他无所不能,为人们带来阳光、生机、朝气和快乐。酒神所在的地方多是深山幽林、乡间小路、偏僻蹊径等,在迷宫般醉的世界呼唤着春天、快乐、迷醉和宣泄,他的踪迹是不固定的,他的出没是没有规律可循的,他是神秘的、游戏的、略带嘲弄的,他用自身的行为消解着严肃、正统、权威、中心等西方逻各斯主义。丹杰也是这样:他作为一个"永远的旅者",寄居在无常的大地,他无固定住所,他从美国漂泊到爱尔兰,到了爱尔兰,他也是过着到处寄居的生活,他藐视一切权威和道德准则,生活在自己迷醉的梦境里。他嘲弄世人,并且自嘲,在认识到人生的无恒与无意义之后,他没有对自己的结论惊慌失措,也没有不再信赖生存的可怕冰河,或者惴惴不安

---

① 艾奥瓦州(Iowa),又译作"爱荷华州"、"爱我华州"或"衣阿华州",是美国50个联邦州之一,位于美国中西部境内的大平原地区,其首府为得梅因。
② (从前家庭用的)棒糖,塔糖;圆锥形的东西,圆锥形的山;[巴西]塔糖山。
③ 《绿野仙踪》中的铁樵夫,他希望自己有一颗跳动的心脏。

第 4 章 唐利维狂欢化写作的精神实质

地在岸上颠踬徜徉。相反,酒神的本质是肯定人生,并努力生活。正如古希腊人意识到了生命的悲剧性,才创造了辉煌的希腊文明,在酒神本质与日神外观的映照下,丹杰要努力地生存下去。

但是酒神也是充满诱惑和神秘的危险之神。酒神的宣泄性和暴力隐藏在热情与激情背后,酒神的毁灭力量和负面因素也不容忽视。丹杰身上也具有这些性格特征。丹杰喜欢酗酒、打架。这是酒神的破坏性因素。另外,丹杰的暴力性还体现在对待他的追随者玛丽身上:

"该死的,你要是再说一句话,我就揍你"……丹杰的胳膊在空中挥舞着,巴掌打在玛丽的脸上,发出啪啪的声音,玛丽坐在那里完全懵了。他又开始打了起来。

"我要活活揍出你的屎来,你听见没有!"(*TGM* 297)

丹杰的狂暴充满了毁灭性的力量,让玛丽屈服于自己的暴虐。即便是这样,玛丽离开时说"圣诞就是个谎言"(*TGM* 299),并且决定第二天"造一个孩子出来"(*TGM* 301)。酒神最大的神话就在于他的复活和救赎的精神。圣诞节和玛丽的决定是新生的寓意象征。酒神的蜕变与新生的本质体现在他们对旧有的爱尔兰生活的放弃,到新的环境伦敦去重新演绎生命的旅程。在这个过程中,孩子的降生充满了复活的象征性含义,或许会使暴虐的丹杰在灵魂上得到救赎的希望。但是人生真的会得到救赎吗?唐利维悲观给出了否定的答案。人生只有短暂的欢乐,片刻的宁静稍纵即逝,只有最后的死亡是"尽一切办法去避免"(*TGM* 165)。小说的结尾是约翰启示录的场景,丹杰看到群马"飞奔在乡间的小路上,蹄子踏出火花……我知道它们是带着灵魂赴死,狰狞可怖"(*TGM* 304)。丹杰意识到人的灵魂即便死去,也不能得到救赎。丹杰身上大胆的想象力使得他认为自己可以应付所有困难。舍曼认为,丹杰"具有一种野性的、未被驯化的激情,这种激情带有美国印第安神话色彩"①。他离开只有"钱、车和雪茄"(*TGM* 29)的美国,梦想到爱尔兰去寻找一种崭新的生活。丹杰没想到在爱尔兰"高利贷者"(gombeen man)居然跟美国一样多,他仍然生活在"吃人的社会"。他的好友克劳克兰(Percy Clocklan)死而复生,并且变成了大款,他接济穷困的丹杰,鼓励他继续去酒馆喝酒,丹杰一时丢了他的"银舌头"(*TGM* 286),能言善道的他一时说不出话来,被加冕为酒神的丹杰不会得到救赎。

尼采常常把生命譬作一个女子,一个妩媚的女子,她无恒,不驯,恣肆,允诺着也抗拒着,羞怯而又嘲讽,同情却又诱惑,因而更具魅力。她使你受苦了,可是你又怎么会不愿意为她受苦呢?因此,受苦也成了一种快乐。她诚然有她的罪恶,可是当她自道其恶时,她尤为迷人。你也许会恨她,而当你恨她的时候,你其实最爱她。② 希腊人创造的众神就是这样为人的生活辩护:一方面有极其强烈的生命欲望,另一方面又对生存的痛苦有着极其深刻的领悟,这一冲突在唐利维的作品《姜人》中有明显的体现特征。强烈的生命欲望与深刻的痛苦意识构成了冲突和矛盾,也形成了抗衡和较量,所以就出现了主人公丹杰身上那种希望和挣扎。因为有前者的冲突和痛苦,所以丹杰没有走向享乐主义;又因为有后者的抗衡和较量,所以它阻止了丹杰的痛苦意识走向悲观厌世。这正是酒神力量的伟大之处。虽然有负面的破坏性和危险性,但是酒神精神更是一种积极乐观、肯定生命的正面力量。只有领悟了酒神精神,读者才能体会丹杰内心的痛苦和挣扎,才能真正了解唐利维创作动机的艰难,也更凸显这部小说的可读性和复杂性。

死神因素

死亡是唐利维小说中一以贯之的主题。唐利维对死亡有一种

---

① William David Sherman, "J. P. Donleavy: Anarchic Man as Dying Dionysian", in: *Twentieth Century Literature* Vol. 13, 1968(01), p220.

② 尼采,《尼采全集》,杨恒达译,北京:中国人民大学出版社,2011,第5卷,第264页和第6卷,第157、329页。

浓重的情结，他是死亡的观察者、体验者和思考者。唐利维不同时期的作品体现了几种不同的对待死亡的态度，表明了他创作过程中艺术观的转变。死神是一个既古老又熟悉的话题。"死亡是精神活动的末端和最终场所，也是虚无的最强烈现象和瞬间体验的心理现象，较之其他现象更直接、单纯地呈现在意识中。"①对待死神的态度可划分为三类：一类是对其怀有极大恐惧并极力摆脱的对象；一类是对死神充满向往和眷恋的、作者表现出宁可舍弃生命去追索的心态；还有一类是作者对死神充满矛盾的情感，对其又爱又恨的态度。唐利维早期的作品《姜人》中主人公对死神怀有极大的恐惧心理并极力摆脱死神的阴影；到中期的几部作品，如《了不起的人》、《塞缪·S 最悲伤的夏天》、《巴萨的兽性至福》、《吃洋葱的人》，唐利维的创作观发生了转变，主人公面对死神的威胁不再试图摆脱，相反，主人公表现出更多对死亡的渴望和向往；后期的《纽约的童话》、《利拉》、《达西》系列小说和《普林斯顿的错误消息》等反映出作者对死神欲拒还迎、充满矛盾的复杂情感。这些变化的产生源于作者世界观和人生观的转变。

在早期的作品比如唐利维的处女作《姜人》中，作者表达了生命意志的肯定和对死亡极力摆脱的心理意识。小说《姜人》中有很多死亡的意象，比如大海、坟墓、葬礼、船、海难等，主人公丹杰曾多次幻想自己死后的场景并想象妻子和孩子葬身大海后的葬礼等情形：

> 明天莫里就回来了。我们俩会一起坐在这里甩动着我们的美国大腿。莫里，晚些回来吧。我不想那些家庭琐事缠身：油腻腻的盘子，孩子的脏屁股。我只想看他们航海……可能你会和孩子一起丧生海中，你的父亲会付葬礼费，我一个月后去巴黎，住在塞纳河安静的旅馆里，用河水清洗新鲜水果。冰冷的裸体躺在棺材里，试想我触摸你死去的乳房。一定要在科奈斯离开前向他要点钱……（*TGM* 21）

---

① 颜翔林，《死亡美学》，上海：学林出版社，1998，第 12 页。

在丹杰的这段意识流中出现了大海、葬礼、裸尸等令人恐怖的意象,可读者感受到的更多的是丹杰的冷漠。他幻想妻子死亡并由他不喜欢的岳父来付葬礼的费用;他想象自己在妻子死后到巴黎的生活。其中"触摸裸尸"的浮想少了恐怖气息,更多的是冰冷的死亡色调反衬出丹杰精神上的枯寂和对自由的渴望。丹杰并不愿意接受命运的摆布或听任死神的降临。他对时间有着强烈的自我意识,从最开始说"没有必要着急,我还有大把的青春"(*TGM* 30),接着又说"最终起决定性作用的还是时间"(*TGM* 55)。丹杰对时间看法的转变反映出他强烈的生命意志。比如,他想象自己死后的场景:

> 如果你被送给了医学院,他们会吊着你的耳朵把你吊起。求求你了,不要让我没人认领。不要把我吊肿,让我的膝盖压在别人的红屁股上,他们进来看看我是胖还是瘦,我们都会在鲍厄里①被刺死。在满是租户的大街上将你杀死,给你盖上鲜花,浸到汁液中。老天,你这个笨蛋,拿开那些汁液。因为我是一个司仪,我太忙了,我可没空死。(*TGM* 55)

由此可见,丹杰对死亡倍感恐惧,"从小说一开始,丹杰就一直在慌乱中逃避焦虑、时间和死亡"②。他诉诸性爱以摆脱死亡的恐惧感,认为这是"最好的平息内心对死亡的恐惧的办法"③。情人玛丽说"我不在乎死不死"时,丹杰马上说"不要那样说,让上帝决定吧,我们一定不能有这个念头"(*TGM* 186)。丹杰的朋友在接连遭遇不幸和嘲弄后对生活失去信心,希望一死了之,这在丹杰看来

---

① 鲍厄里(Bowery)靠近新博物馆(New Museum)、纽约大学和布鲁克林大桥,附近还有帝国大厦和克莱斯勒大厦。

② Thomas LeClair, "A Case of Death: The Fiction of J. P. Donleavy", in: *Contemporary Literature*, Volume 12, 1971, p332.

③ Rollo May, *Love and Will*, New York, 1969, pp99 – 121.

是绝对"不可原谅的原罪"①。除了女人,酒精是另一种可以使他暂时忘记时间和死亡的办法。丹杰的美国富家女友基尼(Ginny)死于车祸。基尼的死亡代表了丹杰年轻岁月的逝去。"我想回去"(*TGM* 126)表达了丹杰在时间上对往昔的追忆,在空间上象征希冀回到以前在美国富足的生活。而这两者对丹杰来说都不可能再现。他只好一次一次逃离他的妻子、情人、朋友、房东、警察和想曝光他的大众。他"不想被任何人捉住"(*TGM* 253),这是小说《姜人》中的矛盾修辞。丹杰疲于奔命的逃亡之路与其说是逃避生活和社会,不如说是与时间赛跑,更重要的是为摆脱对死亡的恐惧感。

丹杰面对生命和死亡的态度体现了唐利维早期作品中酒神意义上的那种积极对待人生的价值观,虽然唐利维意识到人生的悲剧性,但他内心还是相信人们可以通过自己的努力战胜困难,克服自己的弱点,摆脱命运的不幸。这是一种积极肯定人生的态度,这种强烈的生命意志正是尼采哲学的精义:人生虽然是悲剧性的,但是人可以通过强力意志积极地生存下去。《姜人》中的主人公丹杰就是这类价值观的代表者。无论在何种艰难的处境,他都不轻易退出,不言失败,更不放弃生命。

到中期,唐利维的部分作品中主人公对待死亡的态度有所转变。唐利维的思想也由早期积极肯定人生的态度变得黯淡和迷茫。小说中的主人公也不再有早期作品(如《姜人》)中的那种与命运抗争的强烈愿望,而是变得与命运妥协或者抱着向死之心。由于沦为命运的牺牲品,唐利维所塑造的小说中的人物对死神充满向往和眷恋,表现出宁可舍弃生命去追索的心境,这反映了唐利维人生观的转变,即由早期的积极肯定人生的态度转为消极对待人生的表现。

在小说《了不起的人》中,主人公史密斯已经没有了《姜人》中的主人公丹杰那种与命运抗争而竭力摆脱厄运的心理。这部小说

---

① Thomas LeClair, "A Case of Death: The Fiction of J. P. Donleavy", in: *Contemporary Literature*, Volume 12, 1971, p333.

最骇人之处便是史密斯穷尽一生的积蓄和精力为自己打造的极其奢华的大陵墓。他对死亡的恐惧心理延展到了极致,因而寄托到死后的世界。面对死神的威胁,史密斯不再试图摆脱,相反,他表现出更多对死亡的渴望和向往。史密斯实现了《姜人》中丹杰的梦想:他事业成功、物质充裕、有知名度。但是获得了成功的史密斯精神极度空虚。匿名信、敲诈、勒索、家庭让他窒息。史密斯对死亡的恐惧感体现在他的空间意识上。他希望与他人保持一定的距离,表现出他对其他人缺乏信任和安全感,"不要让他们靠近我,跟别人要保持至少一胳膊远的距离,不要善意微笑"(*ASM* 6)。他爱慕赛丽(Sally),渴望跟她密切交往,然而大部分时间他都在思想斗争,进退维谷,不敢付诸实际行动。在与马蒂小姐(Miss Martin)的交往中,史密斯最喜欢的就是与马蒂躲在乡村小屋狭小得令人窒息的空间里。事业上的成功和巨大的财富并没有给史密斯带来他想要的自由和平静。他没有朋友,也拒绝和人来往,越来越自闭。因此,他所处的空间越来越小:从大办公室楼、豪宅到汽车,从乡间小木屋、小办公室再到租来的灵车。史密斯给自己的空间越来越小,他通过空间的减小来对抗时间的压力。时间意味着生命,如果不再拥有时间,那么生命就走到了尽头。因此,史密斯为自己死后打造奢华陵墓,只有死亡才能让史密斯获得应有的宁静和奢侈的空间感受。

对于死亡的幻想和想象方面,《姜人》中的丹杰是经常幻想别人的葬礼或想象他人的死亡,而史密斯则经常幻想的是自己死亡:

> 我可能会被塞进一个素松木棺材,无人认领,跟千百个其他死者一样,用驳船抬上去,用一块木板刻上我的生卒和名字。我可不想那样不体面地死去,胳膊、腿儿的被切断。(*ASM* 226)

丹杰面对危险和困难经常向他人寻求帮助,而史密斯则是力求自保,大陵墓的建造反映了史密斯身体上和心理上对生命的双重厌弃。后来史密斯还是想明白了,"没有人能保护我避免外界的威胁"(*ASM* 297),于是他通过异性之爱寻找安慰。赛丽让他明白了爱情是抵御死神的良药,他想抓住这跟救命稻草,但是赛丽的意外身亡让史密斯万念俱灰,从此彻底失去了生活的信念和生命的意志,直到最后史密斯也没有再打开自己与外界的那道屏障,从而陷入更加孤独、绝望的境地,也更加渴望死神的到来,并终日幻想身后的幸福生活。他一生最得意的就是时刻为自己的死亡做准备,随时迎接死神的降临。小说最后的场景史密斯将自己放逐于大海。或许死神对于史密斯来说是一种生命的升华和唯美的感受。唐利维让他的主人公在受尽磨难后得到死神的垂怜,让读者唏嘘不已。

中期的另一部中篇小说《塞缪·S最悲伤的夏天》中,唐利维也贯穿了死亡的主题。塞缪似乎是《了不起的人》中的主人公史密斯的后续人物,他所生活的世界比史密斯所处的环境更为压抑。塞缪在遭遇了人生的接连变故后,怀疑自己患有精神上的疾病,并主动去看心理医生。极具讽刺意味的是,周围的人更不正常。塞缪生活在一个病态的社会中。他想娶妻生子,遇到的都是不愿结婚的女性;他向医生求助,医生将他的钱财拿去投资军火和安全套;他想适应社会的道德准则,打破自己与外界的藩篱,却屡遭拒绝。他比史密斯在人生态度上更为积极,行动上也更加主动,他也意识到内心孤独的真正原因是源于自己对生存和死亡的价值观念,并最终认识到无人能拯救自己的灵魂,于是他陷入更加孤绝的境地。于是,他开始听任死神摆布,"不再有笑,只有泪"①,"像大圆石一样从双眼滚滚而下"(*TSS* 44)。对于塞缪来说,人生不仅是史密斯那种让人窒息的压抑,而更多的是无奈和无助。这种无奈更将主人公逼上生命的悬崖。最后塞缪做了一个不能言说的梦:

---

① William David Sherman, "J. P. Donleavy: Anarchic Man as Dying Dionysian", in: *Twentieth Century Literature*, Volume 13, Issue 4, 1968(01), p226.

梦到自己被火车碾过,在弥留之际,你不想让你的朋友听见你在痛苦的叫喊声中离去,你勇敢地闭上嘴巴,一言不发。(*TSS* 124)

或许是梦境,或许是真实,对于唐利维来说,一个人精神之死远比身体之死要痛苦得多。"一个人要想适应这个疯狂的世界,必须要付出的代价就是放弃自由,忍受孤独,精神上承受莫大的痛楚才能换取。"① 这样的人生,对于唐利维的主人公们而言,他们宁可舍弃而奔向死神怀抱。

唐利维另一中期小说《巴萨的兽性至福》(*The Beastly Beatitudes of Balthazar B*, 1968)中的主人公巴萨走得更远。巴萨实现了《塞缪·S最悲伤的夏天》中的主人公塞缪所追寻的家庭幸福,尽管非常短暂。天生敏感脆弱的富家阔少巴萨(Balthazar B)爱上了美丽纯洁的菲茨黛尔(Fitzdare)。订婚后,菲茨黛尔从马背上摔了下来,失去了生命。巴萨敏感脆弱的天性使这部小说一改唐利维喜剧幽默的风格,让读者体会更多的是悲悯和同情。巴萨与菲茨黛尔的短暂幸福淡化了死亡的阴霾。可年轻的巴萨被人算计,认识了米莉森小姐(Millicent),落入了她和其父母的圈套。巴萨也终于意识到自己掉进了"一只等待猎物的蜘蛛网"。失去黛尔,巴萨万念俱灰,一心想死。他鬼魂一样游荡,行尸走肉,每天要面对米莉森的冷眼,巴萨没有了生活的激情,开始酗酒,咀嚼着人生的百味。他爱的人都离开了:童年疼爱他的奶妈离开了,给他美好启蒙情感的女教师离开了,布拉达因为流言离开了,黛尔永远离开了,仆人阿乐芙也尴尬而去,甚至连母亲也去世了,只有他不爱的妻子米莉森却要和他永远地绑在一起,无休止地纠缠下去。死亡和命运纠缠在一起。最后,巴萨远航而去,随波逐流。

这部小说相对平缓,没有了早期唐利维作品中的那种抗争和

---

① William David Sherman, "J. P. Donleavy: Anarchic Man as Dying Dionysian", in: *Twentieth Century Literature*, Volume 13, Issue 4, 1968(01), p227.

呼喊的声音。主人公巴萨摆脱不了命运的嘲弄,在生活面前显得无比无助与失落,沦为宿命的祭品。唐利维说:"勇敢地去死吧,你走时不要哭泣也不要微笑。"(TBB 212)死神相对生之苦显得更值得追索,生命是短暂的,爱情也是短暂的,一切稍纵即逝,只有永恒的死神是人类唯一能把握的确定性。

  中期作品中《吃洋葱的人》在死亡主题的处理上与以前几部作品不同,作者不仅认为死亡是解决人的精神困苦的唯一办法,而且更为注重对死亡成因的分析。《姜人》中的丹杰以享乐主义的心态对抗死亡的焦虑,《了不起的人》中的史密斯通过将自己与他人隔绝来逃避死亡的威胁,塞缪和巴萨尝试从异性那里获得慰藉,《吃洋葱的人》中的主人公克莱门墩则尝试了一种新的也更为艰难的方式来对待死神。克莱门墩的悲剧似乎是天生注定:母亲早亡,父亲暴力,商业失败,加上天生敏感的性格,使得他更易感、更脆弱。唐利维的本义要塑造一个心理现实主义意义上的人物①,作品中全无早期喜剧和幽默的语言风格。克莱门墩变成一个纯粹的命运祭品。他不是死亡的祭品,他的悲剧性在于他不能使自己的死亡变得有意义。

  "在《了不起的人》之后的小说中,主人公的死亡不再那么有说服力或有意义,当主人公的死亡意识变得不堪重负时,唐利维转向悲悯,以此来避免产生过度感伤主义的人物形象。"②在《吃洋葱的人》中,死亡的意象变得抽象。故事没有背景,没有原因,也无结局。一切似乎是无妄之灾,来得突然,去得离奇。语言的不确定性和情节的不连贯造成叙述的大片短路。克莱门墩是一个善良无辜的人,其平静、舒适的生活被接连出现的不速之客打破,而自己毫无招架能力,只能听凭食客们在自己的庄园饕餮。唐利维拒不交代克莱门墩的遭遇的成因。个人欲望与外界道德的冲突也不足以

---

① Thomas LeClair, "The Onion Eaters and the Rhetoric of Dunleavy's Comedy", in: *Twentieth Century Literature*, Volume 18, Issue 3, 1972(07), p168.
② Thomas LeClair, "The Onion Eaters and the Rhetoric of Dunleavy's Comedy", in: *Twentieth Century Literature*, Volume 18, Issue 3, 1972(07), p168.

解释克莱门墩的不幸。主人公第三人称的叙述方式使自己犹如一个旁观者,成为叙述者语言和行为的录音机,致使荒诞的真实感受充斥于整部小说。凡此种种,让读者很难对主人公的遭遇产生共鸣,克莱门墩于是成为无端死亡的牺牲品。他身上不再有丹杰那样的拼死挣扎和强烈的求生欲望。他的遭遇就如孩子的噩梦。死亡对他来说不失为一种更美好、可以由自己支配的唯一方式。

总的来说,唐利维中期的大部分作品反映的是对死神充满向往和眷恋,主人公表现出宁可舍弃生命而去拥抱死神的态度。生命被认为是短暂的,肉体的爱欲更是稍纵即逝。死神的到来意味着肉欲爱情的抛却和尘世肉身的消逝,从而升华到更加无限、永恒和不朽的境界。死神在这类作者笔下突破了个人感伤,铸就更加唯美的世界。这一时期小说中的死亡意象全然没有传统意义上死神的那种狰狞与恐怖,反倒成为解决人生诸多问题的唯一出路,使彼岸的虚幻世界充满了诱惑的力量。

唐利维后期的作品反映出他对死神欲拒还迎、充满矛盾的复杂情感,表现出对其又爱又恨的态度。在小说《纽约的童话》(*A Fairy Tale of New York*,1973)和《普林斯顿的错误消息》(*Wrong Massage Is Given Out at Princeton*,1998)中,死神扮演了重要的角色。作者用独特而敏感的心灵感受"生"与"死",其作品意境是寓言式和超现实主义的。死神的阴森和恐怖夹杂在虚无和超验的情感中,主人公内心一方面表现出对死亡的恐惧,另一方面又充满无法驱逐的死亡欲望。死神被渲染得十分神秘和富有象征意味,并成为充满诱惑和致命力量的命题。唐利维在后期的作品中既描写"生"也描写"死",死神带来的不只是恐怖与凄凉,还有孤独、迷茫、落魄、困顿、挣扎等复杂多变的情感体验。

在后期作品《纽约的童话》中,死亡意象非常多。小说开篇便是主人公克里斯田运送妻子海伦的尸体回美国的场景。由于无力付葬礼费用,克里斯田留在了墓地的殡仪馆工作。他服务的对象是死人——给死者整理仪容。他每天见到的是形形色色的死者和他们的家属。在这样阴森、恐怖的环境中工作,克里斯田并不感到害怕和恐惧。相反,当他走出殡仪馆,漫步在喧嚣的纽约街头或回到租住的不见阳光的小屋,他反倒感觉压抑和不适。他的这种不适与其说是来自外界,不如说是来自他的内心。外界环境固然造成克里斯田心理上的诸多压力,但其内心的冲突却将他逼上生命的悬崖。

这部作品中的死神还体现在主人公作为受害者后成为施害者和以暴制暴的暴力者两个维度。一方面,克里斯田遭受社会的歧视、道德的约束和生活的重压。他心中苦闷的原因还源于美国的警察制度、对黑人和外国人等边缘人群的种族歧视、宗教信仰、商业欺诈等。在法庭上,克里斯田经受了一场闹剧似的审判:

> 这就是现代社会。证人席上坐着的那些人与那些低级的、邪恶、不干不净的把戏人为伍。这个国家的成熟公民却正遭受掠夺并被催着走向坟墓。等待他们的是最后的嘲笑,就在他们的棺木里。本来能最终平息的地方,但是他们仍不能摆脱恐惧。我们活着时不管在家还是出去都受到威胁,只有葬礼大厅是唯一平静的地方。而现在,这唯一的地方也变成了恐惧之地。念及此,我脊背冒汗,这就是我要说的话。除了对你说,那个名叫赫伯特①的人,不管你现在到了哪里。晚安,亲爱的王子。
>
> 不要
>
> 到天堂里
>
> 去实践②。(*AFT* 212 – 213)

在庭审现场,克里斯田听着法官和证人席上的陈述辩护,在惊骇之余,只能报以苦涩的笑。他看到的是现代人的悲哀,一个连死

---

① Herbert Silver,是被克里斯田将仪容整理得连家人都认不出的死者。因为这个原因,克里斯田被其家人告上法庭。

② 原文是"Don't get your feet wet in heaven",其中"get your feet wet"是一个美国俗语,意为"在实践中学习以获取经验"。

后都不能获得安宁的疯狂世界。克里斯田在法庭被气晕过去,当他被送到医院去时,医生和他的一段对话看似滑稽,亦发人深思。

"我在法庭上昏过去了。"
"很聪明啊,你看我现在竖着几个手指。"
"三个。"
"头疼不。"
"不疼。"
"好。拉开前门,挤下阴茎。好。摸下你的脚趾。好。你拉屎还好吧。"
"是的。"
"好。能吃能拉能干活,死不了,你会长命百岁。我把账单寄给你的雇主,自此之后,你就快快乐乐地活着,好吧?"
"好。"
"你看上去好像有点脑子,你脑子好使吧。"
"我希望它好使。"
"在这个到处都是买通和偷窃的城市,脑子好使还是有用的。当然每个人都害怕犯罪事件。但是我告诉你吧,要是没有犯罪事件,这个城市就得坍塌。"(*AFT* 215–216)

这番对话充满滑稽的喜剧感,医生认为如果没有犯罪事件的存在,纽约将不复存在。荒唐的是,一个城市靠犯罪和龌龊的勾当才能证明其存在,这无情地打击了克里斯田的美国梦。"这个城市谋杀的数字总是在创纪录。刺杀是用来杀人最多的手段,还有屋顶的强暴。"(*AFT* 222)批评家查尔斯认为,在这部小说中,"唐利维塑造的是一个道德败坏、精神荒芜的世界"[1]。在看透纽约这个城市的道德沦丧、物欲横流、人情淡漠之后,克里斯田由原来一个

---

[1] Charles G Masinton, *J. P. Donleavy: The Style of His Sadness and Humor*, Ohio: Bowling Green University Popular Press, 1975, p65.

坚守道德、遵守公德,慢慢地对社会和人生失去信心,继而也变得冷漠、无情、暴力。于是他从受害者和被暴力欺压者转变为施害者和暴力者。克里斯田对美国国旗上的星的解读如下:

> 一个星代表黑人,一个代表印第安人,一个属于黄种人,十个是白人的,其他代表的是所有受苦受难的人。让这个国旗飘到邻居那里去,看看我们生活在一个他妈的什么样的国度,你看那个流氓的花园里竖立着爱国雕像。这就是美国。(*AFT* 287)

由于心里积压的问题越来越多,遭受的苦闷越来越深,人生之路越走越窄,希望越来越少,于是克里斯田在经历梦想破灭后,终于意识到纽约是一个"每个人都在扮鬼脸的猴城"(*AFT* 312)。于是他开始采取以暴制暴来解决问题,变成了一个好斗、无情的人。他的暴力倾向不会引起读者的同情,因为他"缺乏善心,而且对自己的暴力所给他人带来的致命伤害毫无愧疚之心"[①]。克里斯田的转变表面上看来是由受害者变成了暴力者,实则是信念和价值观的转变。这种变化反映了唐利维已经改变了初期那种乐观主义和中期对死神唯美主义的追求,而更多地体现出他对现代人处境的深切关怀和绝望情绪。舍玛认为《纽约的童话》是唐利维"对抗美国社会价值观最强烈的"[②]一部小说,"不仅反映了作者对人的死亡宿命的看法,还反映出作者渐浓的悲观主义"[③],表现出作者对死亡又爱又憎的复杂情感。

唐利维在最后一部小说《普林斯顿的错误消息》中的死亡主题体现在对生命有限性的解读:死亡是人类无法逃避的唯一确定性,

---

① Charles G Masinton, *J. P. Donleavy: The Style of His Sadness and Humor*, Ohio: Bowling Green University Popular Press, 1975, p65.

② R.K. Sharma, *Isolation and Protest: A Case Study of J. P. Dunleavy's Fiction*, U.S. Humanities Press, 1983, p167.

③ R.K. Sharma, *Isolation and Protest: A Case Study of J. P. Dunleavy's Fiction*, U.S. Humanities Press, 1983, p67.

而生命个体的悲剧意识所引申出的死神与虚无感有关。早期唐利维对生命意志的乐天派认识被压倒性的死亡意识取而代之,并且他试图通过建构新的生命价值体系以克服宿命论的悲观主义情怀。这一时期作者对待死神的态度表现出前所未有的复杂性。

首先,唐利维表现出对死神清醒认识之余的极端恐惧心理。小说中的无妄之灾是人生的常客,命运把困境中的人们戏耍一番后,生活依然是无望的。"死亡"的意象随处可见:纽约街头几分钟就有一起谋杀事件,莫名其妙地飞来横祸,还有林林总总的自杀行为。史蒂芬曾是一个快乐、天真的人,退伍后他专心研究作曲,后与塞尔瓦结为伉俪。他本来可以过着简单、富足、体面的生活。然而随着小说的展开,史蒂芬变得越来越忧郁、沉重和绝望。其原因在于他见识了各种各样无法控制、无法挽回的死亡:第五大道多起光天化日下的抢劫和凶杀案件;长着"苹果脸"的可爱女孩开枪自杀;他最亲密的朋友麦克斯(Max)不知缘由地被捕入狱,又被不名罪状地秘密处死;他深爱的妻子绝望之余甘心葬身火海;他的岳父为救养女同样被大火夺去生命。史蒂芬在大街上遇到抢劫,在自己家遭遇刺杀。相比战争的无情屠戮,发生在身边的一桩桩离奇死亡事件更让史蒂芬触目惊心。死亡就像一只无形的手,笼罩在他的头上,压得他喘不过气来。纽约表面的繁华与人的真实状态形成一种反照关系。每个人都是匆忙过客,人与人之间缺少关爱。史蒂芬感觉这是一个没人性的城市,一个让人迷失的城市。"美国的故事就是一句简单的话:你他妈的给我让开,我着急赶路。就像车站那个跟所有人讲普林斯顿的消息错了的家伙一样。"(*WII* 248)每个人都匆匆忙忙,谁也不知道在普林斯顿到底什么消息出了错。在这样一个死亡之城,每个人都在挣扎,一些人被杀,一些人自杀,史蒂芬的好友麦克斯说:"要么按照自己想要的方式生活,要么干脆去死。"(*WII* 280)唐利维挖苦地描写纽约的所谓"自由":

尽管大家都在相互拿枪射杀、用刀刺杀,但是还是有一种

第 4 章 唐利维狂欢化写作的精神实质

生生的人性之潮和好极了的民主存在的。带着这种报复心理,你可以去杀人,每个人都有鄙视、憎恨和厌恶其他人的自由。(*WII* 115)

史蒂芬每日生活在恐惧和不安中,巨大的伤痛压得他不能呼吸。他亲历诸多残酷的现实,不能不做一个"局内人",同时他又感觉这些惨剧不应发生在自己身上,所以他只有用"局外人"的眼光思考人生,以获得苟活下去的勇气,直面死亡。

其次,唐利维在《普林斯顿的错误消息》中试图突破死神的威胁,建构一种新的生命价值体系。史蒂芬在认识到死亡是人生唯一可把握的确定性和生命有限性之后,其心理产生了前所未有的荒诞感和虚无意识,这使他在绝望之余进行绝地反抗,从而给生命注入了更为强烈的力量和意志。"我们是可怜的迷路的小羊。"(*WII* 143)"没有人在乎我是谁,我是做什么的,或我有什么想法。我是一个局外人。"(*WII* 313)既然死亡是一个不可逾越的事实,享乐主义也不能拯救个体,史蒂芬认识到自己不过是生命的匆匆过客,于是他努力把自己的过去、现实和未来命运掌握到自己手中,以对抗死亡的虚无。唐利维认为,"一个人不应该是注定不幸、被剥夺和被诅咒"(*WII* 153)。既然生命有限,死亡难以逾越,那么"最后一个需要被摧毁的敌人就是死亡"(*WII* 312)。唐利维意识到虚幻的彼岸世界不能拯救现代人荒芜的灵魂,人们只有在荒诞的现实中保持清醒的认识,并以坚强的意志努力生存下去,才能最终对抗死亡的虚无和荒诞。"你生命中会有那么一天,不需再为世俗的东西挂心。"(*WII* 317)史蒂芬也最终认识到,死神的面貌并非那么可憎,相反,妻子在死后还为他的生计着想,使他终于明白"失去了我爱的人,那个死去的人拯救了我的生命,使我和我的音乐能够继续生存"(*WII* 319–320)。这里,唐利维借用一个生命的死亡换取另一个生命的存续,使死亡变得有意义。可以说,妻子的死亡让史蒂芬成熟,获得新生,从而使他维持继续生活的信念。唐利维显然借用了巴赫金狂欢化的"新生"概念,使主人公史蒂芬跨越死亡的恐惧,迈向更为积极的人生之途。酒神狄奥尼索斯是蜕变与新生的化身。唐利维巧妙地将死亡与新生联系起来,赋予人物"强力意志"。

唐利维在《普林斯顿的错误消息》中呈现出对死神复杂而矛盾的情感。小说中人物对生的眷恋与嘲讽和对死神的困惑与向往夹杂在生命意志的反抗中。或许只有在死亡面前,存在才能展示其意义。史蒂芬的妻子塞尔瓦寻找生母遭到冷遇,寻求爱情遇到背叛,物质的扩张使她灵魂更为空虚。因此,她宁可用死亡去反抗生存的虚无和荒诞。死神这时已不再显得狰狞可怕。死亡让她重新获得了史蒂芬的爱情和生身之母的怜爱,这可谓是另一种形式的新生。在这个过程中,死神的恐怖面孔被合情合理地颠覆,犹如狂欢节的复活。死神的到来使得复活不只是单纯的快乐,而是喜忧参半。在狂欢喜庆和现实状态的回归中,死神的世界已经超出了它的死亡意味,预示着新生。这样,唐利维就将死亡与新生完美地结合在了一起,构建了一个狂欢化的生命价值体系。

酒神与死神的共舞

希腊神话中传说弥达斯①国王寻猎酒神的伴护西勒诺斯②。当他落到国王手中时,国王问他:"对于人来讲,什么东西最好最妙?"精灵一言不发,木然呆立。直到最后,在国王的强逼下,他发出刺耳笑声,说:"可怜的浮生啊,无常与苦难之子,你为什么逼我说出你最好不要听到的话呢?那最好的东西是你根本得不到的。那就是不要降生,不要存在,成为虚无。不过对于你还有次好的东西——立刻就死。"③在古希腊神话中,酒神的伴护怀着殉道者的狂喜来面对自己将要遭受的苦难。由此可见,酒神与死神一直相依相伴。希腊人对于生命的有限性和悲剧性有着至深的领悟。因

---

① 弥达斯(Midas)国王,希腊神话中佛律癸亚国王,以巨富著称,传说他释放了捕获的西勒诺斯,把他交给酒神,酒神许以点金术。
② 西勒诺斯(Selenus),希腊神话中的精灵,酒神的养育者和教师。
③ 尼采,《尼采读本》,周国平译,北京:作家出版社,2012,第7-8页。

此,为了能够活下去,他们不得不创造这些神。这是伟大的民间智慧,也是生存的至高哲学。

唐利维的小说世界将酒神与死神演绎得淋漓尽致。一方面,他通过酒神的狂欢化精神解构了建立在乐观主义之上的现代文化的根基,亦非从悲观主义出发创造严肃、阴暗、悲怆的世界,而是从酒神精神中得到启发,对命运、人生等有了新的思索。另一方面,他又在作品中重新诠释死神精神,突破传统文学死神意识的藩篱,将对死神认识的转变反映在文本中。这种转变体现了唐利维世界观和艺术观的变化。可以说,唐利维的小说世界是酒神与死神共舞的狂欢化世界。在唐利维的小说世界中,巴赫金的小丑变为小说中的主人公,他们在脱下旧面具和戴上新面具之间"无政府状态"的中间地带演绎着各色人生,构成一个后现代狂欢化的人生舞台:在这个舞台上,唐利维实现了酒神与死神的共舞。

4.2 爱欲与死欲交织的狂欢

4.2.1 爱欲向度与死欲向度

弗洛伊德的精神分析学提出人类的爱欲与死欲两种本能。这两个概念成为弗洛伊德有关人类体系的中心。他在著作《自我与本我》中进行了这两种层次的本能的讨论,并认为性本能或称爱欲是一种"自我保存本能",而死亡本能的任务是"引导感官生命回归到无生命形态"。[①] 爱欲是生存本能的表现,死欲是死亡本能的表现。在人的一生中,爱欲与死欲交互作用,充满了对抗。简单来说,爱、生殖、双赢状况、和平、合作、上帝等是爱欲的体现,而恨、谋

[①] 西格蒙德·弗洛伊德,《自我与本我》,林尘、张唤民、陈伟奇译,上海:海译文出版社,2011,第30页。

杀、游戏、战争、魔鬼则是死欲的表现。

关于爱欲,马尔库塞爱欲伦理学从存在论的角度进行了论述。马尔库塞跟弗洛伊德一样,认为爱欲是人的本质。[①] 他认为爱欲和死欲都有不可遏止的力量,爱欲和死欲在参加和依靠阶级斗争中确证着自身的力量。爱欲和死欲作为两种相互抗衡的力量交互存在,以维持一种生命整体的平衡。

爱欲向度

弗洛伊德认为爱欲作为人的本质与文明是对立的,只能舍此求彼,不能兼得。马尔库塞的爱欲观突破生殖领域,升华到美学范畴进行讨论,即从肉体转到精神,从动物性的性爱上升到感官审美层次。他将爱欲从个体情爱扩大到整个生命体,最终要实现人的全面自由。他认为文明社会对爱欲的压抑是人类痛苦的根源。他借用弗洛伊德的潜意识和意识的理论,认为如果人的爱欲被压抑,现实原则代替快乐原则,潜意识活动被意识活动所控制,就会使人的本质发生改变,这是一切心理学问题,也是所有社会问题和政治问题的根源所在。因此,他主张解放爱欲,恢复人的本质,通过劳动的爱欲化重整生命本能在现代文明中本该发挥的作用。在这个意义上,马尔库塞的理论与弗洛伊德产生了分歧,他是乐观的,认为文明与爱欲是可以同时拥有的。

死欲向度

死欲是人的另一种本能,弗洛伊德称之为死亡本能。死亡本能与生命本能同时存在,死亡固然可怕,但是从人诞生的那一瞬间,死亡就时刻伴随生命个体而存在。它就像一个幽灵,窥视着人的生命,随时利用任何对它有利的条件毁灭人的存在。死亡本能与生命本能交互作用,才能维持生命圈的平衡。如果死亡本能凌驾于生命本能之上太久,没有创造,没有生产,势必造成毁灭性后

---

① 马尔库塞,《爱欲与文明》,黄勇译,上海:上海译文出版社,1961,第124-125页。

果。反之,如果生命本能凌驾于死亡本能之上,人类一样会终结于类似状态。因此,死欲是维持生命本能的重要力量。死亡是唯一确定的永恒之存在,它具有不可预见的绝对性、单向度特征。死神一旦闯入,任何力量都阻止不了,无可弥补亦无法挽回。另外,爱欲与死欲在一定条件下可以相互转化,爱欲过烈可以导致死欲的滋生,死欲的降临或许会带来另一种方式的爱欲扩张。因此,可以说,爱欲与死欲是相伴相生的。

4.4.2 唐利维小说中爱欲与死欲的交织

唐利维的小说是爱欲与死欲交织的狂欢。他的小说一方面尽展主人公狂飙的不可遏止的爱欲,另一方面,他又极力渲染人物对死欲难以克服的向往。唐利维建构了一个在爱欲表象下充满死欲的小说世界:现实原则与快乐原则交互占支配地位,于是出现爱欲与死欲的对抗、失衡,最终死欲占据主导地位,致使唐利维的作品越来越呈现黑暗的色调,表现出喜剧文字下的悲观主义思想认识。

爱欲表象下的死欲

唐利维的大部分小说表面看来都是表现爱欲的作品。唐利维声称他的作品深受美国作家亨利·米勒[①]的影响。亨利·米勒被视为美国"垮掉派"的先锋人物。他的作品因"太过淫秽"而遭遇禁版。[②] 20 世纪 50 年代,唐利维完成了自己的处女作《姜人》。但是《姜人》的出版并不顺利,先后遭到近 50 家出版社拒绝。直到 1955 年,《姜人》被巴黎的奥林匹亚出版社归为色情小说"旅行者的伴侣"系列,未经作者同意而出版发行。唐利维只好在英国另寻出版社,并且起诉了奥林匹亚出版社。经过 22 年漫长的法律诉讼,唐利维最终获胜,收回版权。1958 年《姜人》在美国出版,但是

[①] 亨利·米勒(Henry Miller,1891 – 1980),美国"垮掉派"作家,文风以大胆、前卫著称,是 20 世纪美国最重要的作家之一,代表作品是《北回归线》。

[②] 《北回归线》1939 年成书,遭遇禁版,1961 年解禁。

直到1965年该作品才得以与读者见面，甚至到20世纪80年代《姜人》在爱尔兰仍是唯一一个禁演剧目。

马尔库塞认为将爱欲解放，还原人的本质，是拯救文学艺术和人类的根本："艺术作品倾诉着解放的语言，激发出那种把死亡和毁灭从属于生存意志的自由想象。"① 因此，他提出了"新感性"，即快乐主义至上的原则。唐利维第一部遭禁版的小说《姜人》便是遵循快乐主义至上的创作原则，倾诉着"解放的语言"。主人公丹杰的求生欲望和他的爱欲一样强烈。丹杰对一味要求人们顺从、不尊重生命个体的政府行为感到愤怒，他认为这有违生命的本质。他也拒绝接受把人当作"难民"去救赎的宗教，认为这样的宗教毫无创造性，于国家和社会无益。他在最落魄的时候被名叫克里斯（Chris，暗合基督 Christ）的情人毫不留情地赶出家门。丹杰认为自己是上帝的"弃子"，得不到主的眷顾。丹杰摒弃了世俗的宗教，但他认为自己"灵魂是干净的"（*TGM* 214）。丹杰经历过二战，看过太多战场杀戮的悲惨场景，他一度怀疑上帝的存在，但他又觉得人类不该放弃宗教信仰。他认为如若不然，社会将出现混乱，伦理道德错乱，牧师与修女私奔。上帝、爱、合作和平、创造都是爱欲的同位语。小说中唯一可以与丹杰的生命本能相匹敌的是他的情人玛丽。玛丽脱离天主教会，追随丹杰去伦敦，她认为天主教要求人们顺从，压制人的创造性思想，这违背人性。正如尼采所说，"如果让爱成为可能，那么上帝一定得是一个人；允许最低级的本能行为。上帝一定得是个年轻人，能唤起女性的热情。美丽的圣女摆在最明显的位置，来引起男人同样的热情。一个玛丽……更加温暖，更有热情，更有灵魂。"②唐利维给该女子命名为玛丽似乎暗合尼采这段文字中谈到的世俗美丽女子，也表达出玛丽无比的热情、温暖和强烈的生命力。即便在遭遇丹杰的痛打后，玛丽依旧保持

---

① 马尔库塞，《审美之维》，载《中国人民大学比较文学与世界文学专业主文献》，第74页。

② Friedrich Nietzsche, "The Antichrist", in *The Portable Nietzsche*, edited and translated by Walter Kaufmann, New York, 1965, p591.

生活的信心,并且决定圣诞节那天"造一个孩子"(*TGM* 301)。在丹杰的所有情人中,唯独玛丽身上散发出的强烈愿望与热情似火的生命激情让丹杰欲罢不能。与其说丹杰迷恋玛丽的肉体,不如说他更迷恋的是玛丽身上所散发出的那种蓬勃的激情和旺盛的生命力。这是一种生的希望,一种对美的向往和对生命意志的极大渴望。然而丹杰对玛丽的爱欲也有毁灭性和暴力的一面。当得知玛丽靠做模特和拍廉价广告来养活自己时,丹杰感觉颜面扫地,喝令玛丽停止工作。玛丽则认为这样的工作并不下贱,只要能够和心爱的人一起活下去,这样的委屈不算什么。丹杰大发脾气,打了玛丽,并扬言要将玛丽"活活揍出你的屎来"(*TGM* 297)。激烈的爱也导致负面的后果,仇恨在二人心中滋生。丹杰对待爱情的游戏态度给了死神可乘之机,死神从暗中窥视着这对冤家情侣,伺机下手。

在丹杰与其他女人的交往中,也充满了爱的欲望和生存的基本需求。他与妻子莫里结婚是想通过迎娶这位英国小姐来改善自己的经济状况。他们曾度过美好的蜜月,在如漆似胶的热情交融中,莫里磕掉了一颗门牙。以至于每次她"舔那颗掉了门牙的地方"时,丹杰就认为妻子有性欲。可是短暂的爱欲最终被物质的现实击败。婚后二人过着颠沛流离的生活,终日要躲避追讨房租的房东,食不果腹,衣不蔽体。妻子难以忍受,最后带着孩子离开了丹杰。现实终于击垮了爱欲的快乐主义的原则,而滑向了它的反面死欲本质的现实主义原则。之后,丹杰又爱上了美丽的克里斯。克里斯曾是洗衣店的女工,在热气腾腾的洗衣店中散发着劳动的美感。克里斯的爱让丹杰一度重拾生活的信心,他痴迷地爱上了这位天使一般温暖的女子。丹杰身上既有爱欲的一面,也有死欲的一面。他依旧不改酗酒和说谎的恶习,几次不辞而别,于是克里斯狠心地将屡次躲避到她家避难的丹杰赶出家门。爱欲也终结于死欲之手。之后,丹杰又诱惑了同租的女房客弗罗斯特小姐。弗罗斯特是个虔诚的天主教徒,在与丹杰发生关系后陷入深深的后悔和自责之中,美妙的爱情变成了痛苦的枷锁。丹杰通过追求女性和酒精的麻醉来逃避死欲带给他的精神痛苦。爱欲带来的快乐只是短暂的，死欲相伴的痛苦却是持久的。相对爱欲的无常，死欲显得更为持存。因此，可以说，唐利维笔下的小说呈现的是一个爱欲表象下充满死欲的狂欢化世界。

爱欲与死欲的对抗

爱欲与死欲作为对立的两极必然充满了对抗性的较量。在艺术作品中，作为爱欲的美要反抗控制人的占支配地位的现实原则。唐利维的小说世界中充斥着爱欲与死欲的较量、对抗和相互凌驾。在这个过程中，爱欲与死欲交相占据上风，给文本带来极大的张力。马尔库塞认为，文明社会对爱欲的压抑是人类痛苦的根本原因所在，他提倡解放爱欲，实现生命整体自由才能实现人的本质。唐利维笔下的主人公一生都在追求和平与安宁，他们极力摆脱文明社会对爱欲的压制，渴望精神上的超脱和自由。这正是马尔库塞所主张的人类追求和平与安宁的本能需要，解放爱欲的需要。无论是早期《姜人》中的丹杰、《了不起的人》中的史密斯，还是中期作品《吃洋葱的人》中的克莱门墩、《塞缪·S 最悲伤的夏天》中的塞缪，或是晚期作品《纽约的童话》中的克里斯田、《普林斯顿的错误消息》中的史蒂芬，他们一致追求的都是和平与安宁、稳定生活、艺术殿堂和上帝的眷顾。和平、合作、共赢、创造、上帝都是爱欲的代名词。丹杰疯狂地渴望有个稳定的职业和宁静的生活，史密斯想避开各种卑鄙小人的打扰，克莱门墩希望自由支配自己的庄园，塞缪愿以生命为待代价换取一段世俗的稳定婚姻，克里斯田盼望重回上帝的怀抱，史蒂芬对艺术充满爱恋与不舍，这些都是爱欲的体现。按照马尔库塞的理论，爱欲绝不同于性欲，它是人类更高层次的一种精神升华和审美愉悦。唐利维对爱欲也持积极正面看法，并对主人公的性欲和私欲进行了毫不避讳的大胆描写。

爱欲与死欲的对抗还表现在主人公内心剧烈的挣扎上。《姜人》中的玛丽、《了不起的人》中的塞利、《巴萨的兽性至福》中的菲茨戴尔小姐、《普林斯顿的错误消息》中的塞尔瓦都是爱神维纳斯的化身。玛丽的热情、塞利的美丽、菲茨戴尔的纯洁、塞尔瓦的无私都是至上美德。这些女性旺盛的生命力对抗着死欲的威胁。然而死神也不甘罢休,一再出现。车祸夺去了塞利的生命,骑马事故导致菲茨戴尔身亡,塞尔瓦被无情大火吞噬。死欲时刻伴随着爱欲。这些年轻早亡的女性代表了唐利维对生命希冀的幻灭,并越来越表现出悲观绝望的意识。在与死神较量的过程中,主人公内心充满了痛苦的挣扎并付出了极大的代价与之抗衡。《了不起的人》中的史密斯意识到塞利的重要性之后,参加塞利与他人的婚礼,想尽一切办法借机带塞利出逃,想以此挽回塞利;《巴萨的兽性至福》中的巴萨付出惨重代价与母亲周旋,想给黛尔一个满意的婚姻承诺;史密斯也曾试图与心灰意冷的塞尔瓦重修旧好,陪同她寻找她最在意的生身之母。为拥有并且留住"美",甚至需要付出生命的代价。在他们身上,史密斯为对抗死神的威胁,为自己打造一个穷极奢华的大陵墓;巴萨为摆脱来自家庭的束缚和社会的教条而多次往返巴黎、英国和爱尔兰之间;史蒂芬沉浸在艺术的天地,尽力用音乐驱逐死欲的窥探。这些人每一秒钟都在经受心中死欲和爱欲的巨大考验。

"为生命而战,为爱欲而战就是为政治而战。"[1]在马尔库塞看来,爱欲是自我的升华,一种超越肉体之上的精神层次的审美。死欲引导生命回归到无生命状态,是人的死亡本能。死欲具有破坏性力量,威胁并毁灭生命的存在。唐利维的小说充分展现了这两者之间的对抗性。丹杰一方面有强烈的生命欲望,另一方面又总是幻想死后的生活。死欲与爱欲在他心中激烈地斗争,使得他不堪承受。史密斯迷恋塞利,但他一直没放弃为自己打造奢华陵墓的伟大事业,致使死欲与爱欲交互占据上风。爱欲与死欲的较量从来就没有停止过。一方总是利用一切便利条件意图压倒另一方。这一点可以解释唐利维小说中的主人公缘何性格表现出癫狂、矛盾、困顿等状态。福柯在《疯癫与文明》中论证过疯癫与死

---

[1] 赫伯特·马尔库塞,《爱欲与文明》,上海:上海译文出版社,1987,第1页。

亡及爱欲之间的关系。他认为疯癫的出现是因为爱欲过度，而走向它的反面，为死亡愚弄后别无出路的一种选择。他说："这种惩罚也是一种慰藉；它用想象的存在覆盖住无可弥补的缺憾；它用反常的欣喜或无意义的勇敢追求弥补了已经消失的形态。如果它导致死亡的话，那么正是在死亡中情侣将永不分离。"①爱欲与死欲的中间并不是真空，两者斗争的结果会导致一个中间状态的出现，那就是疯癫或者诉诸着魔或怪诞。唐利维小说中的人物的疯癫难以用常人的逻辑去理解。

爱欲与死欲的失衡

爱欲与死欲相互对立又相互依存，一旦失衡，任何一方凌驾于另一方太久，都会带来毁灭性后果。唐利维的早期作品《姜人》勉强还能维持两者之间的平衡；到中期作品时，这种平衡关系已然被打破，死欲慢慢占据上风；再到后期时，死欲已经完全凌驾于爱欲之上。死欲成为主角的后果致使作品的基调越来越阴沉、忧郁直至绝望的情绪弥漫开来。唐利维幽默和夸张的语言也不能掩盖文本之下的无望和痛苦的情感。在读唐利维的作品时，读者会发现小说的主人公越来越被动，越来越无辜，越来越沦为宿命的实验品。在早期的《姜人》中丹杰还想尽一切办法求生，使出浑身解数改变生活中的不如意之处。到了《了不起的人》中的史密斯就有些遁世了，他不明白人与人之间的关系为何那么冷漠无情，甚至连自己的父母、妻儿都拒不接纳自己，于是死欲出现，他尽力与他人保持距离并致力打造陵墓。不管怎样，史密斯通过追逐爱情还是得到了快乐。到中期的作品中《塞缪·S 最悲伤的夏天》中塞缪对死神的威胁已经显得力不从心，得不到他想要的婚姻和爱情及他人的肯定，他于是开始厌世并冷眼反观世界的荒谬性。这时死神已经显示出了主导的作用。塞缪想死，并且要"勇敢地去死"（*TSS* 124）。《巴萨的兽性至福》中的巴萨和《吃洋葱的人》中的克莱门

---

① 福柯，《疯癫与文明》，刘北成、杨远婴译，北京：三联书店，1999，第 26 页。

墩已经完全听任命运摆布而少有挣扎了。巴萨的无辜和克莱门墩的无可奈何都反映了死欲力量的破坏性。后期作品中的《纽约的童话》和《普林斯顿的错误消息》中的两位主人公自己都变成了死神的帮手。克里斯田的暴力和史蒂芬的野蛮充分暴露出人类身上游戏、好斗、易怒和凶残的一面。同时他们自己也被死欲折磨,因为内心深处的魔鬼时时出现诱惑他们迈向死亡的深渊。唐利维的作品具有明显的爱欲与死欲的较量和失衡的迹象,小说中主人公的性格变化和小说基调的渐暗就是最好的证明。

　　死欲占据上风的原因可以从马尔库塞那里得到很好的解释。马尔库塞认为,"资本主义社会的'消费控制'把人变成了'单维人'"①。现代工业社会推行的"强制性消费"把本不属于人的本性的物质需求和享受无限度地刺激起来,从而使人类物化、异化。《了不起的人》便是反映了这样一个"强制性消费"导致人过分异化的现实。史密斯虽腰缠万贯,但不快乐的原因就是"消费控制"将其变成了"单维人"的一个典型例子。此外,现代文明与科技取代原始意义的劳动,实际上是压抑了人的爱欲。劳动可以为大规模发泄爱欲提供途径。但是现代工业分工越来越细的做法剥夺了人们劳动的权利,致使人"非爱欲化",即非人化,这是对人的本质的摧残。爱欲受到压制,攻击性的死欲必然滋长,暴力、侵略、杀害、迫害、战争都源于此。《纽约的童话》中的克里斯田便是无法找到适合自己的工作,只好做了殡仪馆的工作人员和广告业的广告语设计。这两者都不是他喜欢的工作。但因其他的工作都"非常专业",没有学历和特长的他只能做这样的工作。工作没有带给他快乐,受压抑的爱欲难以找到发泄的渠道,于是他越来越易怒、冲动、暴力。他的危害性是社会造成的,这也是晚期资本主义的病灶之一。因此,解放爱欲的核心是劳动的解放。劳动更能体现人追求快乐的本性。劳动使爱欲得以发泄,并促使人向积极正面的方向发展,挽救人类陷入文明社会的痛苦深渊。

---

① 朱立元,《当代西方文艺理论》(增补版),上海:华东师范大学出版社,2005,第214页。

简言之,唐利维的小说是建立在爱欲表象下死欲本质肆虐的狂欢化世界。在他的艺术天地中,虽然弥漫着死亡,唐利维又不屑于给死亡以意义的诱惑。在他的小说中,即使是在幸福、完满、胜利的时刻,死亡仍会出现。他用文字确证着死亡是社会中、历史中存在的不可否认的否定力量。死亡是对过去的最后眷念——对业已破灭的可能性的最后眷念,对那种本应说出而实际上没有说出的东西的眷念,对尚未显露的每一种姿态和柔情的眷念。唐利维一方面借用艺术确证着爱欲解放的必然性,另一方面,也确证了自己的局限性。爱欲与死欲既是情侣也是对手。破坏性能量也许可以用来造福生活,并使生活达到更高的水平——爱欲本身就是痛苦和有限的象征。"快乐的永恒"正是通过个体的死亡而建构起来的。对于这些个体来说,这个永恒是一个抽象的普遍。唐利维不相信永恒会延续太久。因为"这个世界并不是为人类的目的才建造,这个世界还未变得更人性"①。

4.3 喜剧与悲剧并置的狂欢

4.3.1 喜剧之维与悲剧之维

喜剧之维

喜剧是戏剧的另一主要体裁。它起源于古希腊收获季节祭祀酒神时的狂欢游行。在喜剧中,主人公一般以滑稽、幽默及对旁人无伤害的丑陋、乖僻,表现生活中或丑、或美、或悲的一面。《喜剧论纲》这样定义喜剧:"喜剧是对于一个可笑的、有缺点的、有相当

---

① 马尔库塞,"审美之维",载《中国人民大学比较文学与世界文学专业主文献》,第76页。

长度的行动的模仿,(用美化的语言),各种(美化)分别见于(剧的各)部分;借人物的动作(来直接表达),而不采用叙述(来传达);借引起快感与笑来宣泄这些情感。喜剧来自笑。"①由于喜剧表现的对象不同,艺术家的角度不同,手法不一致,喜剧可划分出不同的类型,大致可分为讽刺喜剧、幽默喜剧、欢乐喜剧、正喜剧、荒诞喜剧与闹剧等。

喜剧性是以笑为标志的审美范畴。喜剧作家一般从言语、人物形体和人物行为三个方面来表现喜剧性。言语上表现为幽默、滑稽、讽刺性的语言;人物形体上的夸张和扭曲;人物行为呈现出的荒诞和滑稽的特点。喜剧性的对象还应当被嘲笑。真正的喜剧性诞生于人的本质力量的异化、扭曲,并把异化的、扭曲的人的本质力量加以夸张和炫耀,造成表里不一、内外不符、荒谬怪诞、矛盾百出、引人嘲笑和讽刺的效果。

悲剧之维

悲剧是戏剧主要体裁之一。在悲剧中,主人公与现实之间一般有着不可调和的冲突并造成悲惨的结局。剧中的主人公大多是人们理想和愿望的体现者,揭示生活中的丑陋和罪恶,并将有价值和美的东西毁灭给人看,激起观众的悲愤及崇敬的情感。悲剧渊源于古希腊,由酒神节祭祷仪式中的酒神颂歌演变而来。亚里士多德将悲剧定义为:"是对一个严肃、完整、有一定长度的行动的模仿;它的媒介是语言,具有各种悦耳之声音,分别在剧的各个部分使用;模仿方式是借人物的行动来表达,而不是采用叙述法,借引起怜悯与恐惧来使这种情感得到熏陶。"②悲剧的类型大致可以分为英雄悲剧、家庭悲剧、小人物的悲剧和命运悲剧。

悲剧性是西方文学中最厚重的一个主题,被认为是西方文学标志性的特点。它往往以主人公的毁灭为最终结局,在给读者(观

---

① 余秋雨,《戏剧理论史稿》,上海:上海文艺出版社,1983,第31页。
② 亚里士多德,《诗学》,罗念生译,上海:上海世纪出版集团,2006,第30页。

众)带来震撼之余,产生回味无穷的效果。在西方文学中,悲剧性的产生大致有这样的几个层次:(1)悲剧性产生于伟大的行动;(2)悲剧性来源于无辜与犯罪的纠缠;(3)悲剧感来源于世俗伦理中挣不脱的善与恶的纠缠。①

4.3.2 唐利维小说中喜剧与悲剧的并置

唐利维被西方文学界评价为"喜剧作家"、"幽默小说家"、"讽刺大师"。② 唐利维的作品吸收了爱尔兰喜剧传统中詹姆士·乔伊斯和塞缪·贝克特的喜剧风格。③ 西方评论认为唐利维有一种"喜剧的想象力,他的喜剧感源自他对人类文明注定失败的信念"④。唐利维的作品可以称为"笑"的文学。他的文学作品在语言上表现出超强的喜剧性和怪诞夸张的风格。他所塑造的人物形体夸张、扭曲,人物行为表现出异常滑稽和荒诞的特点。他的"笑文学"突破了一人一物的局限,而扩展到全人类。唐利维在作品中讽刺并嘲笑人类普遍的弱点和通病,针砭时弊。他将人的异化、扭曲以夸张、变形的方式表现出来,借助喜剧的力量使他的文学作品呈现出荒谬怪诞、矛盾悖谬、引人发笑和讽刺幽默的特征。

但是唐利维并不意欲构建一个夸张、幽默、可笑的世界。他的"笑文学"是向传统的严肃、高雅文学挑战,他以扭曲、夸张、变形和悖谬的手段解构了所谓"正统"文学的标准,而重构了一个隐藏在喜剧背后的悲剧世界。在这个世界中,唐利维笔下的人物抗争死亡、苦难和外界压力,显示出极大的悲剧性。作品中的人物在现实和命运的双重漩涡中挣扎,他们即使躲得开现实和命运的嘲弄,也经常陷于自身内心巨大的矛盾冲突和绝望情绪,导致悲剧人生。

---

① http://zhidao.baidu.com/question/23804886.html. April 16, 2013.
② Christopher Giroux. Aarti D. Stephens, *Contemporary Literary Criticism*, Vol. 45, Thomson Gale, p122.
③ 亚里士多德,《诗学》,罗念生译,上海:上海世纪出版集团,2006,第30页。
④ *Books Abroad*, Vol. 40, No. 1, Winter, 1966, p90.

还有一些人物面对苦难和毁灭时表现出旺盛的生命力和求生的强烈欲望使他们具有了超常的抗争意识和果敢的行动意志。面对荒诞的现实,唐利维小说中的人物表现出西绪弗斯式的悲剧情怀。

喜剧因素

在语言上,唐利维堪称喜剧大师。在他的第一部小说《姜人》充满喜剧感的对话,不仅主人公丹杰的话语引人发笑,其他配角的言谈也让人忍俊不禁,比如丹杰的朋友克劳克兰(Percy Clocklan)在典当店遇见丹杰时的对话:

"你从哪得来的那块肉?"

"丹杰,屏住气,我来告诉你吧,这可是个秘密。我让这只鸟在肉铺工作。她会每晚给我带回八磅上好的牛排。我把其中三四磅当掉,有足够钱可以去找小母鸡,然后把其余的吞下肚去。看我最近过得不错吧。我还要给托尼和他的孩子几磅吃吃。我跟他住过一段时间,但他就像只母鸡,一看到我晚上带人回来,他便嫉妒得四处咯咯哒地叫。看不了别人享受。我好容易搬了出来,但他娘的,我的女人被他抢去了。"(*TGM* 138)

克劳克兰的语言中,俚语使用频繁,比如用"鸟"(bird)指代女朋友,"甩打"(flog)表示典当。他还将朋友托尼比作嫉妒的咯咯叫的母鸡,非常生动、夸张,读来倍感喜剧性。他的语言和他讲的故事都让人忍俊不禁。实际上克劳克兰以轻松幽默的话语讲述的是自己的一段悲剧故事。克劳克兰的女友在肉铺工作,他每天靠女友偷回点肉来维持生活。他将肉拿去典当,换成钱去找情人。克劳克兰曾跟朋友托尼生活过一段时间,后发现托尼有嫉妒心,看不得他逍遥快活。克劳克兰搬了出去,却发现自己的女友和托尼关系不清。克劳克兰以如此幽默轻松的方式讲述自己窘迫的生活和失败的恋情,读来引人发笑。

《姜人》中最具讽刺性的是丹杰和他的朋友们得知丹杰父亲死亡的消息后载歌载舞庆祝的场景，因为包括丹杰在内，所有人都认为丹杰将要继承一大笔遗产，这样他便可以扭转现时生活的困境。但是欢乐的气氛马上被丹杰父亲的遗嘱改变了。遗嘱中规定20年内丹杰不能继承一分钱。于是，大家的希望都落空了。这样的处理方式，充满夸张的喜剧效果。

唐利维的喜剧性主要体现在他的黑色幽默上。"黑色幽默"是美国20世纪60年代自海勒的《第二十二条军规》发表以后出现的一个新小说流派。黑色幽默小说也被称为"黑色喜剧"、"绝望的喜剧"、"绞刑架下的幽默"等。唐利维经历了第二次世界大战，并且把这部分个人经历反映在文本之中。二战后，美国经济趋向繁荣，可战争给唐利维心理上留下了巨大的创伤。年轻时，唐利维生活在美国纽约的布鲁克林，经历了冷战、侵朝战争、越南战争、麦卡锡主义等历史时期，他亲眼所见现代科技导致的失业率激增、价值标准丧失、商品拜物教盛行等诸多社会问题。他的创作也由最初的迷茫转向悲观绝望，并对政治产生幻灭感和厌恶感。唐利维中期的大部分小说都是避开政治，以喜剧的形式反映现存社会的荒谬和丑恶，他认为人的个性和意志根本无法与庞大的社会机器相抗衡。

《了不起的人》便是这样一部黑色幽默小说。在小说中，史密斯可谓"有钱有势"的成功人士，坐拥庞大的商业帝国，但他并不快乐。史密斯每天要应付各种媒体、机构和竞争对手。在这个过程中，他自己也变得残酷起来。史密斯是唐利维塑造的一个有点怪癖、不幸、笨拙、不圆滑的"反英雄"人物。唐利维借史密斯和他的朋友的可笑的行为影射社会现实，表达对社会问题的看法。这样的人物"只不过是场景中一个可以替代的暂时性角色，他丧失了悲剧的气息，而多了些游戏的成分，他以自身灵肉的无言的麻木……达到解除欲望的焦虑痛苦的目的"。[1] 唐利维在《了不起的

---

[1] 王岳川，《后现代主义文化研究》，北京：北京大学出版社，1996，第16页。

人》中将阴沉、痛苦和忧愁同美国传统的"幽默"结合起来,用无逻辑的、非理性的艺术形式来对抗当下资本主义社会虚伪又残忍的理性,创造出一个可恶、可怕、可憎和可笑的世界,指责这个病态社会里的非正义现象,呼吁对人的尊严和对良心的保护。最令人啼笑皆非的是,史密斯无论躲到哪里,都能收到一个名叫"J.J.J"的人的敲诈和勒索的信件。哪怕他到乡村最偏远的地区,这个"J.J.J"仍能追索到他的踪迹,带给他极大的不快。"J.J.J"不是一个具化的名字,而是抽象的一个概括。实际上,唐利维是想揭露一种现代人无法逃离的社会现实,即荒诞的社会环境是每个人都无法躲避的。从创作特点上看,唐利维突出描写史密斯周围荒谬的世界及社会对个人的压迫,以一种无可奈何的嘲讽态度表现史密斯与社会环境的不协调,并把这种不协调加以放大、扭曲、变形,从而使小说显得荒诞不经、滑稽可笑又令人感到沉重。

从表现手法上看,唐利维的黑色幽默打破传统,使小说的情节缺乏逻辑,他常把叙述现实与幻想和回忆混合起来,把严肃的哲理和插科打诨混成一团。现实主义的手法已经无法表现现代社会的复杂性,因而唐利维采取了大量超现实主义不连贯的形象化描绘,以揭示人物的潜意识思维,反映整个美国现代社会的神经质状态。在唐利维笔下,在现实世界之外仿佛还有一个"彼岸世界"。唐利维注重无意识和潜意识世界的描写。《了不起的人》中的主人公史密斯相信有一个"彼岸世界",因此他花费大量钱财为自己打造陵墓,因为他觉得潜意识和无意识世界要比现实世界更为真实。唐利维的小说揭示:理智、法律、宗教、道德都是对人的精神和本能的强制压迫,一种束缚和桎梏,只有打碎它们,才能使精神获得自由。这也揭示出人只有在梦境、幻觉所组成的世界里才能摆脱一切约束,显露人之真实。史密斯的意识流和联想、幻想与真实的现实事件混在一起,真假难辨,使得史密斯这样一个带有喜剧色彩的小人物身上多了些悲情成分。

滑稽、讽刺、变形和夸张也是唐利维常用的喜剧表现手法。喜剧性作为一个审美范畴,它的本质在于可笑性,主要表现形式有讽刺、夸张、滑稽和幽默。比如,《姜人》中丹杰的朋友可奈斯被描述为一个"长着红头发,一只眼睛"的人。这样的人可谓"丑"。可奈斯最大的愿望就是找一个女人,可是他无论怎样努力,都不能实现愿望。他只好转向男人,希望从同性恋中获得关爱。可是从男人那里,他依旧得不到自己想到的东西。丑为滑稽的本质,它是一种否定的价值。可奈斯用假象遮掩自己的本来面目,用美来竭力自炫,这时丑便转化为滑稽。滑稽是丑的一种夸张与变形,是丑与美的一种颠倒。于是可奈斯这样一个可笑的人物形象便产生了。

此外,唐利维惯用夸张、比喻等艺术手法,通过对小说中人物的某些错误或弱点进行揭露、批评、攻击或嘲笑,使读者对这些错误、弱点有更鲜明的认识,从而达到讽刺的目的。小说《吃洋葱的人》中有很多象征和讽刺的寓意。比如,"吃洋葱的人"在西方指的是"素食的人",唐利维却用这个名词指代小说中那些饕餮、贪婪的食客们。《姜人》主公丹杰的智障女儿被取名为"幸福",对视女儿为累赘的丹杰来说可谓不小的讽刺。《纽约的童话》中的"童话"不再有传统童话的美好纯真,而是由黑暗、暴力、死亡组成的悲惨故事。《塞缪·S最悲伤的夏天》中病人和医生的易位被视作有精神疾病的人实际是最清醒的人,而正常的人却干着一些不正常的事。《打扫卫生间的女人》中打扫卫生间的女人却是有着高雅艺术鉴赏品味的上层社会女子。这些都是通过夸张和变形的手法讽喻当时美国社会的种种丑恶现象和美丑颠倒的事实。自嘲也是唐利维小说人物面对困境时经常采取的幽默方式。《姜人》中的丹杰经常自嘲"生错了时代",《普林斯顿的错误消息》中饱受战争创伤的史蒂芬对自己归来后所经受的生活磨难经常用一种"局外人"的口气嘲弄自己,产生一种黑色幽默的效果。与滑稽相反,幽默是美的一种变形,是美与丑的一种颠倒,美被颠倒、扭曲成丑,便是幽默。自嘲是幽默的一个变体。那些肯定自身内在价值的人对缺点的自嘲,便构成幽默。美与丑被颠倒、扭曲,使美变形为丑,幽默的效果便产生了。

悲剧因素

唐利维的小说世界不是"欢乐的世界",他的文本的狂欢是一种含泪的笑,一个隐藏在喜剧背后的悲情世界。一方面,在喜剧的表象下,唐利维在小说中否定了异化、荒诞、可憎、丑恶的现实世界;另一方面,他又积极建构了一个意识、联想、梦幻和超验的"彼岸世界"。小说中的人物既生活在异化、荒芜、令人痛苦的现实世界,又徜徉在梦幻、美好、超验的超现实世界中。于是,生活在两个世界中的人物便具有了超乎寻常的复杂情感和世界感受,如同在狂欢节上的小丑暂时忘记现实生活的诸多不快,进行肆意狂欢、游行、游戏。可是当小丑脱下自己的面具,他依然要生活在现实的空间。这样的转换带来美的愉悦,也使人物经受更大的精神痛苦。这种痛苦来源于外界,亦来自于自身,缘于节日欢庆和现实生活的差异,源于现代人生活在文化断裂之中的间隙感。因此,唐利维笔下的人物在抗争死亡、苦难和外界压力等方面显示出极大的悲剧性。人物在现实和命运的双重漩涡中挣扎,即使躲得开现实和命运的嘲弄,也经常陷于自身内心巨大的矛盾冲突和绝望情绪,导致悲剧人生。唐利维小说中的悲剧因素大致可分为"小人物"的悲剧、"西绪弗斯"式的命运悲剧和作为"局外人"的"局内人"的悲剧。

唐利维的小说所塑造的人物形象多为平凡的"小人物",也就是"反英雄"或"非英雄"人物。在他们身上,没有传统小说中主人公那种正面、高大、权威、正义和道德的代表者的光辉,相反,唐利维的主人公是普通平凡的"饮食男女"。这些平凡的"小人物"生活在现代这样一个畸形、变异、冷漠和精神荒芜的世界表现出种种不适和迷茫,遭受来自社会各个角落有形与无形的巨网吞噬。这类人物在面对死亡、苦难和外界压力时所表现出的抗争本性和在强烈的自我保存和维护独立人格的欲望中所付出的巨大牺牲和沉重代价体现了极大的悲剧性。

比如,《姜人》中的主人公丹杰便是一个平凡的小人物。他没有英俊的外表、显赫的家世,也没有满腹才学、治世才华,更没有美好的品德、凛然的正义感,他只是一个无名小卒,一个凡夫俗子,一个胆小怕事、斤斤计较、爱占小便宜、嗜酒如命的人。这样的人如果甘心平凡,他可以过起简单快乐的生活。但是丹杰的悲剧性在于他对社会和人生的认识。他并不甘于平凡,他渴望有所作为,他希望得到社会的尊重和他人的认可。然而,与丹杰相对的不是某一个人,也不是某些人,而是来自社会的巨网。在这张巨网之中,无论个体怎样努力,都不能逃脱。丹杰在三一学院学习法律,参与体面人的聚会,注重穿着和举止细节,甚至迎娶英国妻子莫里等。他的这些努力都是为改变自己不被社会和他人认可的身份认同感。可他就如同陷入了一个命运的怪圈,无论如何挣扎,都跳不出去。直到小说结尾,他的生活状态没有得到丝毫改善。他的人生轨迹就像原地转了一个圈。这个圈是社会的怪圈,也是二战后西方资本主义社会的一个缩影。丹杰也只是千千万万经历二战后回归正常人生活的普通人中的一个。他的悲剧命运代表的是整个一代人的悲剧——一个生活在后现代异化和荒诞现实中的人们的普遍命运。

在"小人物"的平凡悲剧、家庭伦理悲剧和英雄悲剧之外,还有一种命运悲剧。命运悲剧是社会历史必然性和自然威力作为一种不可理解、不可抗拒的神秘命运与人相对立所导致的。唐利维的小说表达了人类对自由的向往和追求以及对理想社会的渴望,并力图驾驭自然、对抗社会和自身的弱点,展现他们从必然向自由的奋斗过程。《巴萨的兽性至福》实际就是必然和自由的冲突所造成的命运悲剧。所谓"命运",不过是不以人的意志为转移的客观规律及自然与社会的法则,即一定社会历史条件对人的生命活动的限定。巴萨是一个富家子弟,有着优越的物质条件。巴萨先后在几个贵族学校读书,但学校呆板的教学方式和束缚人性的做法让巴萨感到窒息。他尝试打点生意,但是他天生敏感脆弱的性格让他对生意场的激烈竞争很是困惑不解。他爱上美丽的菲茨黛尔,却受家族所限,不能自主婚姻。美丽的黛尔被死神夺去了年轻的生命。巴萨犹如一头困兽，找不到出路。该小说再现了现代西方人的一种悲剧意绪：对物质生活的追求都在逐步实现，但人们又感到还有更重要的未能得到。在巴萨的悲剧中，他面对的是异己的自然力、社会力，并与这些无形存在的力量顽强斗争。

唐利维小说中的人物多是命运悲剧的牺牲者。他们像西绪弗斯一样努力地背着社会和人生的"巨石"上山，但巨石又总会回到起点，他们只好如此一再反复。无论是《姜人》中的丹杰、《了不起的人》中的史密斯，还是《纽约的童话》中的克里斯田，他们都被一种无形的命运之手主宰着，无论怎样努力，他们都无法逃离命运的牢笼。必然与自由的矛盾冲突是唐利维小说中最突出的问题。只不过在社会领域，这一矛盾表现得尤为复杂和艰巨。

唐利维小说中的主人公演绎着戴上了面具与脱下面具的小丑的两种不同人生。唐利维的主人公的悲剧性在于置身于"局内人"和"局外人"之间难以摆脱的悲哀。"局外人"这一个概念是加缪在小说《局外人》中使用过的。加缪的"局外人"是洞悉了自己身处的荒诞环境后，采取了一种漠然和冷静的处世态度。他可以在母亲的葬礼上冷眼旁观他人哭天抢地，而自己不流一滴眼泪；他可以毫无表情地听凭法官在法庭任意胡说，仿佛在出席一场与己无关的庭审。他冷眼演绎着与己无关的他者人生。这样的做法实际上可以让"局外人"超脱，在精神上获得胜利的体验。只有这样，他才能面对冷酷、无聊又非理性的社会现实。唐利维的主人公与加缪的"局外人"不同。他的主人公的悲剧性在于他们无法做到完全"局外"，他们是夹在"局外"和"局内"之间的一类人，既无法完全超脱，也不能全身投入。唐利维笔下的"局外"人要比加缪的"局外人"更多了些无可奈何的悲剧感。

小说《普林斯顿的错误消息》中的主人公就是典型的作为"局内人"的"局外人"。小说没有正面描写战争的破坏、疮痍、死亡和混乱，相反主人公史蒂芬充满了对战争的缅怀。史蒂芬和他的朋友们退役后纷纷成了家，打算过正常人的日子。然而现实却击碎了他们的美好愿望。战后，这些战场归来的退伍老兵在现代都市生活中变得无所适从。他们无法理解现代繁忙的城市节奏,甚至无法谋生。史蒂芬是一个天才的作曲家,战后却成了无业游民,每日要靠救济金活命。麦克斯退伍后找了一个有钱人家的女儿结婚,有丰厚的家产和很高的社会地位。他却不满足,他去英国购买枪支,渴望有一天重回海上,回归以前的军舰生活。唐利维从另一个角度揭示了战争的残酷性。经历过战争的人们再也无法重新回到原本属于他们的社会,从而使他们成了社会的游魂和彻底的局外人。史蒂芬和他的朋友麦克斯都渴望回到过去,回到军旅生活。相比之下,战后美国大都市的生活更加让人窒息和茫然。在这样的现实下,他们不可能回到过去,也不能够融入新生活,于是就处于一种既在"局内"又游离"局外"的尴尬境地。

《普林斯顿的错误消息》还表现了边缘人的悲剧。唐利维的小说以跨民族、跨地域、跨文化而形成自己显著的特色。《普林斯顿的错误消息》也承袭了唐利维以往的跨文化的特点。小说描写的是史蒂芬等这样一批在美国出生的人,他们为美国出征到欧洲去打仗,战后,他们却不得不回到美国继续生活。这样的人生经历让他们有了一种多元文化的视角。他们在美国长大,接受美国文化的熏陶和主流社会价值观念。战争又使他们去往欧洲,接受了欧洲文明的洗礼。当他们再次回到原先的国度,却发现自己的国家变得陌生、排外。于是他们开始怀念欧洲的生活和价值观念。值得一提的是,在唐利维的多数作品中,文化冲突始终是一个不可调和的主题。《普林斯顿的错误消息》也不例外。在小说中,作者显然视美国现代文明和工业社会为噩梦,而欧洲的田园生活和慢节奏是他们心之所往。然而,他们处在美国和欧洲两种文化的夹隙中,无时无刻不感受到社会的挤压、生活的窘迫及人们排外的眼光。他们是文化的混血儿。他们不愿与过去及传统决裂,又不被他所不能融入的新的社会完全接受。他们处在两种文化、两种社会的边缘。他们既生活在传统世界中,又生活在现代世界里;他们既不生活在传统世界中,也不生活在现代世界里。他们是有着双重价值体系的一群人。史蒂芬及他的朋友们都属于游离多数人群之外的个体,常常表现出进退两难、不由自主的生活状态,他们甚至失去了生活的出路、社会的位置及作为人的真实人格。史蒂芬便有处于劣势、被排斥、不稳定和反社会的倾向。他们对现实有着清醒的认识和冷静的分析,却无力改变现状;他们想做出一番惊天动地的事业却最终碌碌无为。这些人是矛盾的集合体:由于文化的断裂,在他们身上,理智与情感、正直与虚伪、自尊与自卑、理想与现实总是处于矛盾冲突中。他们渴望过正常人的生活,但自身体内蕴藏的文化冲突让人窒息。他们急切需要进行自我身份的完整建构,可是却不知如何建构,这种不安全感、矛盾的情感、极度的自我意识及长期的神经紧张都是身为"局内人"的"局外人"的典型症状。

文化的主题和自我身份建构的需求自然会引申出另一个主题,那就是寻根的主题。可是到底什么才是真正的"根"?随着小说的展开,这个问题的答案非但没有展开,反而变得更为模糊不清。小说最开始交代了史蒂芬的妻子塞尔瓦(Sylvia)从小与双亲分离,并被纽约堪称最富有的家族收养,锦衣玉食,过着阔绰无忧的生活。然而塞尔瓦没有一刻停止对亲生父母的找寻,甚至不惜放弃现有的富足生活。当塞尔瓦历尽千辛万苦,终于在一个破旧的火车站旁找到父母的家,激动颤抖地去敲开未曾谋面的父母家门,等待她的不是热情的拥抱、热烈的欢迎或团聚的幸福,而是来自生母的谩骂、侮辱和驱赶。塞尔瓦幻想了几百次的破镜重圆、家人团聚的场景顷刻间幻灭。塞尔瓦精神受到巨大的打击。她从此变得一蹶不振,失去生活的勇气。在她看来,生母在她年幼时抛弃她,在她成人后又一次将她遗弃。这让她几十年所受的教育和价值观念瞬间坍塌。唯一可安慰她的就是幼时可以躲起来的阁楼里中的一片小天地。于是在房子起火后,塞尔瓦的选择不是转身离开,而是径直奔向火海,葬身其中。这是一个隐喻:生母代表的是美国意象,养母代表欧洲文明。在受到欧洲文明的洗礼后再次想回到生母身边,她发现生母已将自己拒之门外。这样的情形又何尝不是史蒂芬这些参与二战、到欧洲打仗、退役回美国、却发现祖国母亲不再欢迎这些远归的孩子们的尴尬处境呢?到底什么是"根"?他们离开"养母"亦不能回到"生母"身边。或许人生本来也没有所谓的"根"。"寻根"的意义在荒诞的"找寻"过程中一次次被解构、延宕,只留下一个个符号,一种能指的不断延伸、永远都达不到、寻不到的局外人状态。

　　唐利维以喜剧的形式反映悲剧的本质。他的小说是"笑一切"的悲剧。他用超越乐观主义和悲观主义的酒神精神诠释着人生。他的小说在语言和人物形象塑造上表现出夸张、变形、扭曲、滑稽和幽默的喜剧特点。在笑的文学的背后,他反映的是一个充满了"含泪的笑"的苦涩世界。在主题上,唐利维表达了社会和命运给无辜的小人物造成了极大的悲剧性。就各个时期的作品基调来看,早期唐利维作品的幽默和轻松感渐渐让位给中期作品的滑稽、夸张,再到后期作品的讽刺和自嘲,产生了一系列转变。他的作品由早期的喜剧色彩偏浓到中期悲喜参半再到后期悲剧因素成为主导,这与唐利维世界观的转变有关,折射出作者对现实世界认识的转变和创作的转型。

4.4　小结:唐利维小说中的矛盾悖谬观的实质

4.4.1　唐利维的小说艺术观

　　"狂欢化"有解构和重构双重向度。唐利维以狂欢化的写作解构了传统小说的严肃性和权威性,颠覆了现代主义重心理真实和为"艺术而艺术"的创作思路,而另辟蹊径进行了别出心裁的后现代语言实验和游戏。唐利维在自己重构的狂欢化小说世界中实现了酒神与死神的共舞、爱欲与死欲的交织和喜剧与悲剧的并置。在这个爱与死、悲与喜、迷醉与癫狂的文本世界中,唐利维尽情演绎着各种人生,以喜剧性的语言揭露现实的悲剧性。

　　在唐利维一生的创作中,他的世界观是有所变化的。这种转变清晰地反映在其作品中。在早期的作品(如《姜人》)中,他已意识到人生无常与无恒的悲剧本质,但他信奉的是尼采的酒神精神和"强力意志",他坚持认为人在面对死神和悲剧命运时需以超人意识和强烈的生命欲望去克服人性的弱点并积极肯定人生价值。到了中期,也就是20世纪六七十年代,唐利维的作品呈现出悲喜交加的色调。这一时期,死欲和死神开始蚕食爱欲和酒神,因此这个阶段的作品表现出前所未有的复杂性。唐利维的思想渐渐转为保守主义并开始怀疑酒神的乐观性、质疑超人意志是否会引导人走出命运的囹圄和人生的困境。到了晚期,即20世纪八九十年代,悲剧性已经压倒了早期的喜剧性,死欲和死神击败了早期的爱欲和酒神,从而使作品色调呈现出更为沉郁、灰暗和无望的基调,这是叔本华的悲观主义哲学的映照。唐利维作品风格的转变反映了他的人生观和创作上的转型,表明他从最初的尼采哲学转为叔本华的悲观主义哲学认识。

4.4.2 唐利维式的狂欢化写作启示

巴赫金文化理论的核心是对话主义,它是针对文化转型时期的语言杂多现象提出的。对话主义是一种建设性、创造性的美学观和文化观,它的基本前提是承认差异性和他者的历史事实,以自我与他者的积极对话、交流来实现主体的建构。巴赫金的语言观、价值观均强调差异的共存性、亦此亦彼性,反对文化上的一元权威论和"独白主义"。① 唐利维的小说创作从20世纪50年代一直持续到21世纪,经历了美国文学史上的"愤怒的青年"时期、"垮掉的一代"时期,到文化霸权主义和东方主义等阶段。他的早期和中期作品有明显的20世纪50年代"愤怒的青年"痕迹和60年代"垮掉的一代"的文学特征。唐利维后期的作品表现出后现代主义的诸多特点,主张多元性和对话性,与巴赫金的狂欢化语言观有千丝

---

① 刘康,《对话的喧声 巴赫金的文化转型理论》,北京:北京大学出版社,2011,第8页。

万缕联系。巴赫金狂欢化的哲学思想肇始于新康德主义。① 巴赫金将主体建构称为一种自我与他者的关系,并认为人的主体性建构需要通过对话和交流来实现。巴赫金强调事物和经验的生成性和过程性的特点。可以说,康德和新康德主义关于认识论和人的主体性的思想构成巴赫金哲学的基础。他认为自我的实现必须依靠一个他者。② 唐利维也采用在作品中塑造一个主要人物和他的影子人物,比如《姜人》中的丹杰和可奈斯、《了不起的人》中的史密斯和博尼科夫、《巴萨的兽性至福》中的巴萨和比夫、《普林斯顿的错误消息》中的史密斯和麦克斯等。主人公通过和影子人物之间的对话完成自我主体性建构。在自我与他者的交流和对话过程中实现与他者的价值交换。

萨特认为文学是对社会与人生的揭示。托多罗夫也认为,如果文学不能让我们更好地理解人生,那它就什么也不是。③ 唐利维的小说也是反映"现实"。不过唐利维笔下的"现实"不再是传统意义上的"现实",而是在新的历史条件下"一切皆为文本"的符号化和文本化的现实。唐利维写作的哲学思想可以概括为酒神精神、尼采的超人和强力意志、叔本华的悲观主义哲学。这反映了他对世界的认识在不断发生变化,并对应在其文本中。作为一名后现代主义作家,唐利维的作品并没有肤浅的"为艺术而艺术"或纯粹只停留在文字表面进行文字游戏和语言实验,相反,他的作品充满了浓厚的人文主义关怀和人道主义精神。他用狂欢化的艺术手法重新建构了一个迷宫般的世界。在这个世界中,有酒神也有死神,有爱欲也有死欲,有喜剧亦有悲剧,尽情展现着语言的张力。

---

① 新康德主义(德文:Neukantianismus,英文:Neo-Kantianism)是一场针对在古典唯心主义浪潮消退后科学领域泛滥的唯物主义思潮的反对运动。其发源地为德国,是多个不同学术中心流派的总称。新康德主义者往往从数理逻辑的立场出发,对康德重新作一元唯心论的解释。

② 刘康,《对话的喧声 巴赫金的文化转型理论》,北京:北京大学出版社,2011,第3页。

③ 托多洛夫,"对话批评",转引自《中国人民大学比较文学与世界文学专业主文献》,第121页。

结　语

　　唐利维是一位饱受争议的后现代主义作家。时至今日,评论界对他的赞美声和质疑声一样多。从最开始遭遇封锁,到成为热销书作家,在沉寂几十年后,唐利维在文学上的重要价值终被认可。之后,唐利维声名大噪,并保持高产,持续创作直至暮年。经过多年与批评界的斗争,唐利维坚持要"以自己的方式占领美国,悄悄地,隐秘地,从内部打进去,电视或采访的看法不重要"。① 面对外界对自己作品的毁誉参半,他说:"批评家的话不能决定一本书的销量"。② 确实,唐利维作品的热销足以证明读者对他的热爱和肯定。

　　唐利维是一位关注人类命运、勇于承担时代责任的作家,是一位具有良知的知识分子。唐利维的文学创作之路并非坦途。他曾坦言:"写作时,我不怎么愉快,因为写作过程很苦,可是如果不写作,我会更加痛苦。"③这样的创作经历必然使作者倍感精神折磨,于是唐利维诉诸狂欢化的写作方式以对抗权力机制和社会的高压。他的小说具有后现代主义的否定性解构与建设性重构双重维度:前者对具有破坏性的现代性进行了解构,后者在否定、批判的基础上又进行了积极的建构。唐利维在表面喜剧幽默与内在悲剧荒诞的对峙中进行创作。他在小说中通过错乱的时空、视角的转换、语言的多义性与不确定性方面实现了语言的狂欢化,展现了光

---

　　① "The Art of Fiction No. 53 J. P. Donleavy", in: *Paris Interview*, pp37 – 38.
　　② 托多洛夫,"对话批评",转引自《中国人民大学比较文学与世界文学专业主文献》,第39页。
　　③ http://www.jpdonleavycompendium.org/JDRInterview.html, March 15, 2012.

怪陆离的狂欢节盛况,将狂欢节广场变成了任意穿梭于不同时空的不确定场所。唐利维作品中语言的狂欢化叙事体现了交替、变更、打破权威与等级秩序的狂欢精神。

  在后现代主义的思潮中,唐利维并没有迷失在各种新的艺术形式和层出不穷的创作手法之中,而是坚持了一个作家应有的社会批判性。唐利维说:"写作是需要勇气的,你要是失去了勇气,你就不会再是一个好作家。"① 他的批判性集中体现在"愤怒的青年"主题小说和"垮掉的一代"主题小说中。唐利维通过这两类主题作品展现了当代社会荒诞的现实,揭示了人物迷茫、孤独、被异化的生存状态。在创作的过程中,唐利维的世界经验也从早期"愤怒的青年"式的迷茫和抗议转化为"垮掉的一代"的消沉与无奈,体现了从加冕到脱冕的狂欢化的仪式精神。此外,唐利维揭露了西方现代社会物质繁荣与人类精神困境之间的矛盾,表现了现代人欲望泛滥、文化浮躁、精神贫乏,这对当代中国也有借鉴的意义。改革开放以来,中国人的物质生活水平得到了极大的提升,然而道德和精神方面的问题却越来越多。如何在这样一个经济快速发展的时代丰富人们的精神生活和提升道德水平也是亟待解决的问题。

  唐利维是一位文学艺术大师,他的独特之处在于"我并不想特别审慎地对待写作,我总把自己作为一个业余作家来看。因此,我不会计划、设计情节,抑或为了某种形式或结构去写作"。② 唐利维作品中体裁的狂欢化证实了这一点。他的小说通过文学体裁的狂欢化表现了鄙俗化、矛盾之美的狂欢精神。小说中的反体裁写作模式、戏仿、真实与虚构的交错体现了鄙俗化的倾向;作品中的黑色喜剧、寓言体现了体裁杂糅的矛盾之美。他认为,"最高质量的写作就是要抓住突然映入脑海中的那些潜意识的东西"。③ 唐利维以体裁的狂欢化凸显了后现代社会中人生与现实的种种荒诞与脱节。

---

  ① "The Art of Fiction No. 53 J. P. Donleavy", in: *Paris Interview*, pp37-38.
  ② http://www.jpdonleavycompendium.org/wood_interview.html, March 15, 2012.
  ③ 同①。

同时,作为一名后现代作家,唐利维的狂欢化文本观与巴赫金的理论既有相合的一面,也有自己的独特之处。狂欢化最本质的特征是多元化和对话性。唐利维的作品在语言、世界经验和体裁上实现了狂欢化的多元性和对话性,打破了传统小说形式的整体性、封闭性和单一性。在文学语言和艺术技巧上,唐利维不再以追求纯粹和高雅为目标,相反,他的思维方式、艺术体裁、表现手法和语言游戏实现了彻底的多元化。唐利维创作的独到之处在于其作品的精神实质是酒神与死神共舞、爱欲与死欲交织、喜剧与悲剧并置的狂欢。一方面,唐利维小说中的主人公展现了酒神的激情、迷醉和新生精神;另一方面,他也揭示了人物暴力、施害与自我中心的一面。在他的作品中,现实既是人们赖以生存的土壤,也有压制、死亡、战争推手的残酷性。此外,同一人物或同一意象上,唐利维也经常揭示其矛盾的内在两面性,反映了现实的复杂性和多样性。

巴赫金哲学的基础是康德和新康德主义关于认识论和人的主体性的思想,其核心是过程性与生成性。本质上,巴赫金的狂欢化理论是积极的、正面的、肯定人生,乐观向上的。唐利维不同时期创作的指导思想有所变化。在早期,酒神精神主导他的作品,他的小说反映出作者的乐观主义精神。到中期,唐利维认识到生命无恒与无常的悲剧本质,但他坚信尼采的"强力意志"和"超人"哲学可以改变命运,因此他的作品虽呈现出悲观趋向,但总体是乐观的基调。到了晚期,唐利维在人生观上逐渐向叔本华靠拢,悲观主义和绝望情绪弥漫于后期作品。唐利维通过后期的写作揭示人类异化的生存现状和荒诞、非理性的社会现实。上帝已死,没有救赎的希望,相对酒神的短暂,死神才是永恒之存在。

可以说,唐利维是一位具有强烈的后现代人道主义思想的小说家。在现实主义和现代主义手法都不再适应表现后现代人类经验的文学背景下,唐利维大胆地在其小说创作中进行了各种后现代主义创新实验,从而更有效、更深刻地表现了人类的经验,表现出对社会现实的深切关注。他的小说在解构现代性所营造的虚假现实的同时,在文本中又重构了一个适于后现代人类生存现状的狂欢化小说世界。作为出生于美国、后移居于欧洲大陆的一名作家,唐利维根据表达主题的需要,继承了幽默轻松的喜剧传统,又吸收了现代悲剧文学的精粹,灵活地采用了多样化的叙事手法。因此,评论界单纯将唐利维定义为"喜剧作家"的标签式做法是不合适的。这种做法忽视了唐利维作品的丰富多样性,也未能领略其悲剧情怀和对社会现实的深切关注。在当今社会,作家的创作受多种文学理论的影响,呈现出前所未有的多元化特征,当前的文学创作亦该根据作品主题的需要,灵活多样地采取传统与现代相结合的创作方法,以期最大限度地展现作品的多样性和丰富性。这对中国当前的文学创作或许也有所启示。唐利维的形式创新与意义深度辩证统一的后现代主义小说创作为美国文学乃至世界文学做出了重要贡献。

参考文献

詹姆士·帕特里克·唐利维的作品

一、长篇小说

1. J. P. Donleavy. *The Ginger Man*. London：Penguin Books Ltd，1968.

2. J. P. Donleavy. *A Singular Man*. New York：Dell Publishing Co., Inc., 1964.

3. J. P. Donleavy. *The Saddest Summer of Samuel S*. New York：Delacorte Press, 1966.

4. J. P. Donleavy. *The Beastly Beatitudes of Balthazar B*. New York：Delacorte Press, 1968.

5. J. P. Donleavy. *The Onion Eaters*. New York：Delacorte Press, 1971.

6. J. P. Donleavy. *A Fairy Tale of New York*. New York：Delacorte Press, 1973.

7. J. P. Donleavy. *The Destinies of Darcy Dancer, Gentleman*. London：Penguin Books, 1978.

8. J. P. Donleavy. *Schultz*. New York：Dell Publishing Co., Inc., 1979.

9. J. P. Donleavy. *Leila: Further in the Life and Destinies of Darcy Dancer*. Pennsylvania：Gentleman Franklin Library, Franklin Center, 1983.

10. J. P. Donleavy. *Are You Listening, Rabbi Low*. New York：The

Atlantic Monthly Press, 1987.

11. J. P. Donleavy. *That Darcy, That Dancer, That Gentleman*. New York: The Penguin Group, 1990.

12. J. P. Donleavy. *Wrong Information Is Being Given Out at Princeton*. New York: St. Martin's Press, 1998.

二、中篇小说

1. J. P. Donleavy. *The Lady Who Liked Clean Rest Room*. London: Little, Brown and Company, 1997.

2. J. P. Donleavy. *The Saddest Summer of Samuel S*. New York: Delacorte Press, 1966.

三、非小说作品

1. J. P. Donleavy. *What They Did in Dublin with "The Ginger Man: A Play"*. London: MacGibbon & Kee, 1961.

2. J. P. Donleavy. *The Unexpurgated Code: A Complete Manual of Survival and Manners*. New York: Delacorte Press, 1975.

3. J. P. Donleavy. *De Alfonce Tennis*. London: Weidenfeld & Nicolson, 1984.

4. J. P. Donleavy. *J. P. Dunleavy's Ireland: In All Her Sins and in Some of Her Graces*. New York: Viking Penguin Inc., 1986.

5. J. P. Donleavy. *A Singular Country*. New York: W. W. Norton & Company, Inc., 1989.

6. J. P. Donleavy. *The History of the Ginger Man*. London: Penguin Group, 1994.

7. J. P. Donleavy. *An Author and His Image*. London: Viking, 1997.

唐利维相关研究

一、论著

1. Charles G. Masinton. *J. P. Donleavy: The Style of His Sadness and Humor*. Ohio: Bowling Green University Popular Press, 1975.

2. Colin Wilson. *The Angry Years: The Rise and Fall of the Angry Young Man*. Robson, 2007.

3. Daniel J. Casey & Robert E. Rhodes. *Irish-American Fiction: Essays in Criticism*. AMS, 1979.

4. Derek Mahon & Terence Brown. *Journalism: Selected Prose 1970 – 1995*. Gallery Books, 1996.

5. Gene Feldman, Max Gartenberg. *The Beat Generation and the Angry Young Men*. Citadel Press, 1958.

6. James Campbell. *Syncopations: Beats, New Yorkers, and Writers in the Dark*. University of California Press, 2008.

7. Nicholas Mosley. *The Uses of Slime Mould: Essays of Four Decades*. Dalkey Archive Press, 2004.

8. Nile Southern. *The Candy Men: The Rollicking Life and Times of the Notorious Novel Candy*. Arcade Pub.; Distributed by Time Warner Book Group, 2004.

9. R. K. Sharma. *Isolation and Protest: A Case Study of J. P. Dunleavy's Fiction*. U. S. Humanities Press, 1983.

10. Robert Shenk. *Authors at Sea: Modern American Writers Remember Their Naval Service*. Naval Institute Press, 1997.

11. Ulrich Wicks. *Picaresque Narrative, Picaresque Fictions: A Theory and Research Guide*. Greenwood Press, 1989.

12. Vivian Boland & St. Mary's Priory. *Watchmen Raise Their Voices: A Tallaght Book of Theology: Essays to Mark the 150th Anniversary of the Dominican House of Studies at Tallaght, Dublin (1855 – 2005)*, 2006.

二、期刊论文

1. Gerald Weales, "No Face and No Exit: The Fiction of James Purdy and J. P. Donleavy". *Contemporary American Novelists*, edited by Harry I Moore Carbondale. Southern Illinois University Press, 1964, pp149 – 151.

2. Laura Mauk. "Horse's Mouth". *Art Forum*, 2001(07), Volume 8, Issue 2, p9.

3. Robert Corrigan, "The Artist as Censor: J. P. Donleavy and *The Ginger Man*". *Midcontinent American Studies Journal*, 8, Spring 1967, pp60 – 70.

4. Thomas LeClair, "A Case of Death: The Fiction of J. P. Donleavy". *Contemporary Literature*, 1971(07), Volume 12, Issue 3, pp329 – 344.

5. Thomas LeClair, "The Onion Eaters and the Rhetoric of Dunleavy's Comedy". *Twentieth Century Literature*, 1972(07), Volume 18, Issue 3, pp167 – 174.

6. William David Sherman, "J. P. Donleavy: Anarchic Man as Dying Dionysian". *Twentieth Century Literature*, 1968(01), Volume 13, Issue 4, pp216 – 228.

三、学位论文

1. Charles Edward Reilly. The Ancient Roots of Modern Satiric Fiction: An Analysis of "Petronian" and "Apuleian" Elements in the Novels of John Barth, J. P. Donleavy, Joseph Heller, James Joyce, and Vladimir Nabokov, 1974.

2. Giles Nicholas Chessel Hawkins. The Integration of Being: Self and the World in Three Novels by J. P. Donleavy, 1975.

3. Griffith Dudding. Between Two Worlds: An Analysis of J. P. Dunleavy's Use of *The Outsider* as Protagonist in His Novels, 1978.

4. Joyce Markert Wegs. The Grotesque in Some American Novels of the Nineteen-sixties: Ken Kesey, Joyce Carol Oates, Sylvia Plath, 1973.

5. John Jerome Stinson. The Uses of the Grotesque and Other Modes of Distortion: Philosophy and Implication in the Novels of Iris Murdoch, William Golding, Anthony Burgess, and J. P. Donleavy, 1971.

6. Tom LeClair. Final Words: Death and Comedy in the Fiction of Donleavy, Hawkes, Barth, Vonnegut, and Percy, 1972.

7. Thomas F. Halloran. Strangers in the Postcolonial World, 2009.

8. Thomas Lester Croak. The Hero in the Novels of J. P. Donleavy, 1975.

9. Willa Ferree Valencia. The Picaresque Tradition in the Contemporary English and American Novel, 1968.

其他参考文献

一、英文文献

1. Arlene Young, "Virtue Domesticated: Dickens and the Lower Middle". *Victorian Studies*, 39(4), 1996, p491.

2. Barthes R., *The Pleasure of the Text*, Oxford: Basil Blackwell Ltd, 1995, pp34 – 35.

3. *Books Abroad*, Vol. 40, No. 1, Winter 1966, p90.

4. *Contemporary Literary Criticism*, Vol. 45, p122.

5. Daily mail, 2/22/2011, p17.

6. David Kerner, "Psychodrama in Eden". *Chicago Review* 13, No. 1, Winter-Spring 1959, pp59 – 60.

7. David Lodge, *The Modes of Modern Writing: Metaphor, Metonymy, and the Typology of Modern Literature*, London: Arnold, 1997, p224.

8. George Bluestone, "John Wain and John Barth: The Angry and the Accurate". *Massachusetts Review* 1, No. 3, May 1960, p588.

9. Friedrich Nietzsche, "The Antichrist". *The Portable Nietzsche*, edited and translated by Walter Kaufmann, New York, 1965, p591.

10. Herberrt Marcuse, *An Essay On Liberation*. Boston: Beacon Press, 1969.

11. Johann A. Norstedt, "Irishmen and Irish-Americans in the Fiction of J. P. Donleavy". *Irish-American Fiction Essays in Criticism*, edited by Daniel J. Casey and Robert E. Rhodes, New York: AMS Press, Inc., 1979.

12. Rebort E. Park, *Human: Migration and Marginal Man*, Chicago: The American Journal of sociology, 1928.

13. "The Art of Fiction No. 53 J. P. Donleavy". *The Paris Interview*, p44.

14. The Iowa Review, Vol. 24, No. 2, Spring-Summer 1994, pp258 – 264.

15. *The Paris Review*, Paris: The Paris Review Foundation, inc., 2004, p29.

16. Ynestra King, "The Ecology of Feminism and the Feminism of Ecology". *Healing the Wounds: The Promise of Ecofeminism*, edited by Judith Plant, Lillooet: New Society Publishers, 1989, p21.

二、中文文献

1. 阿多诺,《美学原理》,王柯平译,成都:四川人民出版社,1998。

2. 阿瑟·林克,威廉·卡顿,《1990年年以来的美国史》,刘绪贻译,北京:中国社会科学出版社,1983。

3. 芭芭拉·H. 史密斯,《作为虚构的诗》,《新批评史》第2卷第2号,第27页。转引自《从现代主义到后现代主义》,第363 – 364页。

4. 巴赫金,《巴赫金全集》第五卷,白春仁、顾亚铃译,石家庄:河北教育出版社,2009。

5. 巴赫金,《巴赫金全集》第六卷,李兆林、夏忠宪等译,石家庄:河北教育出版社,2009。

6. 巴赫金,《巴赫金文选》,佟景韩译,北京:中国社会科学出版社,1996。

7. 巴赫金,《拉伯雷研究》,李兆林等译,石家庄:河北教育出版社,1998。

8. 巴赫金,《陀思妥耶夫斯基诗学问题》,刘虎译,北京:中央编译出版社,2010。

9. 巴赫金,"小说的时间形式和时空体形式",《巴赫金全集》

第三卷,白春仁、晓河译,石家庄:河北教育出版社,1998。

10. 保尔·德曼,《盲目与洞见》,纽约:牛津大学出版社,1971年,第17-18页。转引自《从现代主义到后现代主义》,第383页。

11. 北冈诚司,《巴赫金:对话与狂欢》,魏炫译,石家庄:河北教育出版社,1998。

12. 陈世丹,《美国后现代主义小说详解》中文版,天津:南开大学出版社,2010。

13. 段建军、陈然兴,《人,生存在边缘上:巴赫金边缘思想研究》,北京:人民出版社,2008。

14. 福柯,《疯癫与文明》,刘北成、杨远婴译,上海:生活·读书·新知三联书店,1999。

15. 龚见明,《文学本体论》,桂林:广西师范大学出版社,1998。

16. 季进、吴义勤,"文本:实验与操作",张国义编:《生命游戏的水圈》,北京:北京大学出版社,1994。

17. 杰拉尔德·格拉夫,《如何才能不谈虚构》,柳鸣九主编:《从现代主义到后现代主义》,北京:中国社会科学出版社,1994。

18. 库尔特·勒温,《拓扑心理学原理》,北京:商务印书馆,2003。

19. 雷蒙德·菲德尔曼,《超小说:今日与明日的虚构》,芝加哥:春燕出版社,1975,第8页。转引自《从现代主义到后现代主义》,第381页。

20. 林骧华,"神话派文艺批评",《文艺新学科新方法手册》,林骧华等编,上海:上海文艺出版社,1987,第490页。

21. 雷纳·韦勒克,《近代文学批评史》第七卷,杨自伍译,上海:上海译文出版社,2006。

22. 凌建侯,《巴赫金哲学思想与文本分析法》,北京:北京大学出版社,2007。

23. 刘康,《对话的喧声:巴赫金的文化转型理论》,北京:北京大学出版社,2011。

24. 刘象愚、杨恒达、曾艳兵,《从现代主义到后现代主义》,北京:高等教育出版社,2002。

25. 罗兰·巴尔特,《文之悦》,屠友祥译,上海:上海人民出版社,2006。

26. 陆建德,《现代主义之后:写实与实验》,北京:中国社会科学出版社,1997。

27. 马尔库塞,《爱欲与文明》,上海:上海译文出版社,1987。

28. 梅兰,《巴赫金哲学美学和文学思想研究》,武汉:华中科技大学出版社,2005。

29. 马理,"边界与体裁——试析巴赫金诗学元方法问题",《四川大学学报(哲学社会科学版)》,2003年第3期,第76页。

30. 尼采,《悲剧的诞生》,周国平译,南京:译林出版社,2011。

31. 尼采,《尼采读本》,周国平译,北京:作家出版社,2012。

32. 尼采,《尼采全集》,杨恒达译,北京:中国人民大学出版社,2011。

33. 尼采,《权力意志重估一切价值的尝试》,张念东、凌素心译,北京:商务印书馆,1991。

34. 尼采,《查拉图斯特拉如是说》,孙周兴译,上海:上海人民出版社,2009。

35. 斯潘诺斯,"解构和后现代文学问题:走向一种定义",《平等关系》,1979年第2期,第115页。

36. 文楚安,《"垮掉的一代"及其他》,成都:四川大学出版社,2002。

37. 王建刚,《后理论时代与文学批评转型:巴赫金对话批评理论研究》,北京:北京大学出版社,2012。

38. 王岳川,《后现代主义文化研究》,北京:北京大学出版社,1996。

39. 王岳川,《后殖民主义与新历史主义文论》,济南:山东教育出版社,1999。

40. 夏忠宪,《巴赫金狂欢化诗学研究》,北京:北京师范大学出版社,2000。

41．西格蒙德·弗洛伊德,《自我与本我》,林尘、张唤民、陈伟奇译,上海:上海译文出版社,2011。

42．亚里士多德,《诗学》,罗念生译,上海:上海世纪出版集团,2006。

43．颜翔林,《死亡美学》,上海:学林出版社,1998。

44．伊格尔顿,《当代西方文学理论》,北京:中国社会科学出版社,1988。

45．伊哈布·哈桑,《后现代转折》,《后现代主义的突破》,王潮选编,敦煌:敦煌文艺出版社,1996。

46．伊瑟尔,《阅读行为》英文版序言,长沙:湖南文艺出版社,1991。

47．叶克南,《边际人——大过渡时代的转型人格》,上海:上海人民出版社,1996。

48．余秋雨,《戏剧理论史稿》,上海:上海文艺出版社,1983。

49．袁世硕、张可礼,《中国文学史》,北京:中国人民大学出版社,2006。

50．章安祺、黄克剑、杨慧林,《西方文艺理论史——从柏拉图到尼采》,北京:中国人民大学出版社,2007。

51．曾艳兵,《西方后现代主义文学研究》,北京:中国社会科学出版社,2006。

52．兹韦坦·托多罗夫,"叙述作为话语",《美学文艺学方法论》下册,北京:文化艺术出版社,1985。

53．朱刚,《二十世纪西方文论》,北京:北京大学出版社,2006。

54．朱维之、赵澧、黄晋凯,《外国文学简编》(欧美部分),北京:中国人民大学出版社,2006。

后 记

本书是在我的博士论文的基础上修改充实完成的,所以首先我要感谢我的恩师中国人民大学外语学院陈世丹教授。恩师的谆谆教导和循循善诱助我顺利走上科研之路。先生将我带入比较文学与世界文学领域,并时时叮嘱我要多看书、多写文章、不断修改。先生淡泊名利,专心治学,科研态度严谨,笔耕不辍,这些都深深地影响了我。我要感谢恩师,先生不仅教会我做学问的方法,更重要的是先生以身作则,以自己不懈努力和卓越追求的科研精神给我树立了一生学习的榜样。

其次,本书能够顺利出版还要感谢我的工作单位中国戏曲学院的众位领导和同事们。感谢巴图院长、赵伟明和张京山两位副院长,感谢教务处长张尧教授,感谢国际文化交流系主任于建刚教授、姚海林书记,感谢季虹及多位同事的协助和支持,感谢学校和系里资助我出版这本专著!

我还要感谢我的师姐李金云博士,师姐可谓我的第二导师。师姐教会我学习和科研的正确方法,让我少走了很多弯路。有师姐如此,实乃我人生一大幸事!

最后感谢我的爱人谢岳来、妈妈王忠美以及我的4岁儿子谢苏力,有家人的支持和鼓励,我的工作才得以顺利进行。他们为我的工作和科研付出了很多。感谢他们!

苏 凤
2016年8月11日于珠海香洲区龙腾湾山庄